Terug naar Cornwall

MARELLE BOERSMA

Terug naar Cornwall

DE CRIME COMPAGNIE
CRÈME DE LA CRIME

Omslagontwerp: Margo Togni
Boekverzorging: Michiel Niesen, ZetProducties, Haarlem
Foto omslag: © Sandra Scherer/ Trevillion Images

ISBN 978 94 6109 5114
NUR 332

Meer informatie over De Crime Compagnie op www.crimecompagnie.nl

Voor mijn zoon Guido

Samen sparren over raadsels geeft een mooi mysterie

1

De vrijheid omarmt ze als een teruggevonden vriend. Jill hangt lekker achterover in het zadel van haar Harley Davidson en rijdt met een rustig gangetje door het glooiende landschap van Zuid-Engeland. Als ze weer een nieuw dal in duikt, krijgt ze de neiging om keihard 'Jihaa!' te roepen. Het idee dat ze elke afslag kan kiezen die in haar opkomt, geeft haar het gevoel dat ze kan vliegen. Luid zingt ze het ene liedje na het andere en knikt het ritme met haar hoofd.

Wat heerlijk dat ze eindelijk onderweg is en haar vader naar huis kan brengen. Verder wil ze nog niet denken. Er is te veel onduidelijk. Het gewicht van de urn in haar rugzak is prettig. Geen zware last, maar een doel. De vragen die als onrustige bijen om haar heen zoemen, gaat ze de komende tijd een voor een de nek omdraaien.

Ha, een pub! Haar maag rommelt. Ze parkeert haar motor onder het uithangbord dat knarsend heen en weer schommelt in de zachte wind. Op het bord prijkt een prachtig witte vogel. BLACK SWAN. Jill schudt lachend haar hoofd en stapt naar binnen. Aan een enorme bar bungelen grote bierpullen die er bijna om smeken gevuld te worden. Ze houdt zich in en bestelt een kop thee bij haar lunch.

Na een vriendelijk knikje naar de waard, schuift ze aan een tafel en zet de rugzak naast zich neer. De open haard verspreidt zo'n heerlijke warmte dat haar leren jack naar de stoelleuning verhuist. De huiselijkheid dringt haar lichaam binnen. Ze stroopt haar mouwen op en streelt over de tattoos die ze nog maar een paar weken geleden zelf heeft gezet. De boom op haar onderarm en verder naar boven de allereerste tattoo die ze bij haar vader had geplaatst.

Nu prijkt die als een kopie op haar eigen lichaam. Om niet te vergeten. Alsof ze ooit zou kunnen.

Jill pakt het stapeltje jeugdfoto's uit haar rugzak. Ze had die thuis wel willen bestuderen, direct nadat ze ze ontdekt had, maar de drang om op zoek te gaan was groter dan de noodzaak om goed voorbereid uit Nederland te vertrekken. Niet haar vaders dood had haar leven op de kop gezet. Het waren de vragen die hij had nagelaten. Vragen die eerder niet bestonden.

Op het moment dat ze de foto's op tafel legt, stapt er een jonge vrouw de pub binnen. Helm in de hand. Donkere blik. De vrouw heeft een sportief lijf, hoge jukbeenderen, Slavisch uiterlijk.

De waard zet de toast met roerei voor Jill neer en loopt direct door naar zijn nieuwe gast.

'*A small beer, please*.'

Zij wel.

De toast smaakt goed. Jill richt zich ondertussen weer op de foto's. Het is alsof het verleden vorm krijgt. De bovenste foto is licht verkleurd. Toch is de zee blauwer dan ze ooit heeft gezien, zeker met die ruige kliffen op de achtergrond, waar de zee in wit schuim uiteenspat. Het heeft wel wat weg van het schilderij dat altijd in hun woonkamer hing. Ze kon het onmogelijk meenemen, en dat deed haar meer dan ze wilde.

Op de volgende foto staan drie puberjongens, de armen om elkaars schouders geslagen. Hun vrolijkheid doet de dreigende wolken op de achtergrond in één klap oplossen. Haar vader staat in het midden. Ze herkent zijn dicht bij elkaar staande ogen, waardoor hij altijd leek te loensen. De flaporen heeft ze duidelijk van hem.

In haar jonge jeugd verborg ze die onder lange plukken haar. Ze heeft ze zelfs een tijdje elke avond met plakband tegen haar hoofd geplakt, maar het werkte niet. Elke keer als haar klasgenootjes haar uitlachten, wenste ze dat ze meer van haar moeder had geërfd. Pas veel later kreeg ze er genoeg van om zich te verstoppen. Ze ging naar de kapper en liet zich een kort kapsel aanmeten. Dat was ook de tijd dat ze begon te tekenen en haar eerste ontwerpen maakte voor de tattooshop.

Als ze de volgende foto pakt, hoort ze ineens: 'Hi, is deze plek vrij?'

De motorrijdster staat naast haar.

Jill trekt haar rugzak naar zich toe en maakt een uitnodigend gebaar.

'Noor.' Ze laat zich op de stoel zakken.

'Ik ben Jill. Jij komt dus ook uit Nederland.'

'Niet oorspronkelijk.'

Jill schiet in de lach. 'Ik ook niet.'

'Ik ben geboren in Bosnië.' Noor legt haar helm naast Jills rugzak.

Goed ingeschat. 'Cornwall.' Jill verbaast zichzelf over haar antwoord.

'Op familiebezoek?'

'Zoiets.' Haar blik schiet naar de foto waarop twee vrouwen stijf naast elkaar staan voor een uit ruwe keien opgetrokken huis.

'Is dat je familie?' Noor kijkt afwisselend van de foto naar haar en weer terug.

'Lijkt dat zo?' Jill durft niet te ademen. Ze herkende haar moeder direct, maar de andere vrouw lijkt zoveel op haar dat het gewoon eng is. Ze heeft verder toch geen familie?

Noor bestudeert de foto uitgebreid. Haar donkere ogen glijden regelmatig in haar richting. 'Je lijkt op allebei. Is een van hen je moeder?'

Haar stem is ineens verdwenen en dus knikt ze gelaten.

'Dat dacht ik al. Ga je bij haar op bezoek?'

'Ze is overleden. 's Morgens weggegaan en nooit meer teruggekomen. Ik was vijf.'

Noor knikt alleen maar alsof ze begrijpt dat zoiets kan.

'Dus nu ben je onderweg naar Penzance?'

Jill schuift het bord met de lauwe resten ei van zich af. 'Yep.' Dat plaatsnaambord op de achtergrond heeft Noor snel ontdekt. 'En jij?'

‘Ik ben hier voor een biologencongres, maar ga eerst wandelen in Bodmin Moor.’

Jill kijkt verrast op en ontmoet een zachte blik. ‘Wat tof,’ zegt ze. ‘Je bent dus ook onderweg naar Cornwall.’

‘Wat zoek je in Penzance?’ Noor vraagt onbevangen door.

Jill pakt de foto op en bekijkt de twee vrouwen nog een keer. Ze rilt. Hoe kan het dat die tweede vrouw zo eng veel op haar moeder lijkt? ‘Ik zoek antwoorden voor mijn vader.’

‘Ik snap het,’ zegt Noor. ‘Dat doet familie met je. Je blijft altijd op zoek.’

Jill knikt langzaam. Waarom heeft het zo lang geduurd voordat zij dit zelf ontdekte? Familie. Het woord heeft nooit betekenis gehad. Ze had geen familie; ze had zelfs geen moeder meer. Daarom is ze nooit op zoek gegaan, omdat er niets te zoeken was. Tot nu.

‘Woont je vader daar?’ Noors wijsvinger rust op het bordje Penzance.

Jill kijkt op. Ze schudt haar hoofd en slikt.

‘Komt je vader daar vandaan?’

De vraag legt een heel parcours af door haar brein, voordat ze uiteindelijk weet dat er geen antwoord is. Ze schraapt haar keel. ‘Om heel eerlijk te zijn: Dat is exact de reden dat ik hier ben. Ik heb namelijk geen idee meer wie mijn vader was.’

2

EEN PAAR DAGEN EERDER

Jill heeft haar vader tussen de twee yucca's op de vensterbank gezet. Een plek met uitzicht op hun tuin in de rustige woonwijk in Nijmegen. De zwarte urn glanst in het ochtendlicht. Hij is simpel van vorm, maar heeft toch een krachtige uitstraling. Dat past bij haar vader. Zijn dood laat een gat achter waarin zelfs de leegte verdwijnt.

Net als andere ochtenden is ze vroeg wakker. Vandaag wil ze alle financiën afronden. Ze sopt een zakje English Breakfast Tea in het kokende water. De geur die loskomt, brengt haar terug naar al die keren dat ze met haar vader samen zat te ontbijten. 'Een wolkje melk, darling?' vroeg hij steevast. En natuurlijk antwoordde ze dan met een nuffig knikje, waarna ze samen in lachen uitbarstten.

Met een glimlach om haar lippen neemt ze haar kopje mee naar de computer in de woonkamer.

Wat een puinhoop heeft haar vader van de administratie gemaakt. Volgens de notaris waren er geen grote schulden, maar er doken wel steeds meer facturen op die allang betaald hadden moeten worden. De vaste afschrijvingen heeft ze zonder aarzelen direct geblokkeerd. Eerst overzicht, dan uitdelen. Gelukkig vond ze nog een leuk bedrag op een spaarrekening, als een cadeautje uit de hemel.

Ze strijkt over de kleine tattoo van een half hart op haar pols. De eerste die ze bij zichzelf gezet had. Ter herinnering aan haar moeder die veel te vroeg was overleden. Ze was nog maar vijf jaar toen haar moeder bij een ongeluk omkwam en ineens uit haar leven verdween. Vanaf dat moment veranderde de wereld. Iedereen meed haar ineens, alsof ze een vreselijke ziekte onder de leden had. Had ze voor die tijd wel vriendinnetjes gehad? Alleen haar vader behield zijn goede humeur. Of was dat verbeelding, had ze haar eigen waarheid gecreëerd? Ze kan zich de begrafenis niet eens herinneren. Was ze daar eigenlijk wel bij geweest?

De bel gaat. Fuck! Niet weer die irritante huurbaas! Ze herkent zijn gestalte al door het glas.

'Het is tijd, juffie.' De man zet zijn neus in de wind. 'Ik neem aan dat u het geld geregeld heeft?'

'Zeker.' Jill pakt de envelop die ze in het laatje in de hal heeft gelegd, zodat ze niet in de verleiding zou komen om het geld voor boodschappen te gebruiken.

Met een voldane glimlach begint hij direct het geld te tellen. 'En de rest?' De koude wind duwt zijn woorden naar haar toe.

'Dat komt volgende week.' Ze wil de voordeur dichtduwen, maar een groene sportschoen is haar voor.

'Hoezo volgende week?' Hij stopt het geld weg in de binnenzak van zijn jasje. Zijn grijze muts zit zo ver over zijn hoofd getrokken dat ze zijn ogen bijna niet kan zien. 'U moet nu betalen. U wilt toch niet dat ik u uit huis laat zetten?'

Wat een klootzak. Dat haar vader al die jaren aan zo'n vent heeft betaald.

Op straat springen de straatlantaarns uit. De man tekent scherp af tegen de grauwe ochtendschemer. Ze rilt. De kou glipt zelfs in april nog het huis binnen. Ze wil dat gezicht gewoon niet meer zien. Ze snelt naar de woonkamer en grist de stapel bankbiljetten van het bureau.

'Zo mag ik het graag zien.' Een scheve glimlach trekt over zijn gezicht.

Tergend langzaam telt Jill het geld uit op de uitgestoken hand. 'Zo, zevenhonderd.'

'Merci, dame.'

En nu weg, denkt ze. Maar daarin heeft ze zich vergist.

De man stopt het geld weg en duwt nu zijn muts iets omhoog. 'Je hebt twee weken.'

'Twee weken waarvoor? Ik heb u net betaald.'

'Dat was de achterstand van uw vader. De volgende huurder wil er het liefst gisteren in.'

De woorden brengen een storm aan gedachten op gang. Wat zegt hij? Ze slikt moeizaam. 'Volgende huurder? Maar ík woon hier.'

Met een voldane glimlach kijkt de man op het papier. 'Volgens mijn informatie woont meneer Bob Skiefs hier.'

'Skewes,' verbetert Jill hem automatisch. 'Ik heb u toch gezegd dat mijn vader overleden is.'

'Ja, klopt.'

Jill schudt haar hoofd om zoveel onbegrip. 'En ik ben zijn dochter en woon bij hem in huis.' Ze heeft er ineens schoon genoeg van. 'En nu weg. De huur van de volgende maand verschijnt wel op uw rekening, net als al die andere maanden. Goedemorgen.' Ze zet haar hak op zijn tenen en duwt hem zo hard naar beneden dat hij nog net kans krijgt om zijn schoen weg te trekken.

'Zeg juffie, wil je aangeklaagd worden voor mishandeling?'

'Volgens mij zijn we uitgepraat.' Ze schuift haar mouwen omhoog waardoor een aantal tatoeages zichtbaar wordt. Het wil weleens helpen om haar zin te krijgen.

'Je moet eruit, dame! Geen contract, dus geen huis.' Hij articuleert nu op een overdreven manier.

Jill staart hem onbewogen aan. 'Geen huis?'

'Klopt. Het is heel simpel.' Hij brengt zijn hoofd vlak voor het hare en knijpt zijn ogen tot smalle spleetjes. 'Jij staat niet op het contract, dus je mag blij wezen dat ik je een paar weken met rust heb gelaten.'

Er schieten allerlei scenario's door Jills hoofd. De deur tegen zijn vuile bakkes gooien is de vriendelijkste optie. Terwijl de man haar met een zelfvoldane grijns blijft aanstaren, tilt ze haar voet op. Ze registreert zijn schrikreactie. Razendsnel stoot ze haar knie omhoog, die met een enorme klap tegen zijn kin komt. Ze heeft nu vrij zicht op de irritante neus die ze met veel plezier een maatje kleiner maakt. De droge knak volgt zo laat, dat Jill verbaasd is dat zijn lichaam zo traag is.

'Goedemorgen.' Ze duwt tegen de deur, die nu ongehinderd dicht kan.

Ze schudt de pijn uit haar rechterhand en loopt terug naar de woonkamer. Wat een onrechtvaardigheid. Eerst haar geld aanpakken en haar dan alsnog op straat zetten!

Geld!

Ze rent terug en trekt de deur open. De man zit nog op de grond. Hij houdt direct zijn arm voor zijn gezicht. Ze rukt zijn jasje open en grist én het geld én de envelop uit zijn binnenzak. 'Geen contract, geen geld. Zo was het toch?'

'N-nee,' stamelt hij.

'Hier voor de moeite.' Ze stopt één biljet tussen zijn trillende lippen en geeft hem een fikse duw, waardoor hij achterover tuimelt.

Als ze de deur gesloten heeft, leunt ze tegen de muur van de hal. Wat een... Ze klemt haar kaken op elkaar. Pas als haar hart tot rust is gekomen, loopt ze naar de woonkamer waar ze haar thee in een paar grote slokken naar binnen werkt. Potverdorie. Ze heeft geen huis meer.

3

'Hé Jilly, hoe is het?' Alleen de klank van Joeps stem helpt al. De realisatie dat ze geen huis meer heeft vraagt om een andere ontlading van haar opgekropte emoties.

'Heb je tijd?' Ze zet haar adem vast terwijl de seconden wegtikken. Pas als hij antwoordt, durft ze weer te ademen. 'Dan kom ik je zo ophalen. Tien minuten?'

'Prima, dan pak ik nog even een douche.'

'Liever niet. Je bent puur lekker genoeg.' Jill grinnikt en hangt op.

Binnen vijf minuten staat ze al voor de deur van de studentenflat in Nijmegen. Ze blijft op haar motor zitten. Joep komt wel naar buiten. Ze moet er niet aan denken om de middag door te brengen in zijn rommelige studentenhuis.

Daar is hij, haar maatje. Ze kennen elkaar uit hun studententijd. Waar zij door hard werken doorheen gesneld is en hij een cocon heeft gevonden om in te blijven kleven. Ze zijn heel verschillend en toch herkende ze hem meteen. Als mens. Hij is het creatieve wonder dat een bedrijf een frisse pimp kan geven. Helaas ziet niemand zijn kracht, omdat ze zijn uiterlijk beoordelen voordat ze naar hem luisteren. Vooroordelen beperken het leven.

Hij pakt de helm van haar aan en schuift zijn lichaam achter het hare. Zodra ze zijn armen voelt, geeft ze gas. Ze spuiten vooruit.

De kracht van de motor doet haar goed. De snelheid, de kracht en vooral het schuinhangen in de bochten, alsof een leven te beheersen is.

Als ze het laatste stukje naar hun favoriete strandje bij de Maas afleggen, voelt ze de spanning toenemen. De ontlading komt pas als het laatste stukje lont opgebrand is.

De zon duwt haar warmte door de dunne wolkenlaag. Perfect. Een stralende zomerdag zou hun rust verstoren. In het voorjaar is het hier nog rustig.

Maar voordat ze haar oude kleed uit haar rugzak heeft weten te wurmen, pakt Joep haar bij haar schouders. Hij heeft zijn blonde dreadlocks in een rommelige knoop op zijn hoofd gebonden.

'Wil je erover praten?'

'Nee.' Ineens zit er een dik brok in haar keel.

'Kom eens hier!'

Dan liggen zijn armen om haar heen en ruikt ze de typische Joepgeur. Een mengeling van kaneel en bloemenhoning. Voor ze er erg in heeft schokken haar schouders en komt er een lawine aan verdriet over haar heen. Met haar mond zoekt ze de zijne en ze zuigt zich vast.

Haar lichaam reageert fel. Alle energie stroomt naar haar onderbuik waar de warmte zich verzamelt. Niet meer nadenken.

Jill rust op de sterke armen van Joep. Hij legt haar op het zand van Maasstrand dat zich tussen twee kribben heeft verzameld. Pure lust stormt door haar lijf. In haar hoofd is geen ruimte voor welke gedachte dan ook. Joep trapt met ongeduldige bewegingen zijn spijkerbroek van zich af. Ze wil hem al tegen zich aantrekken, maar hij duwt haar zacht terug.

'Je bent lekker,' fluistert hij, als hij haar shirt uittrekt.

Ze grinnikt geil om de verbazing op zijn gezicht.

'Geen bh?'

'Verrassing!' Ze pakt zijn handen. Ze hebben nauwelijks aanmoediging nodig en sluiten zich om haar kleine borsten. Opnieuw probeert ze hem tegen zich aan te trekken, maar zijn mond heeft net haar tepel gevonden. Een siddering schiet door haar lijf en ze kromt haar rug als hij haar met zachte beetjes nog verder van de werkelijkheid brengt.

Ze wil hem voelen. Met haar nagels krast ze over zijn rug en ze grijpt zijn stevige billen. Dan duwt hij zich eindelijk tegen haar aan. Hij is heerlijk hard. Ze rolt haar lijf heen en weer om hem nog gekker te maken. En zelf verdwijnt ze in een mist aan emoties. Ze bestaat alleen nog maar uit warmte die vanaf één plekje alle kanten uit stroomt, tot alles zich samenbalt en ze het uitgilt.

Het zand plakt overal aan haar lijf. Als ze zich naar hem toedraait en zich op één elleboog opricht, voelt ze het zelfs tussen haar billen schuren. Ze duwt een kus op de harde stoppels op zijn wang.

'Dat had ik nodig,' zucht ze.

'Je vader?' raadt Joep.

'Ook.'

'Is er nog meer dan?'

Jill aarzelt. 'Ik ga weg.' Ze strijkt over de ruwe vlecht op Joeps hoofd waar zand in samenklontert.

'Uit het huis?'

Ze knikt. 'De huur is opgezegd, omdat ik niet in het contract voorkom.'

De kleur van zijn ogen verandert. De boodschap komt binnen. 'Wanneer?'

'Vandaag of morgen.' Ze gaat overeind zitten en begint zich aan te kleden. 'Snel in ieder geval.'

Joep schudt zijn hoofd en mompelt iets als 'klotehuurbazen' en 'harde wereld'. 'Bed nodig?' vraagt hij dan.

Jill draait zich naar hem toe, vist haar string uit een graspol en grinnikt dan. 'Als ik jou erbij krijg?'

'Je kent onze afspraak.'

Op de paal van een van de kribben laat een aalscholver zijn vleugels drogen in de wind. Ze onderdrukt de neiging hetzelfde te doen.

'Toch?' Joep staat nu naast haar in al zijn glorie en veegt het zand van zijn lijf. Ze volgt zijn vingers die precies weten hoe ze haar naar een hoogtepunt moeten leiden. Ze zal ze missen. Geen Joep, geen ontlading.

'Ik vind wel een nieuwe,' antwoordt ze. En vult dan aan: 'Een nieuwe stek.' Ze staart naar het water waar grote rivieraken langsvaren. Het is of ze haar hele leven tegen de stroom in heeft moeten varen.

4

Haar blik glijdt door de woonkamer die tegelijkertijd zo bekend is en nu ineens zo vreemd aandoet. Hier heeft ze een groot deel van haar leven doorgebracht. Hier heeft ze haar vader tot het eind verzorgd. En nu moet ze hier weg? Met haar eenendertig jaar komt ze niet meer in aanmerking voor een studentenkamer.

Het huis uit.

De woorden dreinen om haar heen. Jill denkt terug aan de dankbare blik van haar vader toen ze vertelde dat ze zijn aanbod aannam en weer thuis zou komen wonen. Zogenaamd omdat het makkelijker was. Ze wisten beiden wat de waarheid was. En ook dat het nooit voor lang kon zijn.

Als ze niet door die kloteklant aangeklaagd was, had ze gewoon lekker in haar eigen atelier kunnen blijven. Zij weet zeker dat die infectie zijn eigen schuld was. Een tattoo moet je na het plaatsen goed verzorgen. Maar haar stem werd overschaduwd door het aanhoudende geschreeuw van meneer de machthebber. Weg baan, weg inkomsten, weg zelfstandigheid.

Haar vader ving haar op met open armen. Haar terugkeer in huis maakte hem blij. Steeds als ze hem een kop thee bracht of als ze samen kruiswoordpuzzels oplosten, straalde hij. Hij lachte zelfs naar haar als ze zich stilletjes opkrulde in de grote leunstoel bij zijn bed, dat sinds haar komst in de kamer voor het raam stond. Alle punten van zijn bucketlijst werden in één beweging vervangen door dit grote geluk: zijn dochter elke dag om zich heen.

De laatste weken was de verzorging intensiever geworden. En intiemer. Wassen, aankleden, naar het toilet helpen, haar vader maakte het haar makkelijker door het te koppelen aan verhalen over vroeger. Zo maakten ze samen de cirkel van het leven rond: zorgen en verzorgd worden. Ze kwam dichterbij dan ooit. De eerste keer dat ze hem hielp zich te wassen, omdat hij al dagenlang geen energie had om de trap op te klimmen naar de badkamer, waren ze stilzwijgend de drempel overgestapt die jarenlang tussen hen in had gelegen.

Jill zag haar vader naar het plastic teiltje kijken waarin ze een washandje had gelegd.

'Ik heb het water niet te heet gemaakt, daddy.' Ze zette de bak naast het bed en durfde hem nauwelijks aan te kijken.

Hij probeerde overeind te komen. Zij schoot toe om hem te helpen. Zodra hij rechtop zat draaide hij zich naar haar toe.

'Als peuter schreeuwde je de hele buurt bij elkaar als je onder de douche moest.' Hij grinnikte. 'Ik heb nooit goed begrepen waarom dat was.'

'Ik heb een hekel aan water,' antwoordde Jill. 'Ik wilde toch ook nooit naar het zwembad?'

'Je kunt badderen toch niet vergelijken met die verplichte zwemlessen?'

'Misschien niet.' Ze kneep de washand uit. 'Heb jij eigenlijk een hekel aan zwemmen?' Ze besefte ineens dat ze nog zoveel niet wist van haar vader.

Haar vader staarde even voor zich uit en zuchtte diep. 'Ik hou van de zee. Dat gelukzalige gevecht met de golven. De eeuwige wind. En het kolkende water rond de rotsen.'

'Dan gaat dit ook wel goedkomen.' Jill trok resoluut zijn shirt uit. Met het vochtige washandje en een klodder douchegel begon ze zijn armen te wassen. Er lag een handdoek op het laken onder hem om de druppels op te vangen. De woorden die haar vader altijd verzon om haar onder de douche te laten ontspannen, gleden langs haar heen.

Toen ze het washandje opnieuw nat gemaakt had en zich over hem heen boog om zijn rug te wassen, stokte ze. Helemaal onder op zijn rug prijkte een tattoo. Ze streek er met haar vinger overheen.

'Wat mooi, pap.'

Hij knikte alleen maar.

Het leek nog het meest op twee in elkaar gevlochten klavertjes drie. De schaduwen liepen prachtig weg, zodat de bewegingen van de ronde lijnen in elkaar overvloeiden. Ze herkende de hand van een professional, in een symbool dat haar vaag bekend voorkwam.

'Waarom heb je die nooit eerder laten zien?'

Slechts een schokken van zijn schouders. 'Kwam er niet van.'

'Wanneer heb je die laten zetten?'

Haar vader bleef met gebogen hoofd zitten. Stilte.

'Zit er een speciale betekenis achter, pap?'

'Ik krijg het koud, darling.'

Nu zal ze er nooit meer achter komen. Er komen geen antwoorden meer, er zijn alleen nog maar vragen. En vanaf vandaag is er nog een extra vraag bij gekomen. Waar moet ze heen? Hier wil ze niet blijven. Alle herinneringen hangen als prikkeldraad om haar heen. Het enige wat haar echt raakte, was haar vader.

Jill staart naar het schilderij dat al eeuwen op de muur boven de televisie hangt: een ruige klif die geteisterd wordt door metershoge golven. Cornwall. De Engelse streek waar haar vader vandaan komt, maar waarover hij nooit wilde praten. Elke vraag over vroeger verzandde in een stug stilzwijgen. Ze bekijkt de ruwe penseelstreken. Een onduidelijke handtekening rechtsonder in het gras. Alleen het jaartal is duidelijk te onderscheiden: 1988. De achtjes hebben een opening onderin. Het is haar geboortejaar. Ze heeft talloze verhalen bedacht die haar geboorte met dit schilderij verbonden.

Ze weet dat ze in Cornwall is geboren. Die streek maakt dus een belangrijk deel uit van haar leven. Toch is ze er nooit terug geweest. Er viel niet over Cornwall te praten. Zelfs haar vraag hoe hij haar moeder had leren kennen, strandde op een stug stilzwijgen en een blik in de verte.

Ze draait zich af van het schilderij. De rusteloosheid in haar lijf groeit alleen maar. Storm in haar hoofd. Een chaos aan vragen.

Het bed voor het raam is nu leeg. Een kaal matras, een kussen dat de afdruk van haar vaders hoofd nog vasthoudt. Hé, de zon schijnt. De stralen vallen op het kussen. Hier heeft hij gelegen terwijl hij er niet meer was. Het was voor het eerst dat ze de dood van zo dichtbij aankeek.

Jill stoot met een onverwachte beweging tegen het kastje naast het bed. Een stapel spullen van haar vader heeft hier de afgelopen weken onaangeroerd gelegen. Ze kon het niet over haar hart verkrijgen om iets te veranderen. Tergend langzaam schuift een boek opzij en valt met een doffe klap op de grond.

Tussen de bladzijden komt een envelop tevoorschijn. Haar naam staat erop. Is dat een brief van haar vader? Hoe kan het dat ze die niet eerder heeft gevonden?

Snel maakt ze hem open. Er zit een handgeschreven briefje in. De bekende hanenpoten van haar vader, maar de normaal zo krachtige uithalen zijn veranderd in trillende lijnen. Slechts een paar woorden. Een zin die veel meer vertelt.

Langzaam laat ze het briefje zakken. Dit had ze niet verwacht.

Ik leg mijn hand op het gerimpelde gezicht en sluit de ogen. Het lijden is voorbij. Even blijf ik naast de oude vrouw staan om haar nog een laatste eer te bewijzen. Ze oogt ontspannen. De oude huid is zacht en er prikken op ongewenste plaatsen haren uit. Ik heb haar verzorgd tot het einde. Zoals ik haar beloofd heb.

De salon lijkt zijn adem in te houden. Ook de oude klok laat geen geluid meer horen. De mahoniehouten meubels die de historie van het oude rijke Engeland laten zien, staan opgepoetst te wachten. Zelfs de protserige krullen van het kabinet waarvan de gedraaide poten vele jaren naast de chesterfieldbank hebben gestaan, wachten op hun lot. Dit tijdperk is tot een einde gekomen. Nu is het afwachten of ze haar belofte houdt. De dood zal knopen doorhakken.

Ik loop naar de antieke telefoon. Dit was haar laatste contact met de buitenwereld. Als ik mezelf niet meereken. Het boek waaruit ik haar avond aan avond voorgelezen heb, ligt ernaast. Ik pak het op en sla het dicht. Het verhaal is ten einde. De dood heeft het ingehaald.

Terwijl ik het nummer draai dat ik al weken klaar heb liggen, kan ik niets anders doen dan glimlachen. Nu gaat het grote genieten beginnen. Dat moet.

5

De nacht is verdwenen in geheimzinnige dromen die rond het gevonden briefje cirkelden. De zon zit nog verstopt achter de horizon, maar Jill houdt het niet langer uit in bed. Een snelle, koude douche helpt haar onrust te bevriezen. Vandaag moet ze een aantal stugge knopen doorhakken.

Zoals elke ochtend loopt ze naar het raam, waar de huizen aan de overkant zwart afsteken tegen het ochtendlicht dat met de minuut in sterkte toeneemt. Jill legt voorzichtig haar hand op het matras. Ze kan zich niet voorstellen dat haar vaders liefde ooit zal verdwijnen.

Met een kop thee ploft ze neer op haar stoel. Ze pakt het boek op dat ze gisteravond op het tafeltje heeft teruggelegd. *Het dagboek*. De roman kent ze alleen van de wereldberoemde film: *The Notebook*. Het verhaal over de liefde tussen twee oude mensen was haar veel te zoet. *Come on*! Liefde mag best een rauw randje hebben.

Gisteravond heeft ze de envelop voorzichtig teruggestopt in het boek. Alsof de vindplaats haar meer kan vertellen over de inhoud. Ze haalt het briefje tevoorschijn en leest opnieuw de zin die in haar hoofd is vastgelegd.

Nu ik dood ben, mag ik eindelijk praten.

Jill slikt. Haar vader wil iets tegen haar zeggen, maar zelfs na een hele nacht denken, heeft ze geen enkele aanwijzing. Geen enkele clou.

Raadsels en vraagstukken. Haar vader was gek op speurtochten en verborgen boodschappen. Hij heeft deze manier van communiceren verfijnd nadat haar moeder was overleden. Het was zijn manier om te laten blijken dat hij begreep hoe moeilijk het was om je gevoelens te uiten. Ze hadden hun eigen manier gevonden.

Hij vroeg haar vanaf die zwarte dag nooit: 'Kom zitten en vertel.' Hij bedacht gewoon een stel waanzinnige raadsels om zijn eigen gevoelens met haar te delen. Over gemis en eenzaam zijn. Over haar moeder. Hij daagde haar uit om hetzelfde te doen. Het werd een *way of life*. Een eigen taalvorm die hen meer verbond dan welk diepzinnig gesprek ook. Zo kon ze alles vertellen, zonder het hardop uit te spreken.

Door hun raadselpraat had ze haar vader duidelijk kunnen maken hoe erg ze haar moeder miste, hoe moeilijk ze het had met zichzelf, met haar *roots*. Zwijgen was voor haar een vlucht geworden. Zowel op school als thuis.

En nu...

Ontroerd kijkt ze naar de zin die zoveel zegt, maar nog veel meer verbergt.

Mag ik eindelijk praten...

Hij lijkt aan te geven dat hij zijn hele leven gevangen heeft gezeten in een zwijgplicht. Een steek gaat door haar heen. Dat ze dit niet doorgehad heeft. Het is méér dan een raadsel. Hij wil haar iets vertellen dat zo belangrijk is dat hij dit briefje voor haar heeft achtergelaten. Hij bewaakte het door de envelop in het boek te stoppen dat al vele maanden naast zijn bed lag. Alleen is hij er nu niet meer om haar hints te geven.

Eindelijk.

In dat woord zit een boodschap verborgen. Over het verleden. Een oude belofte? Een geheim?

Jill ademt langzaam uit als ze beseft wat ze heeft gevonden: de laatste wil van haar vader. Hij wil dat zij gaat ontdekken waarover hij zijn hele leven heeft moeten zwijgen.

Cornwall.

Jill springt op. Dat moet het zijn! Dan klopt het woord 'eindelijk' ook. Hij zou dat woord in zo'n belangrijke boodschap nooit zomaar gebruiken. Ze weet nu al dat hij deze acht woorden zorgvuldig heeft afgewogen, omdat hij die voor haar heeft achtergelaten om iets te ontdekken. Zijn vroegere leven in Cornwall. Daar moet ooit iets gebeurd zijn.

6 – *Porthcurno 1976*

Bob stond met zijn rug tegen het metalen hek en wachtte op James. Eindelijk kwam hij over het landgoed naar hem toe. Zoals altijd droeg hij een keurige lange broek met een vouw zo scherp als de wind op de kliffen.

'Dat werd tijd.' Bob trok zijn korte broek wat hoger op en gaf een knikje opzij. 'Komt Elliot ook?'

'Hij komt later,' gaf James aan. 'Hij moest nog wat afmaken.'

'Maar het is vakantie!'

'Niet iedereen heeft vakantie, Bob Skewes. Elliot verdient wat stuivers extra door voor mijn ouders te werken.'

'Maar dat is zijn vaders werk.'

'Hij helpt hem en verdient zo een vakantiecentje.'

'Maar hij is pas twaalf!'

'Nou en? Dan kan hij heus wel helpen. Wat zullen we gaan doen?'

'Nee, zo werkt het niet, Sir James.' Bob keek hem quasiserieus aan. Hij hoopte een reactie te zien op het gezicht van zijn vriend, maar die bleef uit. 'Vrienden helpen elkaar.' Hij gaf James een klap op zijn schouders en liep het landgoed op.

'Wat ga je doen, sukkel?' siste James hem toe. 'Mijn ouders mogen niet weten dat ik met jou omga.'

'Ga jij Elliot dan maar halen.' Bob sloeg zijn armen over elkaar en bleef pontificaal op de oprijlaan staan. Het was al erg genoeg dat hij door de reputatie van zijn moeder met de nek werd aangekeken, maar dat hij daarom zelf de sticker unwanted friend *op zijn voorhoofd geplakt kreeg, maakte hem razend.*

'Maar ik zei toch al dat Elliot nog moet werken?'

'Als jij het niet regelt, dan doe ik het.' Hij draaide zich opnieuw in

de richting van de tuin en deed een stap vooruit. 'Of je moet nu zeggen dat onze vriendschap niets waard is.'

'Okay!' Boos beende James weg. Bob nam zijn positie bij het toegangshek weer in. Hij had een hekel aan dat elitegedoe.

'Come on!' Bob rende vooruit. Zijn maten kwamen wel achter hem aan. Nu hun schooljaar afgesloten was, konden ze samen vakantie vieren. Tijd om de vrijheid te proeven voordat ze naar highschool gingen.

Hij rende over het klifpad en zag al snel de baai van Porthcurno voor zich liggen. Lenig als hij was, sprong hij sommige stukken naar beneden en laveerde tussen de struiken door, tot zijn voeten ineens wegzakten in het rulle zand.

'Wie er het eerst in ligt.' Onder het rennen trok hij zijn shirt uit. Hij hinkelde verder terwijl hij zijn korte broek probeerde uit te schoppen en stond al snel in zijn boxershort, die hij nog iets verder optrok. Het water was kouder dan hij dacht. De blauwe lucht boven de baai was misleidend, de wind sneed gemeen. Het weer hier in Cornwall kon binnen een minuut omslaan.

Hij rende verder de zee in waar hij over de lage golven dook en proestend weer bovenkwam. 'Heerlijk,' riep hij naar zijn vrienden, terwijl zijn lichaam rilde.

James stond te aarzelen bij het hoopje kleding op het strand.

'Kom Elliot, laat die angsthaas maar.' Zijn lach stuiterde over het zeewater. Bob had het zo koud dat hij begon te crawlen. Pas als zijn vrienden in het water lagen, mocht hij eruit, had hij met zichzelf afgesproken. Maar nu de koude zeevingers zich langzaam een weg naar binnen groeven, veranderde hij zijn afspraak spontaan: als Elliot hem maar volgde. Anders was hij zelf de grote idioot.

Elliot begon zich zowaar uit te kleden. Tergend langzaam. Eerst zijn schoenen, die hij naast elkaar op het zand zette. Elk kledingstuk dat hij uittrok werd eerst netjes opgevouwen en op zijn schoenen gelegd.

'Come on!' Dit was niet leuk meer.

Met bedaarde stappen liep zijn vriend naar hem toe, bleef in de eerste waterlijn staan, schrok zichtbaar en liep daarna toch verder. Tot grote opluchting van Bob. Hij haalde uit en duwde een regen van spetters naar zijn vriend. Al snel waren ze in een gevecht gewikkeld, waarbij ze elkaar om de beurt onderduwden en proestend van het lachen weer bovenkwamen. Hij kreeg het er lekker warm van.

Het duurde niet lang voor ook James naast hen opdook. Zijn bleke huid leek nog witter dan anders. Bob wist dat James streng opgevoed werd en waarschijnlijk nog nooit iets had gedaan wat niet deugde. Daar zou hij deze zomer weleens verandering in brengen.

'Goed man.' Bob sloeg James op zijn schouder, wat een fikse klets gaf en zijn huid rood kleurde.

James gaf geen kick.

Bob was zowaar trots op zijn maat. Als het zo doorging zouden ze een prachtzomer krijgen. Hij wilde James laten zien dat er veel meer te beleven was als hij wat minder gehoorzaam was.

Bob kwam overeind, voelde de zee aan zijn heupen trekken en wachtte tot Elliot en James bij hem waren. 'Hey mates. Laten we een deal sluiten. Een vriendenclub. Wij drieën. Niemand anders.'

'Vrienden moeten op elkaar kunnen bouwen.' Elliot keek zo bescheten dat Bob zijn lach met moeite kon verbijten.

'We zullen elkaar nooit verraden,' zei James plechtig.

'Vertrouwen we elkaar?' Bob keek zijn beide vrienden aan. Die knikten zo serieus dat er een rilling over zijn ruggengraat trok. 'Dan zijn we vanaf vandaag broers.' Hij vond het wel goed bedacht van zichzelf.

'Een brotherhood*!' Een glimlach verlichtte Elliots gezicht.*

Daarna staken ze tegelijkertijd hun arm omhoog. 'Brotherhood forever!' De afspraak stond. Al dollend renden ze als de sodemieter de koude zee uit.

7

Het glooiende landschap wordt steeds ruiger. Na vele uren rijden passeert Jill uiteindelijk het bordje PENZANCE. Het is best bizar om haar geboorteplaats binnen te rijden. Zodra ze thuis de plaatsnaam op de foto had ontdekt, wist ze wat haar reisdoel zou worden. Nu beseft ze dat ze verder totaal geen informatie heeft. Geen straatnaam, geen adres, geen enkele indicatie waar ze moet zijn.

Als ze de motor uitzet en haar helm van haar hoofd tilt, valt de stilte zwaar over haar heen. Dan valt haar een zacht geruis op. De zee. Er ontwaakt een gevoel in haar dat ze niet direct herkent. Iets melancholisch dat onmogelijk gevoed kan worden door een herinnering.

De haven van Penzance ligt stil in het zachte schemerlicht en de golven zijn bijna tot rust gekomen. Boven het water hangen dunne mistflarden. Er klinkt zacht getik van de tuigen tegen de masten van de boten. Een enkele schreeuw van een zeemeeuw.

Heeft haar vader hier ook gestaan? En heeft ze nog familie? Woont die misschien nog steeds hier in de buurt?

De vermoeidheid glijdt langzaam van haar af. Ze is er. Jill draait de zee haar rug toe. Eerst maar eens op zoek naar een overnachtingsplek. Ze start haar motor, hangt de helm aan haar arm en rijdt langzaam door het kleine kustplaatsje. De koele avondlucht strijkt door haar korte haar.

Het is opvallend hoeveel kleurrijke uithangborden hier tegen de huizen aan hangen. De een nog mooier beschilderd dan de ander. Ah, die pub ziet er veelbelovend uit. Daar hebben ze vast wel iets te eten. Terwijl ze haar motor op de standaard zet, smakt ze met haar lippen. Ze heeft ook zin in een biertje.

Een groot glas Tribute landt met een fikse klap voor haar op tafel. Tot de rand toe gevuld en de waard heeft zijn best gedaan geen schuim te tappen.

Jill grinnikt. Ze houdt wel van die Engelsen.

Een paar grote slokken verdwijnen door haar slokdarm. Het liefst zou ze een vette boer laten, maar natuurlijk houdt ze zich in. Met haar pols veegt ze haar mond droog. Er hangen vooral jonge gasten aan de bar. Geen vrouw te zien.

Een van de mannen draait zijn gezicht in haar richting. Hij schuift zijn pet wat naar achteren en knijpt zijn ogen samen. Hij moet ongeveer haar leeftijd hebben. Ze denkt aan Joep.

Dan wendt ze zich af en schuift nog wat onderuit in de houten bank. De geruite kussens zijn met strikjes vastgezet. Ze is tevreden. Mooi dat ze hier nu al is. Kan ze morgenochtend eerst eens rustig rondkijken in dit dorp, dat kennelijk een grote rol heeft gespeeld in het leven van haar ouders. Haar moeder... Het gemis is groter geworden dan het verdriet. Alsof er een luchtbel in haar hart zit. Opnieuw neemt ze een paar slokken achter elkaar. Kon ze die bel maar wegspoelen, maar hoe vaak ze dat in haar leven al geprobeerd heeft, weet ze niet meer.

Bizar idee dat ze nu hier zit. Zou haar vader hier in zijn jeugd rondgehangen hebben? Ze legt haar vingers om het glas en laat ze over de letters glijden. TRIBUTE. De naam geeft alles aan. Is dat de reden dat ze hierheen is gegaan? Als een eerbetoon aan haar vader? Aan haar familie?

Nu ik dood ben, mag ik eindelijk praten. Die acht woorden waren voor haar vader zo belangrijk. Hij wist dat hij doodging. En hij wilde een laatste boodschap voor haar achterlaten. Het is alleen zo shit dat ze geen idee heeft wat hij echt wilde zeggen. Zelfs niet nadat ze die spullen vond in zijn werkkamer.

Het idee flitste naar binnen. Met een paar passen was ze bij de oude eikenhouten kast, waarvan de scharnieren met een sinister geknerp over elkaar schoven. Toen de deuren zich openden, duwde een bekende lucht de tranen in haar ogen. De sensatie dat haar vader achter haar stond was zo levensecht dat ze even om zich heen keek. Niets. Toch rook ze hem, de prikkelende geur van zijn aftershave. Ze slikte het brok in haar keel weg.

Well done, darling.

Zijn stem in haar hoofd. Het leek zelfs alsof hij waarderend knikte.

De plank boven in de kast was bijna leeg. Ze hoorde het hem gewoon weer zeggen, met die typische schorheid als hij geëmotioneerd was: 'Dit is jouw plank, Jill.' Op dat moment had ze er nauwelijks aandacht aan besteed. Ze was vooral bezig geweest met haar eigen problemen, niet geïnteresseerd in oude knutselstukjes en schoolschriftjes met stickers, of rapporten waarop elke keer een zogenaamd opwekkende notitie stond: JILL DOET GOED HAAR BEST OP SCHOOL. Dat het weleens andersom had gemogen, bedacht niemand. Ze werd gepest, maar niemand die het had gezien.

Er leek een grote lichtgevende pijl naar de spullen te wijzen. Een bijna lege plank. Bizar. Haar vader propte altijd al zijn rotzooi in deze kast. Maar nu stonden er nog maar twee dingen: een tasje en een doos.

In het tasje zaten de foto's van vroeger. De versierde kartonnen doos herkende ze direct als haar Daddydoos. Daarin verzamelde ze alle brieven, puzzels en lachopwekkers van haar vader.

'*All your stupid riddles, daddy*,' fluisterde ze zacht.

Sinds ze het huis uit was had ze er niet meer in gekeken. Dat hij hem bewaard had!

Op dat moment wist ze dat ze haar erfenis gevonden had: een waardevolle verzameling levenslessen verstopt in een taal die alleen zij tweeën beheersten.

'*Here you are, dear. Your fish and chips. Enjoy!*'

De waard is alweer weg voordat ze kan reageren.

Pfff... Wat was ze aangedaan toen ze het deksel van de doos haalde en zag dat er een vel papier bovenop lag.

Find the truth but keep this a secret.

Dat was het moment dat het besef binnenkwam: haar vader had zijn afscheid zorgvuldig voorbereid. Hij wilde inderdaad dat zij de waarheid zou gaan ontdekken, maar ze mag er met niemand over praten.

Jill stopt een frietje in haar mond. Dit is toch maar lastig te rijmen met zijn normale zwijgzaamheid over vroeger. Ineens geeft hij opdracht om op zoek te gaan, terwijl hij eerder nooit ergens over wilde praten. Niet over familie en niet over Cornwall.

Ze doet intussen verwoede pogingen om de vis met haar mes en vork te ontleden.

'Ik vind het echt stom,' mompelt ze. Want waarom heeft hij die boodschap in een raadsel verpakt? Hij had het haar toch net zo goed gewoon kunnen vertellen? Als het nodig was, had ze haar mond wel gehouden. Nu heeft ze echt geen enkele *clue*.

Als ze haar bestek heeft neergelegd en de vis met haar vingers uit elkaar trekt, komt de man die haar vanaf de bar had zitten bekijken op haar aflopen. Soepele tred, stoer uiterlijk. Maar pas echt opvallend zijn de zeeblauwe ogen die haar geamuseerd bekijken. Heel even verwacht ze dat hij door zal lopen, maar dan stopt hij bij haar tafel en spreekt haar aan.

Het is even wennen dat het huis van de oude vrouw nu wemelt van de mensen. Ik sta als een butler aan de zijkant van haar bed en wacht tot de arts klaar is. De begrafenisondernemer komt straks langs om de afspraken door te spreken die mevrouw allemaal met mij heeft doorgenomen. Alles staat vast. Van de muziek tot de kleding.

Straks staat ook de datum vast dat ik weg kan. Mijn baan zit erop.

De oudroze kleur van de dikke velours gordijnen wordt nu aangeraakt door een vrolijk zonnetje. Als een voorbode.

Het is voorbij. Ook voor mij. Nu krijg ik de betaling die ze me beloofd heeft.

'Wat gebeurt er met mevrouws kat?'

Ook daar is voor gezorgd. 'Prada wordt ondergebracht.'

De kat ligt op het voeteneind te spinnen. De grijze vacht is glanzend geborsteld en het roze strikje zit net iets links van het midden op haar kop, zoals mevrouw wenste.

'Regelt u dat?'

Ik knik en stuur een beleefde glimlach zijn kant op. Hij zet een handtekening onder het formulier en legt het papier op het kabinet waar het gedupliceerd wordt door de spiegel.

'Dit is het dan.' De arts geeft me een stevige handdruk.

'Dank voor uw goede zorgen.' Ik schenk hem een knikje.

'Ik denk dat dat vooral voor u geldt.' De arts neemt me onderzoekend op. 'Wat gaat u nu doen?'

'Op zoek naar een volgende betrekking.' Zo is het.

'Ik wens u al het goede.' Dan is hij weg.

Ik loop naar het buffet en zie de zwierige krul op het formulier. Dat is één. Op het bed rekt Prada zich uit, strekt de pluimpjes op haar oren recht omhoog en krult zich daarna op naast het hoofdkussen. Nog een paar dagen.

8

Het is lang geleden dat Jill zo goed geslapen heeft. Geen idee of het komt door de gezonde zeelucht die door het open raam naar binnen zweeft of door de glazen Tarquin's die ze gisteravond in de pub aangeboden kreeg.

De man met de blauwe ogen bleek John te heten. 'Bijzondere naam,' had ze grinnikend gezegd. Waar ze natuurlijk meteen spijt van had.

Zodra ze de laatste hap van haar eten naar binnen had geschoven, had hij een nieuw glas bier voor haar neergezet, als opening voor een praatje. Natuurlijk had hij veel vragen op haar afgevuurd, maar ze was erin geslaagd om het gesprek om te draaien naar Cornwall, de omgeving en de plaatselijke lekkernijen.

Dat was voor hem aanleiding om de waard een seintje te geven. 'Dan moet je dit proeven,' had hij gezegd. De ijsblokjes verkoelden de warmte van de gin. Na twee glazen hief ze haar hand op. Genoeg gehad. Ze moest haar kop erbij houden.

Jill kijkt de kamer rond. Ze had moeten lachen om de roze roesjes en popperige kussentjes, maar nu kan ze zelfs het bloemetjesbehang waarderen.

John was degene die haar deze Bed & Breakfast aanraadde. 'Is van een tante.'

Jill gaat op de rand van haar bed zitten en denkt terug aan hun afscheid. 'Zie ik je nog?' had ze gevraagd.

'Je komt me vanzelf weer tegen. Iedereen is hier soort van familie.' Hij had haar een vette knipoog gegeven.

Het laatste woord zorgde voor een lichte kriebel in haar maag, waardoor ze even afgeleid was. Daarna was het er niet meer van gekomen om nummers uit te wisselen.

In de badkamer hangen dikke, zachte roze handdoeken. Haar vader heeft in deze omgeving waarschijnlijk zijn jeugd doorgebracht. Vandaag gaat ze achter hun gezamenlijke familie aan. Hopelijk kunnen die haar helpen om de waarheid te achterhalen. Hoewel… na de ontmoeting met John is wel duidelijk dat de term familie hier weleens een andere betekenis kan hebben.

9 – *Porthcurno 1978*

De zon gaf een warmtetraktatie. Bob vond het heerlijk om de natuur in al haar facetten te voelen. De wind duwde zilte lucht op zijn lippen. Hij likte ze regelmatig af. Wat hield hij van die speciale zeesmaak.

'Vandaag gaan we iets spannends doen,' schreeuwde hij over zijn schouders. Hij vertraagde zijn pas, zodat zijn vrienden naast hem konden komen lopen. Zijn rugzak verborg het plan dat hij thuis al bedacht had.

Toen ze bij het klifpad waren aangekomen, ging Bob op het grasveld zitten. Naast hem hijgde James als een van de oude pony's die in de moors *ronddwaalden.*

Bob legde zijn handen op zijn knieën en boog naar voren. 'Het leven bestaat uit uitdagingen, bro's.'

'Ik weet niet,' zei James. 'Als jij over uitdagingen begint, vraag ik me altijd af of ik die wel leuk ga vinden.'

'Laat hem uitpraten.' Elliot stootte hem aan. 'Alles is beter dan die gemene braamstruiken weghalen. Dát is pas een uitdaging.'

Bob grinnikte. Goed gezegd. Hij haalde het flesje uit zijn broekzak. Het zou zijn moeder vast niet opvallen dat er eentje minder stond.

James slaakte een kreet. 'Hoe kom je daaraan?'

'Maakt niet uit. Tarquin's is hét spul.'

'We zijn pas veertien.' James veegde over zijn voorhoofd.

'Heb je hem weer met zijn regeltjes. Laat los, James. We zijn maar één keer jong!' Bob trok al aan de wax waarmee de fles dichtzat. 'Wie wil er een slok?'

Het flesje was binnen een paar slokken leeg. Beteuterd keken ze hoe Bob hem ondersteboven hield. 'Zeventig centiliter verdampt voor je het kunt proeven.'

'Sterk spul,' zei James.

'Jij hebt volgens mij alleen je lippen natgemaakt.'

'Het brandde alsof ik een kapotte fles aan mijn mond zette,' gaf hij snel terug.

Bob pakte het flesje en hield het omhoog. 'Wat dachten jullie van een spelletje "Spin the bottle"?'

'En dan?' Elliot stopte een grassprietje tussen zijn tanden.

Bob boog naar voren en fluisterde: 'Truth or dare?'

Tot zijn grote verbazing stemden de twee vrienden direct met hem in. 'Dat is lang geleden.' De stem van James schoot van opgewonden spanning de hoogte in.

Ze schoven wat dichter bij elkaar en James pakte het flesje. Terwijl hij naar zijn vrienden keek, gaf hij hem een fikse zwieper.

De zon gaf het groene flesje een mysterieus tintje alsof er elk moment een geest uit kon ontsnappen. Bob hield van deze omgeving. Het deels verdorde gras, de ruige struiken en de stenige ondergrond die het zitten niet al te comfortabel maakte. Maar hij hield vooral van het gebeuk van de golven op de achtergrond. Hij wist hoe gevaarlijk de stroming kon zijn en dat de lieflijke blauwe kleur van de zee vooral misleidend was.

'James!' De opening van het flesje lag in zijn richting.

'Truth or dare?'

'Truth,' zei die meteen.

Elliot keek Bob met glanzende ogen aan en fluisterde iets in zijn oor.

'Prima vraag.'

'Zeg jij maar,' gaf Elliot aan.

'Waarom doe je het zelf niet?'

Elliot aarzelde.

James keek van de een naar de ander. 'Kom op, wat wil je weten?'

Elliot schraapte zijn keel en zei toen: 'Op wie ben jij verliefd?'

James werd eerst bleek en daarna rood. Het gebulder van de golven klonk nog sterker dan eerst, terwijl Bob het gevecht in James' ogen zag.

'De waarheid, Sir James.' Bob merkte dat het zijn vriend moeilijk viel. Toen pas viel hem de blik van Elliot op, die als een weerhaak aan zijn vriends gezicht vastzat. Er speelde iets waar hij geen weet van had.

James wierp een vuile blik in Elliots richting en boog toen zijn hoofd. Daarna fluisterde hij: 'Abigail.'

Gedurende een aantal seconden was er niets te horen, zelfs de zee hield haar adem in.

'Maar dat is nog een kind,' riep Bob uit.

Zelf had Bob al een tijdje iets met Barbara, die zat een klas hoger en was gezegend met borsten die in elk bloesje vrij spel leken te hebben. Hij had Abigail nog nooit op die manier bekeken. Misschien dat hij haar eens beter in de gaten moest houden.

'Ik heb niets met haar,' mompelde James.

Als Bob al een tevreden grijns had verwacht op het gezicht van Elliot, dan kwam hij bedrogen uit. Hij zat James met toegeknepen ogen aan te kijken.

'Jij mag draaien, James.' Bob wilde niets liever dan de vijandige sfeer tussen de andere twee weghalen. Hij was zelfs blij dat de opening van de fles uiteindelijk in zijn richting wees. 'Truth,' zei hij gedecideerd.

'Met wie was jouw eerste zoen?' James schoot de vraag op hem af.

Bob glimlachte bij de herinnering. De zachte vochtigheid van haar mond was heerlijk, zeker omdat ze net ervoor een slok van haar milkshake had genomen en ze verrassend koel en zoet smaakte.

'Mijn eerste zoen,' hij vroeg zich af of de andere twee al zover gekomen waren, 'dat is alweer even geleden.' Hij probeerde hun gezichten te lezen. 'Het was zacht als satijn en tegelijkertijd prikkelend als schrikdraad. Mijn eerste zoen was voor Barbara. En de tweede en derde ook.'

De rust was terug.

'Ik draai.' Bob mikte het zo uit dat Elliot een antwoord moest geven. Even dacht hij dat zijn vriend ook voor een waarheidsvraag zou gaan, maar hij tilde zijn kin op en zei: 'Dare.'

Het was duidelijk dat Elliot niets kwijt wilde over zijn verlangen naar een meisje. Maar Bob had thuis allang nagedacht over uitdagingen. En hij had er eentje die goud waard was. Het was alleen jammer dat deze durfvraag bij Elliot terechtkwam. Maar ook daarvoor had hij een oplossing bedacht.

'Durf jij een tattoo te laten plaatsen?'

Elliot deinsde achteruit. 'Een tattoo?'

'Ben je gek?' James staarde hem geschokt aan.

'Hoe moet ik dat betalen?'

'Daar heb ik allang over nagedacht. Wat dachten jullie hiervan,' vervolgde Bob. 'We laten er alle drie één zetten. Het symbool van onze brotherhood, zodat iedereen kan zien dat wij maten zijn. En ik regel het geld.'

10

De pensionhoudster vult de tafel met een puur Engels ontbijt. Jill glimlacht naar haar en schenkt de thee uit een grote theepot. De kruidige geur brengt haar terug naar de eettafel uit haar jeugd, waar haar vader elke ochtend thee zette. Ook toen ze op de middelbare school koffie had ontdekt.

'*Pure English blend*,' zegt de vrouw, die zich de avond ervoor als Andrea heeft voorgesteld. Ze blijft bij haar tafel staan alsof ze om een praatje verlegen is. Ze veegt haar handen af aan het schort dat haar middel bijna in tweeën splijt.

'Woont u al lang in Penzance?' vraagt Jill geïnteresseerd.

'Ik wil u niet van uw ontbijt afhouden.'

Maar Jill nodigt haar uit om bij haar te komen zitten. Om te laten zien dat ze het ontbijt evengoed eer aan zal doen, begint ze de warme toast met boter te besmeren. 'Ik ben geïnteresseerd in deze streek.' Zal ze Andrea vertellen dat ze hier geboren is? Nee, voorlopig houdt ze dat nog even voor zich.

'Dat zei u gisteravond al. U bent op zoek naar uw familie, toch?'

Tot Jills voldoening gaat Andrea zitten.

'Klopt. Als het goed is, woont een van mijn familieleden hier vlakbij.'

'Dan moet ik ze kennen. Ik woon hier al mijn hele leven.' Andrea haalt diep adem en steekt van wal. 'In de zestig jaar dat ik hier woon is er niet veel veranderd. Voor sommigen is het een hard leven, vooral voor degenen die buiten moeten werken, zoals de vissers en de natuurwachters.' Andrea pakt het melkkannetje en voordat Jill haar kan tegenhouden giet ze een scheut melk in haar kop thee.

'Zo dronk mijn vader zijn thee ook.' De herinnering is er plotseling. Jill realiseert zich meteen dat ze vroeger niet alleen melk, maar zelfs ook suiker in haar thee deed. Ze rilt bij de gedachte.

Een enorme plensbui geselt het raam. Zoals voorspeld.

Jill pakt de foto van de twee vrouwen erbij. 'Herkent u deze vrouwen misschien?'

Andrea bestudeert de foto uitgebreid. Af en toe laat ze haar blik over de tafel glijden. Jill voelt zich gedwongen om het spiegelei op haar bord te scheppen. 'Sunny side up!' Dat was de gevleugelde uitspraak van haar vader, zelfs in de laatste week van zijn leven. Terwijl het eigeel in haar toast zakt, strooit ze er wat zout overheen. Pas als ze weer een hap genomen heeft, begint Andrea te praten.

'Als ik me niet vergis zijn dit de zusjes Pearce.'

'Pearce,' herhaalt Jill de achternaam van haar moeder. Natuurlijk kent ze die naam, maar zusjes? Haar moeder had dus een zus? Sinds ze de foto gevonden heeft, heeft ze zich dat al afgevraagd. 'Dus het zijn zussen.'

'Zonder enige twijfel, maar...'

Het kost Jill moeite om verder te eten, omdat de informatie nauwelijks te bevatten is. Hoe kan het dat ze nooit iets van het bestaan van een tante heeft geweten? Zelfs na het overlijden van haar moeder bleef deze zus verborgen. Waarom heeft haar vader haar daar niets over verteld?

Jill drinkt van de thee, die slap en smakeloos is. Maar het helpt haar om de tot brij vermalen toast door te slikken. 'Ken je hen?' vraagt ze met een dikke keel.

Andrea staart naar buiten waar een dik regengordijn de omgeving verbergt. 'Een van de twee woont hier inderdaad in de buurt, maar...' een snelle blik in haar richting. 'Is dit de familie die je zoekt?'

Jill is direct op haar hoede. 'Hoezo?'

'Ik weet niet of het zo verstandig is om daarheen te gaan.' Andrea legt de foto zo ver van zich af dat het lijkt alsof hij besmet is.

'Waarom niet?'

Andrea worstelt duidelijk met haar antwoord. 'Niet alle familiebanden zijn even liefdevol. Kan ik je nog met iets anders helpen?'

'Ik wil ze graag ontmoeten, ze leren kennen. Ik denk dat deze zussen inderdaad familie van me zijn. Alles wat je weet kan mij misschien verder helpen.'

'Er is daar in het verleden heel wat voorgevallen. Er wordt gepraat...' Andrea zucht diep. 'En er wordt vooral veel verzwegen.' Ze schuift onrustig op haar stoel. 'De oudste is spoorloos verdwenen. Er wordt gezegd dat ze naar het buitenland vertrokken is. En de jongste...' Een smalend lachje ontsnapt.

'Wat is er met haar?'

'Laten we maar zeggen dat haar veel is ontnomen. Ze is daardoor nogal... nogal vreemd.'

Jill prikt met haar vork in het smeuïge eigeel. Is dit de reden dat haar vader haar nooit iets over een tante heeft verteld? Maar waarom wil hij dan nu het verleden oprakelen?

Zou ze de naam van haar vader noemen? Nee, haar vader is dood, haar moeder ook, dus die tante is de enige die haar meer kan vertellen over vroeger. Die móét haar vader wel kennen. En ergens moet de informatie liggen waarvan haar vader wil dat die ontdekt wordt.

'Ik hoop dat ik niets verkeerds heb gezegd? Je ziet ineens zo bleek.' Andrea legt haar hand op haar arm. 'Gaat het wel?'

'Ja... Ja, het is niets. Ik ben denk ik nog moe van de reis.' Ze glimlacht dapper. 'Ik ben je heel dankbaar voor je hulp. Mijn ouders zijn hier geboren, maar ze zijn beiden overleden. Deze vrouw is waarschijnlijk de enige die me meer over hen kan vertellen.'

'*O dear*, Cornwall herbergt veel mysteries.' Andrea stroopt haar mouwen op. 'Soms is het beter om het verleden met rust te laten.' Het klinkt bijna als een waarschuwing, ook al is haar stem zo zacht als boter.

'Het is belangrijk dat ik deze jongste zus vind.'

De aarzeling is kort, maar onmiskenbaar. Dan zegt Andrea: 'Ik kan het adres voor je opzoeken.'

'Heel graag.'

'Maar ik weet natuurlijk niet of ze je wil ontvangen.'

'Dat snap ik. Ik ben je heel dankbaar voor je hulp.'

'Ik weet niet of je er wel...'

'Een adres zou heel fijn zijn,' onderbreekt Jill haar. Ineens wil ze weg. De ogen van Andrea porren in het verdriet over haar vader. Het is te vers om te benoemen. 'Dan zal ik mijn spullen vast inpakken.'

Andrea kijkt zo beteuterd naar het verpieterde ontbijt dat Jill zich schuldig voelt.

'Kun je me misschien nog een plezier doen?'

'*Of course dear*,' antwoordt Andrea met een hoopvolle blik.

'Zou ik het ontbijt mogen meenemen voor onderweg?'

Andrea's glimlach is terug. Ze staat direct op en neemt de schalen mee naar de balie.

Binnen vijf minuten heeft Jill alles ingepakt. Nog even tandenpoetsen en ze kan weg. Door het raam kan ze net een streepje zee zien. De regen is weg en de omgeving laat zich nu van haar beste kant zien. De zon schittert op het water.

Ze hoort een stem, ergens beneden.

Behoedzaam veegt ze haar mond af, hangt de rugzak om haar schouders en loopt naar beneden. In de zon verdampen de regendruppels van de ochtend. Jill keert haar gezicht naar het licht en voelt de kracht in haar lijf stromen.

Nog even en ze krijgt een adres. Dit is waar ze op hoopte. Iemand die haar familie kent. Ze kan verder. Op zoek naar haar tante. De zus van haar moeder. Wat een bijzonder nieuws. Zal haar tante haar meer kunnen vertellen over het verleden? Of zijn de zusterbanden al lang geleden verbroken?

Andrea is nergens te bekennen.

Weer die stem. Als ze om de hoek van het huis kijkt, ziet ze Andrea staan met haar telefoon als een microfoon voor haar mond. Ze vangt flarden van het gesprek op. Iets met Mouse en bezoek.

Als ze een stap dichterbij zet, knerpt het grind onder haar voeten. Andrea kijkt om en breekt direct het gesprek af.

'Wacht...' Jill heft haar hand op om haar tot rust te brengen.

'Sorry, je eten.' Andrea rent weg met de stijve benen van een vrouw op leeftijd.

'Relax,' zucht Jill als ze haar plotselinge haast ziet.

Nog geen minuut later heeft Jill een plaatsnaam, een route én een tas vol lekkernijen. Andrea heeft behalve de resten van het ontbijt ook een paar scones ingepakt. 'Goed voor je,' gaf ze daarbij warm aan, maar haar linkeroog trok zenuwachtig samen.

Jill belooft nog een keer langs te komen om te vertellen hoe de ontmoeting geweest is. Als ze Penzance uit rijdt, in de richting van het dorpje met de bizarre naam Mousehole, beseft ze dat Andrea haar komst heeft voorbereid. Haar tante weet dat ze eraan komt. Maar waarom deed Andrea zo geheimzinnig?

Het contact is ineens verbroken. Net zo onverwacht als de oproep.

'Je raadt nooit wie hier is?' zei Andrea.

Nee, dat raadde ik nooit. Ik kijk de enorme slaapkamer rond van de villa die ik vijf jaar als mijn thuis mocht beschouwen. Nu de oude vrouw overleden is, zit mijn werk erop. Het wachten is op de laatste zakelijke afhandelingen.

En nu dit. Het liefst reisde ik nu direct naar Andrea. De belofte is verbroken, maar waarom? Ik wil weten of het klopt. Is ze echt hier? Maar ik kan niet weg. Onmogelijk. Ik moet hier blijven, anders loopt alles toch nog verkeerd. Dan zijn alle voorbereidingen voor een waardige afsluiting voor niets geweest. Elk detail dat ik met de oude vrouw heb doorgenomen. Niets was haar te veel. Ik hoefde niet op de kosten te letten, bleef ze steeds herhalen. Maar de onzekerheid over wat er nu met mij gebeurt, blijft knagen.

Ik loop door de kamer heen en weer en denk terug aan de afgelopen dagen. De vragen. Het lijdzame wachten. De vrouw is dood en ik heb geen werk meer. Na al die jaren dienstbaarheid is het voorbij. Ik moet wachten op die laatste boodschap.

De tijd van de begrafenis staat vast. De kist is een waar kunstwerk, voorzien van alle pracht en praal, zoals ze aan me heeft gevraagd. Het aantal genodigden is sober. Geen familie, geen kinderen, slechts een handjevol kennissen die uit beleefdheid afscheid komen nemen. Alle wensen zijn vervuld, alleen de mijne nog niet.

En nu dit?

Je moet hierheen komen! De wanhoop droop uit Andrea's stem. Ik probeerde haar te sussen. Toch dreinen de woorden vanaf dat moment door mijn hoofd. Moet ik erheen?

Het gaat mis. Als ze daarheen gaat, loopt het niet goed met haar af.

Ik kan niet weg. Ook niet voor háár. Ik moet erop vertrouwen dat het meevalt, ook al weet ik dat Andrea zomaar gelijk kan hebben. Waarom is ze op zoek gegaan?

11

Jill rijdt langs de kade en laat haar blik over de zee dwalen. Er hangen wat wolkenslierten voor de zon, toch verlicht die de ijsblauwe zee. In de verte staat een soort kasteeltje voor de kust in zee. Daar gaat ze binnenkort eens heen. Ze gunt zichzelf de tijd om over het water te kijken. Het is hier betoverend mooi, maar de streek kan tegelijkertijd onberekenbaar zijn. Dat voelt ze wel nu de wind door elke opening van haar jas kruipt. Ze rilt.

Het gemopper van haar motor kaatst gemoedelijk tegen de huizen. Tussen nevelslierten doemen twee koplampen op. Jill remt af en stuurt haar motor naar de kant. Felle lichtsignalen.

'Rustig maar, je kunt er toch langs?'

De auto mindert op geen enkele manier vaart en sjeest recht op haar af. Een irritante claxon.

Shit, verkeerde kant van de weg! Ze wil haar motor tussen de geparkeerde auto's zetten, maar daar is te weinig plaats. Ze remt en wijkt zo ver mogelijk uit.

De auto blijft stug doorrijden. Piepende remmen. Op nauwelijks tien centimeter van haar voorwiel komt de auto tot stilstand.

Haar hart dreunt lange slagen in haar borstkas.

Een man stapt uit. Hij moet zeker de vijftig gepasseerd zijn, zijn grijze haren zitten aan de achterkant van zijn hoofd geplakt. Een lange mantel wappert om zijn schriele lichaam.

'*What do you think you are doing*? Mag een motor aan de verkeerde kant rijden? Wil je dood?' Hij schreeuwt al naar haar voordat ze van haar motor is afgestapt. Haar knieën trillen.

'Sorry, maar ik ben hier net...'

De man luistert niet eens. Hij loopt om zijn auto heen alsof hij de schade opneemt.

Jill volgt hem compleet overdonderd.

Dan ziet hij haar nummerbord. 'Aha, een vreemdeling.'

Jill geeft geen antwoord.

Zijn strakke blik blijft op haar gericht, dan spuugt hij haar toe dat hij niet van buitenlanders houdt en loopt weg. De jas waaiert achter de voorovergebogen gestalte aan. Hij stapt in en geeft een dot gas. Met strakke kaken rijdt hij een paar meter achteruit, draait met een felle beweging aan zijn stuur en rijdt vlak langs haar heen. In zijn ogen gloeit woede.

Jill laat de lucht uit haar longen ontsnappen. 'Welkom in Penzance.'

12

Met haar armen op het stuur staart Jill naar het huis. Ze heeft het adres zonder problemen gevonden. Het blijkt een theetuin te zijn. Het sierlijke gietijzeren hek wordt aan beide zijden geflankeerd door een kunstwerk. Zonder precies te weten waarom, begint ze te huilen. Het huis trilt wazig door haar tranen. Jill weet ineens niet meer of ze blij of verdrietig is. Met licht schokkende schouders stapt ze af en zet haar motor op de oprit. Hier heeft haar moeder haar jeugd doorgebracht.

Behalve haar scones heeft Andrea Jill ook iets anders meegegeven: een onverpakte, duidelijk aanwezige onrust. Ze was zichtbaar aangeslagen door iets wat er in het verleden voorgevallen was. Het leek zelfs alsof ze Jill wilde waarschuwen. Of heeft ze dat verkeerd gevoeld? En de agressieve automobilist heeft het er niet beter op gemaakt.

Het uithangbord ROSEGARDEN geeft haar hart een zetje. Hier moet haar tante wonen. Ze zal haar vast niet wegsturen. Misschien heeft ze zelfs wel een baantje voor haar in de theetuin. Het restaurant kijkt uit op de parkeerplaats, dus ze kan haar tassen mooi op de motor laten zitten. Met alleen haar rugzak loopt Jill naar de voordeur.

In het kozijn van het raam staat een verzameling theepotten in allerlei formaten, en in alle pasteltinten die ze maar kan bedenken. Het oogt lieflijk. Jill houdt helemaal niet van dat popperige dat veel Engelse interieurs kenmerkt.

Als ze de deur openduwt, klinkt er een belletje. Het is warm en comfortabel binnen. Op een fluffy bankstel naast de open haard zit een ouder echtpaar stil in de vlammen te staren. Ze kijken niet eens op.

Jill snuift. De zoete geur van zelfgemaakt gebak doet haar goed. Bij elke stap kraakt de houten vloer zachtjes. Het ademt zo'n warme huiselijkheid, dat ze opnieuw overspoeld wordt door de emoties die al in haar keel zitten vanaf het moment dat ze wist dat ze nog familie had. Waarom heeft haar vader haar dat nooit verteld? Zou ze dan eerder op zoek zijn gegaan? De vragen die nu op haar lippen branden komen te laat. Haar werk als tattooartist heeft haar zo in beslag genomen dat ze kostbare jaren heeft laten verglijden zonder zich te richten op familiebanden. Ze had haar vader, meer wist ze niet.

Hoe anders blijkt het nu te zijn.

Bij een tafeltje aan het raam laat ze de rugzak van haar schouders glijden en gaat zitten.

'Kan ik iets voor je betekenen?'

Een jonge vrouw staat naast haar. Ze heeft zo'n open glimlach op haar gezicht dat de tranen alweer beginnen te duwen. Stoppen nu!

'Een thee graag.'

'Welke smaak?'

Een spottend trekje stuwt een blos naar haar wangen. Stom, in een restaurant bestel je ook geen warme maaltijd. Ze kijkt snel om zich heen of ze een bord ziet.

'Mag ik iets aanbevelen?'

'Ja, graag,' schiet het naar buiten.

'We hebben onze eigen thee, Cornish Tea. Zacht van smaak omdat we altijd de jongste bladeren plukken.'

Jill begint te knikken en stopt daar pas mee als ze ook een scone aangeraden krijgt met huisgemaakte jam. Het resultaat is dat de vrouw met een brede glimlach terugloopt naar de keuken.

Langzaam laat Jill zich tegen de leuning aan zakken. Het is onvoorstelbaar dat ze nu in het café van haar tante zit. Wat zal die verrast zijn. Zij moet toch van haar bestaan weten? *De oudste is spoorloos verdwenen.* Dat zei Andrea over haar moeder. Niemand schijnt te weten dat ze niet meer leeft. Of heeft haar vader die zus wel ingeseind?

De antwoorden zullen hier allemaal opduiken, daar is ze van overtuigd. En haar vader zal haar helpen. Op zijn eigen ondoorgrondelijke manier. Ze is vastbesloten om alle raadsels te ontrafelen.

Stomme mysteries. Als ze mocht kiezen had ze liever gehad dat hij haar gewoon alles opgebiecht had. Dat was wel zo makkelijk geweest.

Het was haar eigen stomme schuld. Die laatste avond had hij haar arm gepakt, alsof hij haar iets wilde vertellen. Ze ziet zijn blik nog voor zich. Ze had hem gesust. 'Laten we er morgen over praten, oké?'

Dat dat te laat was, bleek de volgende ochtend. Zou hij het briefje al eerder hebben geschreven? Of had hij die nacht gevoeld dat zijn einde naderde? Had ze hem maar laten praten.

Ze legt haar hand op de rugzak alsof ze hem zo kan laten voelen dat ze er spijt van heeft.

Ineens voelt ze rust over zich komen. Er glijdt zachte loungemuziek door de ruimte, het geknapper van het vuur lijkt extra ritme te geven. Buiten hangen steeds meer mistslierten. Witte sluiers verbergen het grootste deel van de tuin. Ze ziet zelfs het achterste deel niet.

Eigen thee. Dat zei ze toch? Kunnen ze hier echt eigen thee verbouwen? Jill leunt naar voren en duwt bijna haar neus tegen het glas. Hoe ziet thee er eigenlijk uit?

Vanuit de nevels duikt af en toe een figuur op. Een man? Hij is lang en slank, loopt langs de struiken waarachter hij steeds verdwijnt om even later op een andere plek weer uit de nevels op te duiken. Is het wel een man? Ze wil zo graag haar tante zien dat ze blijft turen en zich zelfs langzaam een beeld begint te vormen van een lange statige vrouw. Net zoals haar moeder was.

'Ik ben bang, daddy.' Jill zit op haar knietjes voor de televisie, maar de rennende poppetjes boeien haar vandaag niet.

'Waarvoor, darling?' Haar vader kijkt haar aan. Eén oog trekt iets naar links, maar daar heeft ze vandaag nauwelijks aandacht voor.

In plaats van te antwoorden geeft Jill hem een oude bril die ze op zolder heeft gevonden. Met zwart papier heeft ze de glazen dichtgeplakt.

Haar vader schiet in de lach. 'Aha, een raadsel.'

Normaal kan ze dan niet meer rustig blijven zitten. Dan zou ze het liefst schreeuwen wat de oplossing van het vraagstuk is. Maar deze bril heeft ze al twee dagen in haar nachtkastje liggen. Pas nu het zondag is, durft ze hem te geven. Zondag is hun heilige samendag. Er gaat geen week voorbij zonder dat ze dan iets ondernemen, een spelletje doen of elkaar raadsels opgeven.

'Een bril, dus het gaat over zien?'

Ze plukt aan de rand van het oude kleed en knikt.

'Zien. Kijken. Ogen. Beeld?' Hij kijkt haar doordringend aan.

Snel kijkt ze weg.

'Wat is er, popje?'

'Je moet het raden.' Haar stem klinkt raar. Dan springt ze op en duikt op haar vaders schoot. Ze voelt zijn armen om zich heen en duikt met haar gezicht in zijn wollen trui.

'Mummy?'

Onder zijn armen knikt ze. 'Ik zie haar niet meer.' Dan komen de tranen. 'Hoe zag mama eruit? Was ze mooi?'

Terwijl de handen van haar vader zacht over haar rug strelen hoort ze zijn stem vanuit zijn borstkas. 'Ja, ze was de mooiste vrouw die ik ooit heb ontmoet. Bruine krullen, romige huid en zo sterk als een boom.'

Jill maakte zich los uit zijn armen. 'Maar er zijn zoveel bomen, daddy.'

'Maar niemand was zoals jouw moeder. Zij was de toverboom die iedereen beschermde tegen het kwaad.'

Vanaf dat moment stelde ze zich haar moeder voor als een boom van een vrouw. En soms als ze door een enorm beukenbos liep, voelde ze de kracht van de moederliefde om zich heen, alsof al die takken haar zouden beschermen.

Jill zucht diep en denkt aan de bril die nu nog in de Daddydoos zit. In de tuin ziet ze de man uit de mist opduiken. Iets aan hem komt haar bekend voor.

'Alsjeblieft, lekkere Cornish Tea.' Een dienblad met een grote theepot vol roosjes wordt voor haar neergezet. Ernaast een schoteltje met twee besuikerde scones met wat dikke room en een bakje met rode jam vol vruchten. Haar maag knort. Ze heeft het ontbijt in haar zijtas niet eens aangeraakt.

'Dat ziet eruit als een feestmaal.'

Een trotse glimlach.

'Ik heb eigenlijk een vraag,' zegt Jill als de jonge vrouw wil weglopen. Maar het is moeilijker dan ze dacht. Hoe begin je over je familie als je geen idee hebt of deze vragen wel goed ontvangen worden?

Onhandig stelt ze zichzelf voor. Als de jonge vrouw aangeeft dat ze Ruby heet, verbaast dit haar niet. Met haar weelderige krullen ziet ze eruit als een operazangeres. De rode lippenstift is zo kunstig gekozen dat hij net niet vloekt bij haar haarkleur.

Jill opent haar rugzak, waarbij het deksel van de urn ineens opdoemt. Snel trekt ze er een shirtje overheen en gaat daarna moeizaam op zoek naar de foto. Als ze opkijkt ziet ze tot haar geruststelling dat Ruby niets doorheeft. Als ze de foto op tafel legt, schuift Ruby bij haar aan met een vanzelfsprekendheid die haar goed doet.

'Ik wilde vragen of...' Jill slikt. 'Deze vrouwen zouden...'

'Dat moet lang geleden zijn,' zegt Ruby. Ze buigt zich over de foto.

Jill durft niets te zeggen.

'Dat lijken Barbara en Abigail wel.' Ruby's vinger rust op de linkse vrouw die haar ene oog tegen de zon dichtknijpt.

'Abigail.' Jill proeft de naam.

'Abigail is de eigenaresse van The Rosegarden.'

Jill voelt een euforisch gevoel opstijgen. Haar tante heeft een naam gekregen. Zij kan haar vast heel veel over haar moeder vertellen.

'Is ze hier?' Jill stoot de vraag naar buiten.

'Hoe kom je aan deze foto?' De verbazing klinkt door in Ruby's stem.

'Van mijn vader.' Haar mond is droog en ze voelt haar hartslag in haar keel.

'Jouw vader? Maar hoe komt die...?'

Net als Jill wil vertellen over zijn overlijden, gaat de deur open. Er komt een vrouw binnen, gekleed in een zwierige witte jurk met een roze vest, een lange bruine vlecht valt soepel over haar linkerschouder. Ze laat haar blik door de ruimte gaan, tot die op Jill valt.

De tijd bevriest.

Ineens snelt een stem door de ruimte op haar af. 'Wie ben...?'

'Abigail?' Jill schuift haar stoel achteruit. Ze wil naar haar toe rennen en haar omhelzen. Maar iets in de blik van haar tante houdt haar tegen.

Abigail doet een paar passen achteruit en stamelt: 'Nee, dat is onmogelijk.' Haar ogen opengesperd.

Jill wil iets zeggen. Haar eigen naam noemen. Zich voorstellen. Maar de ogen van Abigail zijn een en al weerstand.

Dan schudt Abigail haar hoofd. 'Ga weg!'

'Maar...?' Jill staat op en zet een paar passen in haar richting.

Abigail heft haar handen in een bezwerend gebaar naar haar op. 'Ik wil je niet zien!'

'Maar ik ben het, Jill.'

'Nee! Dat kan niet.' Ze stamelt nog een paar onverstaanbare woorden en rent het restaurant uit. Haar gelaarsde voeten klappen hard op de vloer.

Jill staat als vastgenageld aan de grond. De deur valt na wat een eeuwigheid lijkt met een harde klik dicht.

Compleet verbijsterd draait ze zich om naar Ruby die haar met grote ogen aankijkt.

‘Het spijt me. Ik moet naar haar toe.’ Dan is ook Ruby verdwenen.

Heel langzaam zakken Jills schouders naar beneden. Dan loopt ze aarzelend terug over de houten vloer, die met elke stap een akelige kraak geeft. Alle huiselijkheid is in één klap verdwenen.

13

De thee is heet en sterk als koffie. De melk geeft het de zachte smaak die Ruby roemde. Bij het tweede kopje laat Jill de melk weg. De bitterheid van de thee krabt aan haar smaakpapillen. Ze houdt de deur waarachter haar tante is verdwenen goed in de gaten, probeert haar gezicht terug te halen. De bekende trekken die haar bij haar moeder moeten brengen. Haar het gezicht teruggeven dat al zo lang verborgen ligt in gesloten laatjes van haar geheugen en op de paar foto's die haar vader alleen maar bewaard heeft omdat zij hem gesmeekt heeft ze niet weg te doen.

Het haardvuur knabbelt aan de laatste kooltjes als het echtpaar opstaat en met een knikje het lokaal verlaat. De tijd verstrijkt in een pijnlijke stilte. Jill is alleen achtergebleven met de zoetsappige theepotten. De enige getuigen van een pijn die al jaren op de loer heeft gelegen en die ze nooit erkend heeft. Ze had haar afkomst altijd gekoesterd, net als de hoge cijfers voor Engels. Dat ze thuis tot aan de dood van haar moeder Engels hadden gesproken wist niemand.

Afkomst. Het woord geeft zo'n nare smaak dat ze een stuk van een scone afbreekt en er een dikke klodder jam op doet. Het zoet doet haar goed. Het brengt haar terug bij de reden van haar komst. Ze had zich de hereniging met haar familie heel anders voorgesteld, maar ze weet zeker dat ze hier blijft. Ondanks de blik in haar tantes ogen. Ze gaat hier niet weg voordat ze de afwerende reactie begrijpt.

Opnieuw legt ze een hand op haar rugzak. 'Je laatste raadsel. En ik ga het oplossen.' Deze keer zonder de hints van haar vader, maar het is haar eer te na om nu al op te geven. Ergens moet ze meer informatie kunnen vinden.

Buiten loopt Ruby, haar hoofd gebogen maar haar stappen vol zelfverzekerde kracht. Een weegschaal met emoties. Als ze opkijkt en hun ogen elkaar vinden, glimlacht ze. Al snel gaat de deur open en komt ze op Jill aflopen. Een haarnetje van druppels parelt op haar rode krullen.

'Ik kan haar niet vinden,' is het eerste wat ze zegt als ze weer tegenover haar gaat zitten. Een bezorgd trekje blijft hangen in haar ogen, maar haar mond glimlacht.

Jill is bang voor het gesprek dat nu komen gaat. Hoe kan ze na deze slechte start om een onderkomen vragen? 'Ik had mijn komst moeten aankondigen. Ze zal wel geschrokken zijn,' zegt ze daarom.

'Dat zeker. Ik heb geen idee waarom ze zo heftig reageert.'

Jill doopt een vinger in wat kruimels en likt hem af.

'Misschien is het beter als je haar voorlopig met rust laat.'

Dit is de zin die Jill vreesde. Maar mooi dat ze niet gaat bedelen. Het was fijn dat haar vader altijd de vluchtplek bood waar ze kon aanschuiven, maar ze kan ook haar eigen boontjes doppen.

'Ik moet je wat vertellen,' zegt ze terwijl ze rechtop gaat zitten. En ze begint over de dood van haar vader en haar grote wens meer te weten te komen over zijn jeugd.

'Maar wat is zijn band met Abigail?'

'Daar wil ik dus achter komen. Ik heb het idee dat er ergens een familieband is, maar ik heb alleen deze foto.' Ze verzwijgt haar moeder.

'Het spijt...' begint Ruby.

Jill onderbreekt haar snel. 'Als ik alleen al een paar nachten ergens kan slapen, maak je me ongelooflijk gelukkig.'

De helderblauwe ogen beginnen te lachen. 'Een notenboom, zou Abigail zeggen.'

'Een wat?'

'Dat zal Abigail je wel uitleggen.' Ruby legt haar armen voor zich op tafel en leunt naar haar toe. 'Familiebanden zijn altijd bijzonder. Maar gun haar de tijd. Abigail is...' Ruby denkt even na en zegt dan: 'Abigail is nogal excentriek. Laten we het daar maar op houden.'

Er begint iets te juichen vanbinnen. 'Heb je een slaapplek voor me?'

'De oude cottage staat leeg. Het lijkt me totaal geen probleem als je daar voorlopig intrekt.'

'Woont daar niemand?'

'Nee, we zijn maar met weinig. Waarschijnlijk zul je alleen de opzichter tegenkomen, een vroegere schoolvriend van Abigail, hij woont in het tuinhuis. Abigail heeft haar atelier in de zijvleugel en zelf woon ik met mijn zoon hierboven.'

'En jij runt de theetuin?'

'Klopt. Soms helpt Abigail.'

Niet verder vragen, klinkt in deze woorden door.

Gedecideerd schuift Ruby haar stoel naar achteren. 'Zal ik je er meteen heen brengen?'

'Ik wil niet nog meer tijd van je in beslag nemen. Is het moeilijk te vinden?'

'Je kunt het niet missen. Als je de rozenbogen volgt, loop je er zo tegenaan. Rode luiken, hardgroene voordeur en een bordje waarop de naam staat.'

'En die naam is?'

'Red Rose Cottage.'

'Dan vind ik het wel.'

'Fijn, dan ga ik weer aan de slag.' Ruby wil teruglopen, maar draait zich nog even om. 'Als iemand je iets vraagt, haal dan je schouders op en doe alsof je een bezoeker van de tuin bent. Ik moet jouw komst rustig voorbereiden. De bewoners van de Rosegarden hechten sterk aan hun eigen structuur.' Met deze woorden draait ze zich om en rent bijna naar de keuken.

14

De rozenbogen zijn makkelijk te vinden. Ze lopen als een doolhof door de tuin. Jill sjouwt twee grote tassen mee die bij elke pas tegen haar benen klappen. De tuin geurt naar voorjaar en de rozen laten een belofte zien voor de zomer.

'Red Rose Cottage,' mompelt ze voor zich uit. Alsof ze het huisje daardoor sneller zal vinden. De tuin is in strakke lijnen aangelegd. Perken met bloemen duiken uit de donkere aarde op. Bomen staan er als een verdedigingslinie omheen. De tuin is veel groter dan ze had gedacht. Als de rozenboog stopt, blijft Jill staan en tuurt in de mist die dikker lijkt dan eerst. Verrekte flarden. Loopt daar iemand?

'Hello?' Jill steekt haar hand op, maar de gestalte is zo snel verdwenen dat ze zich afvraagt of er wel iemand was.

Pas als ze een eindje naar rechts loopt, ziet ze een popperig huisje staan. Het blijkt de cottage die inderdaad bloedrode luiken heeft. Het huisje is een stuk kleiner dan ze had verwacht. Jill bukt zich en raapt een houten bord op. Ze veegt wat grassprieten weg en leest dan de naam: *Red Rose*. De rode verf van de afbeelding heeft zijn intense kleur verloren. Een afgebladderde bloem, meer is het niet. Ze zet het bord tegen de zijkant van het huis en neemt zich voor om het binnenkort weer de kleur terug te geven die past bij de bloem.

Het rieten dak van de cottage is grijs uitgeslagen, met een groene zweem op de plekken waar verschillende soorten mos het riet bedekken. Een raampje kiert onder het riet vandaan, alsof het dak met moeite zijn oog open kan houden.

Dan staat ze voor de deur die met een prachtige grote klopper versierd is. Als ze tegen de deur duwt – 'Die zit nooit op slot,' zei

Ruby – protesteren de scharnieren een beetje. Het licht valt als eerste naar binnen. De verwachte geur van een lange afwezigheid ontbreekt; het ruikt er opvallend fris. Het zand knarst onder haar schoenen op de houten planken. De sfeer van de woonkamer ademt een gemoedelijkheid uit die haar direct verwarmt.

Voetje voor voetje betreedt ze het domein van de familie die ze nooit gekend heeft. Wie heeft hier gewoond? Heeft haar moeder hier ooit gelopen? Hebben haar ouders elkaar hier ontmoet? Er hangt een lichte vriendelijkheid die haar omringt, alsof haar familie haar welkom heet.

Jill zet de rugzak naast de bank waarvan de rode kussens kleine slijtplekken vertonen.

'We zijn er, daddy.' Ze rilt. Het is toch best koud binnen.

Gelukkig is er een open haard waarin wat verkoolde resten liggen. Ernaast liggen houtbokken die nog niet zo lang geleden gekloofd zijn. Vreemd. Ruby had toch gezegd dat er niemand in de cottage woont? Het gevoel dat er iemand in de deuropening staat, jeukt op haar rug. Schichtig kijkt ze achterom. Niemand. Toch blijft het gevoel om haar heen hangen dat ze niet alleen is. Er gaat opnieuw een rilling door haar lijf.

'Kom op, niet simmen.' Jill gaat op haar knieën bij de open haard zitten. Vuurtje stoken, een favoriet tijdverdrijf thuis. Tijdens de koude winteravonden was hun houtkachel het centrum van gezelligheid. Staren in de vlammen en samen nadenken over de wekelijkse crypto in de krant.

Al snel brandt het vuur en kan ze haar handen warmen. 'We maken het ons maar gezellig, daddy,' zegt ze met een blik op de rugzak. Met een klap sluit ze haar mond als ze denkt aan de inhoud van de urn. Snel staat ze op en draait haar rug naar het vuur. Ze kan de verterende vlammen nu niet zien.

De tuin lijkt een gordijn om haar onderkomen te hebben dichtgetrokken. Tussen de lijsterbesstruiken hangt een vochtdeken die het onmogelijk maakt om de omgeving te bekijken.

Dan ziet ze hem. Naast de rozenboog staat een man met de handen in de zij naar het huisje te staren. Zijn lange mantel dwarrelt los om zijn lijf. Maar het is de voorovergebogen houding die haar direct herinnert aan hun eerdere ontmoeting. En aan zijn afkeer van buitenlanders.

Gedurende enkele ogenblikken staren ze onbeweeglijk naar elkaar, waarbij Jill niet eens weet of hij haar ziet. Dan komt hij met grote passen op de cottage af.

15 – *Porthcurno 1980*

'Ik vertrouw hem niet.'

'Wie niet?'

'James. Hij deugt niet.'

De woede in de stem van Elliot overrompelde Bob. 'Eenmaal vrienden, altijd vrienden.'

'Dat moet je dan maar tegen hem zeggen,' mopperde Elliot verder.

Ze zaten op een hekje net achter het landgoed, de plek waar ze altijd verzamelden voordat ze naar de klif gingen. James was laat.

Tot Bobs grote voldoening had ieder van hen de tattoo van de brotherhood op zijn lijf laten zetten. Zelf had hij het in elkaar gevlochten symbool onder op zijn rug laten plaatsen. Hij was ongelooflijk trots dat Elliot er veel opener voor uitkwam. Bij James had hij nog niets gezien, zelfs na twee jaar nog niet. Misschien dat Elliot bij James de brotherhood meer wilde ervaren?

Bob hing tegen een populier die in de jaren dat hij hier kwam steeds krommer was gaan staan. Hij hield van deze plek, om het uitzicht. En het bood hem de mogelijkheid om de benauwdheid van zijn armoedige bestaan bij zijn moeder te ontvluchten.

Er dwarrelde een blad naar beneden dat op zijn knie belandde. Bruin met een warm gele gloed. Hij legde zijn hand erop en voelde het vocht tegen zijn handpalm.

'Ik heb hem de laatste tijd in de gaten gehouden,' ging Elliot verder. 'Die hele familie spoort niet. Macht is een vreselijke ziekte.'

Bob zuchtte. Hij had helemaal geen zin in dit gesprek. Het zou geheid weer op dezelfde manier eindigen. 'Ze zorgen er anders wel voor dat jullie te eten hebben.' Hij hief direct zijn hand om een reactie te smoren. Hun brotherhood mocht niet zo snel uit elkaar vallen.

Hij dacht aan Barbara die de laatste tijd minder aandacht voor hem had. Sinds een paar maanden stond ze erop dat haar zusje overal mee naartoe ging. Het was een lekker ding, dat kon hij niet ontkennen. Maar verder kreeg hij totaal geen hoogte van haar. Het ergste was dat al Barbara's aandacht naar háár ging. Er moest dus iets veranderen.

Elliot bleef met hele andere zaken bezig. 'De mensen uit deze streek zijn arm en hebben altijd hun rug kapotgewerkt op het land of hun leven gewaagd in de tinmijnen.'

Bob wist er alles van. De mijn had zijn vader opgeslokt waardoor zijn moeder een nieuwe partner gevonden had in de alcohol. 'James is anders,' zei hij fel.

'Precies. Hij is anders,' bevestigde Elliot.

Op dat moment kwam James aanslenteren. Elliot sprong van het hekje en balde zijn vuisten.

Snel ging Bob voor hem staan en siste hem toe: 'Handen thuis, Elliot. We hebben hem nodig.'

Elliot bromde iets onverstaanbaars.

'Hé bro's. Ik heb kaarten kunnen regelen voor het festival.' James zwaaide met wat gekleurde flappen.

'Zie je wel? We kunnen zijn macht gebruiken. Vertrouw op mij,' fluisterde Bob tegen Elliot voordat hij James begroette. Hun vriendschap kon hem veel opleveren, als hij de onvoorspelbare driftbuien van Elliot kon beteugelen.

16

Jill staat midden in de kamer en wacht tot de deur opengerukt wordt. Hij is het. Ze dacht hem net al herkend te hebben, de man die haar bijna heeft aangereden. Nu zijn ze weer op ramkoers.

In de paar seconden die haar scheiden van een confrontatie gaan allerlei zinnen door haar hoofd. *Doe alsof je een bezoeker van de tuin bent. Ik moet jouw komst rustig voorbereiden. De bewoners hechten sterk aan hun eigen structuur.* Maar dat deze goedbedoelde adviezen haar hier niet gaan helpen is wel duidelijk. Alsof bezoekers hier zomaar de open haard aansteken...

De voetstappen naderen snel. Jill zet zich schrap. Mooi dat ze zich niet zomaar uit haar nieuwe onderkomen laat zetten.

Dan wordt de deur opengerukt. De man vult de deuropening.

Jill maakt een uitnodigend gebaar. 'Kom binnen, het begint al lekker warm te worden.'

'Jij?' Hij likt aan zijn droge lippen maar komt dan zowaar naar binnen.

Jill loopt naar hem toe en steekt haar hand uit.

Ook al beantwoordt de man de begroeting niet, haar aanpak werkt. De afweer trekt langzaam uit zijn blik.

'Ruby is zo vriendelijk geweest om me deze plek aan te bieden.' Jill loopt naar de open haard en gooit er nonchalant nog een extra houtblok op. 'Gaat u zitten.'

Met een vertraagde beweging trekt de man de pet van zijn hoofd en gaat inderdaad zitten. 'Wie bent u eigenlijk?'

'Ik ben Jill Skewes.' Ze probeert een glimlach op te zetten die alle mist kan oplossen. 'En u bent?'

'Elliot Hammett.'

'Een vriend van Abigail?'

Er ontstaat eindelijk iets wat voor een glimlach mag doorgaan. Maar al snel trekt die weg en is zijn wantrouwen terug. 'Wat doet u hier? Weet Abigail dat u hier bent?'

'Dat wel, maar...' Jill wil net verdere uitleg geven als ze onderbroken wordt.

'Skewes,' mompelt de man. Hij staart haar indringend aan.

Er verdwijnen tientallen seconden in die blik die elke millimeter van haar gezicht opneemt. 'Je bent van Bob.' Hij zucht de naam naar buiten alsof die al jaren op zijn lippen heeft liggen branden.

'Ja, Bob is mijn vader.'

'Maar dan...' Hij slikt en knijpt zijn pet bijna fijn.

'Mijn vader is overleden.' Het is nog steeds moeilijk om de woorden uit te spreken. Ze bijt hard op haar lip.

'Is Bob dood?' Er ligt iets in zijn ogen verborgen wat Jill niet direct kan thuisbrengen. Dan buigt Elliot zijn hoofd.

'Ja, eind maart, alweer een maand geleden. Hij was al een hele tijd ziek. Ik heb hem de laatste weken van zijn leven verzorgd. Ken je mijn vader?' De zinnen schieten naar buiten.

'Bob is dood,' zegt de man ademloos. Er trilt iets in zijn mondhoek en even is Jill bang dat hij in tranen uitbarst. Dan glijdt er een aarzelende glimlach om zijn mond. 'Maar als hij dood is, dan is hij er niet meer.'

Jill moet ondanks de situatie grinniken. 'Dat lijkt me logisch.' Ze kijkt naar de rugzak, maar ze besluit niet te vertellen met welk doel ze hierheen gekomen is. Haar vader heeft vast niet voor niets gevraagd om het geheim te houden.

'En jij bent dus zijn dochter.'

Jill zoekt naar woorden. 'Ik kwam er toevallig achter dat ik hier nog een tante had. Vandaar dat ik...'

Dan staat Elliot bruusk op, slaat zijn jas om zijn lijf en kijkt naar buiten. 'Oh my lord. Abigail. Ik moet naar haar toe.' Met een paar grote passen is hij bij de deur, rukt hem open en is net zo snel in de mist verdwenen als hij eruit opdook.

Vanuit de open deur komt de kou de kamer binnen. Zijn woorden blijven lang hangen. Hij was duidelijk bezorgd over Abigail. Net als Ruby, die ook direct achter haar aan rende. Maar waarom eigenlijk? Wat is er met Abigail?

De rust valt over haar heen en de uren verdwijnen in de stilte. Misschien was het niet zo slim om zo plompverloren het leven van haar familie binnen te stappen. Maar het schudt de boel wel lekker op. Toch gek dat niemand van haar bestaan weet. Of komt dat omdat haar moeder al op jonge leeftijd vertrokken is en nooit meer iets van zich heeft laten horen? In eenendertig jaar kunnen verhalen veranderen of verdwijnen.

Cornwall herbergt veel mysteries.

En zij gaat helderheid brengen in een van die mysteries. Dat is haar vaders wil. Hij kan dan zelf misschien niet meer praten, er moet wel iets boven tafel komen. En ook al heeft ze geen idee wat dat is, ze gaat er wel voor zorgen.

Het kan niet anders dan dat mensen ontdooien als je voldoende warmte verspreidt. En dus gooit Jill nog een houtblok op het vuur en warmt haar handen. Misschien kan ze Ruby wel helpen in The Rosegarden? Die was duidelijk druk, dus ze zal een paar extra handen vast niet afslaan. Morgen maar eens voorstellen.

De cottage blijkt ruimer dan ze dacht. Jill ontdekt een popperige keuken waarin alles aanwezig is wat ze nodig heeft om te kunnen koken. In het halletje vindt ze een trap naar boven waar twee slaapkamers zijn. De een is duidelijk een opslagkamer, terwijl in de andere kamer een ruim tweepersoonsbed staat. Opgemaakt zelfs. Alleen een badkamer is nergens te bekennen.

Als ze uiteindelijk naar buiten loopt, blijkt de mist verdwenen. De tuin is veel groter dan ze voor mogelijk had gehouden. Ze heeft altijd een tuin willen hebben, maar haar vader had slechts een betegeld achterplaatsje. In deze tuin zullen een paar extra handen nooit afgeslagen worden. Ze gaat zich hier onmisbaar maken.

De avondlucht heeft prachtige kleuren, van roze tot diepblauw. Jill snuift de geur diep op. Ze ruikt de openhaard, maar ook zilte zeelucht. De combinatie brengt haar terug bij een vakantie in Bretagne. Het had de hele week geregend, maar ze had haar vader nooit vrolijker gezien dan in die week aan zee. Ze trokken er samen op uit en droogden hun kleren bij het haardvuur. Elke avond hadden ze spelletjes gedaan. En de glimlach had de hele week haar vaders gezicht verwarmd. Ze begrijpt nu waarom.

Nu ze hier staat, met het wegzakkende licht en de geuren van die vakantie, merkt ze dat ze voor het eerst sinds de dood van haar vader een voorzichtig gevoel van geluk terugkrijgt. Alsof deze omgeving haar langzaam in warme wattendekens rolt. Geen stress, geen druk, en geen verplichtingen. Ze heeft een onderkomen waarvan ze nooit had kunnen dromen. Een cottage. En ze zal er alles aan doen om hier te blijven genieten.

In de verte roept iemand. Het geluid glijdt over het landgoed: 'Waar ben je, Abigail? *Come home*!'

17

Als het licht compleet weg is, hangt er een stilte om het huisje heen die zo intens is dat Jill het geruis van de zee denkt te horen. Het geroep is verstild. Ze heeft nogal wat teweeggebracht. Lijkt Jill dan toch zoveel op haar moeder dat Abigail dacht dat Barbara na al die jaren weer opgedoken was?

Jill schudt haar hoofd. 'Stomme mysteries.'

Ze was vijf jaar toen haar moeder overleed. Hoe vaak heeft ze haar graf getekend? Er bestaan zeker tien versies in haar hoofd en ze heeft geen idee welke klopt. Krullige letters, het woord *mummy* en de echte naam van haar moeder: Barbara Pearce. Soms alleen maar *I miss you*, woorden die ze nooit meer tegen haar moeder kon zeggen.

Zo jong als ze was, voelde ze aan dat ze geen moeilijke vragen moest stellen. In haar hoofd groeide haar eigen wereld die draaide om haar moeder. Ze miste haar ontzettend, maar elke keer als ze dat zei, vertrok haar vaders gezicht van pijn. Dus zweeg ze tot ze de raadsels als middel ontdekten.

Wist Abigail eigenlijk wel dat haar zus dood was?

Bizar trouwens, hoe bezorgd iedereen om haar tante heen draait. Als opgewonden kippen kakelen ze tijdens het zoeken naar Abigail. Terwijl ze misschien alleen maar even rust zoekt om te verwerken dat de dochter van haar zus opgedoken is.

Jill voelt zich toch wat ongemakkelijk. Maar wat kan ze eraan doen? In de keuken trekt ze zonder al te veel hoop de koelkast open. Het lichtje beschijnt tot haar verbazing een doos eieren, margarine en wat spek. En als ze ook nog flesjes Guinness ontdekt, groeit er een vette glimlach op haar gezicht.

Met haar gevonden schat laat ze zich in- en intevreden op de bank vallen. De eerste slokken bier landen als een welkome verzachting.

Ze heeft het boek met de envelop voor zich op tafel gelegd. Op de cover twee personen die elkaar hartstochtelijk omhelzen. Het kan niet anders dan dat haar vader haar met dit boek iets wil vertellen. Het moet iets anders zijn dan dat er een dagboek moet zijn. *Achter elke grote liefde schuilt een prachtig verhaal...* De ondertitel zit al sinds haar vertrek uit Nederland in haar hoofd. Een prachtig verhaal?

Nu ik dood ben, mag ik eindelijk praten.

Een verhaal. Eindelijk praten. Welk verhaal wil hij haar vertellen? Over zijn grote liefde? Wil hij haar eindelijk meer vertellen over haar moeder? Ze schiet overeind, zet met een klap het flesje op tafel en pakt het boek. *Het dagboek.* Ineens weet ze wat haar al die tijd dwarszat. Haar vader las alleen maar Engelse boeken, dus waarom zou hij nu deze Nederlandse vertaling lezen? Het klopt gewoon niet.

The Notebook. Heeft die titel een betekenis? Is er ergens een aantekeningenboekje? Of...

Ze pakt haar mobiel en typt een zoekterm in. Al snel duikt het boek op, met een andere cover. Dan valt haar oog op de ondertitel van het originele boek: *Can you ever escape your past*?

De vraag knaagt scherpe randjes aan alle vragen. Kun je ooit ontsnappen aan je verleden?

Haar hart slaat een slag over. Al die keren dat haar vader het gesprek handig een andere kant op stuurde. Niet praten over Cornwall, niet over vroeger, niet over haar moeder. Dus hoe bizar is het dat hij nu wél wil dat zij op onderzoek uitgaat?

Het verleden van haar vader. Wilde hij eraan ontsnappen? Of bestaat er een geheim waar hij niet over mocht praten?

Jill bladert door het boek op haar schoot tot ze bij de envelop aankomt waarin het handgeschreven briefje zit. Ze bestudeert de lussen van de letters. Een trillerig handschrift. Ze volgt de letters met haar vinger alsof ze op die manier in het hoofd van haar vader kan kijken. Wat dacht hij toen hij dit opschreef? De afstand tussen het woord 'eindelijk' en het woord 'praten' lijkt groter. Liep hij gevaar als hij erover zou praten? Of zoekt ze nu te diep?

Jill kijkt naar de urn die ze op het tafeltje van knoestige takken heeft gezet. Een simpel en basic meubelstuk gemaakt door iemand die graag werkt met zijn handen. Haar vader is in Cornwall; de streek waar hij is opgegroeid.

Ze pakt de envelop om het briefje terug te stoppen. Wat is dat nu? Aan de zijkant van de envelop zit een stukje los. In haar buik begint iets te tintelen dat langzaam groeit tot een gevoel dat te groot is voor haar lijf. Ze kan niet meer stoppen met lachen. Algauw gaat het over in gesnik.

'*You fooled me*. Je had me bijna voor de gek gehouden.'

Heel even voelt ze angst voor wat ze nu gaat ontdekken. Stel dat ze helemaal niet naar Cornwall had moeten gaan? Dat ze hier zit, terwijl haar vader iets heel anders bedoelde. Maar dan steekt ze resoluut haar wijsvinger in de opening en probeert voorzichtig het papier los te wurmen. Voorzichtig zijn. Ze mag een eventuele boodschap niet vernielen. Hè nee, nu is het papier toch een beetje ingescheurd.

Ze trilt van opwinding bij het idee dat haar vader op zijn sterfbed nog bezig is geweest om haar aanwijzingen te geven. Hij had het toch ook gewoon kunnen zeggen? Er waren genoeg momenten geweest dat ze samen stilletjes bij elkaar zaten. Waarin zij hem soms alleen maar een glimlach toewierp om te zeggen wat ze niet kon uitspreken.

'Is dat het? Was je bang voor mijn reactie? Voor vragen?' De envelop laat onder haar behoedzame vingers langzaam maar zeker de boodschap los. Het laatste hoekje scheurt af. In het binnenwerk van de envelop zit een klein briefje. Zo klein opgevouwen dat ze het bijna gemist had.

Ze knipt een lampje aan, schudt het papiertje eruit en vouwt het met trillende vingers open. Het vuur flakkert onrustig. Ze hapt naar adem. Het boek glijdt van haar schoot en komt met een doffe klap op de houten vloer terecht. Waar het blijft liggen. Jill heeft er geen oog voor.

Ik moet er gewoon heen. Voor de zoveelste keer reken ik uit of ik voldoende tijd heb om heen en weer te reizen. Niet langer wachten nu. Met mijn hoofd om de deur van de keuken zeg ik tegen de dienstbode die al dagenlang bezig is de voorraadkast leeg te maken: 'Ik ben even weg.'

'Wat...?'

'Kan niet anders. Belangrijke afspraak,' stoot ik uit.

'Take care, ma'am.'

De auto staat voor het bordes. Als Carl tevoorschijn schiet, wuif ik hem weg. Ik kan de weg dromen, zelfs in het donker.

Misschien had ik toch eerder moeten gaan. Hopelijk heeft Abigail haar nog niet ontmoet, dat zou weleens desastreus kunnen aflopen.

18

Het is zo diepdonker in de slaapkamer dat Jill haar ogen openspert totdat het pijn begint te doen. Ze kan natuurlijk het licht op de kleine overloop aandoen. Nee, het idee dat ze dan opnieuw de kou in moet…

Ze ligt in elkaar gerold onder het dikke dekbed, maar kan de slaap niet vatten. De wind suist door het riet. Het zou rustgevend kunnen zijn, maar die extra boodschap van haar vader houdt haar wakker.

Onvoorstelbaar dat hij de moeite heeft genomen om dit briefje te verstoppen, met het risico dat ze het niet zou vinden. De aanwijzing was kennelijk niet dringend genoeg om goed vindbaar neer te leggen.

Jouw moeder is het antwoord.

Sinds het moment dat ze dit heeft gelezen razen de vragen door haar hoofd. Als ze dit combineert met de eerdere boodschap van haar vader lijkt het overduidelijk: het geheim waar hij niet over mocht praten, heeft te maken met haar moeder. Maar ze kent haar vader, zijn raadsels hebben nooit eenvoudige oplossingen.

Ze ziet zijn gezicht weer voor zich. De heldere ogen, dicht bij elkaar staand, die hem altijd een pientere uitstraling gaven. En dan de kuiltjes in zijn wangen die alleen verschenen als hij zich verkneukelde over iets. Zoals de momenten waarop hij haar op het verkeerde been zette. 'Bijna, Jill,' zei hij dan en hij schudde zijn hoofd.

En nu blijkt het dus haar moeder te zijn over wie hij niet mocht praten?

Jill rolt op haar andere zij en duwt het kussen onder haar hoofd. Ontelbare keren heeft ze hem vragen gesteld. En hij gaf geen antwoorden. Al helemaal niet over haar moeder. Morgen gaat ze Abigail opzoeken. Zij is degene die meer over haar moeder kan vertellen.

De vermoeidheid duwt stemmen in haar hoofd. Of nee, het is hetzelfde geroep dat eerder die avond klonk. De naam knijpt haar maag samen. En de wanhoop die doorklinkt in Elliots stem bezorgt haar kippenvel. Het is haar schuld dat Abigail is weggevlucht. Maar waarom is ze dan zo geschrokken? Wist ze niet dat ze een nichtje had? En waarom die afweer?

Ze trekt het dekbed over haar oren, maar het geroep houdt aan. Tot ze niet meer weet of het echt is of dat het alleen in haar hoofd klinkt.

Met gespitste oren wacht ze af, terwijl ze het liefst niets meer wil horen.

'Abigail!' Vlak onder haar raam.

Jill krimpt in elkaar. Elliot zal toch niet binnenkomen? Hij weet dat zij hier is. Ze rolt zich nog verder in elkaar en voelt haar hart bonken.

'Ze moet hier zijn.' Een donkere stem buiten.

Staat Elliot bij de voordeur? Ze ziet hem zo weer voor zich. De dunne haren die alleen nog aan de achterkant dik genoeg zijn om zijn hoofdhuid te bedekken. Zijn groene ogen die haar strak aankeken. Hij is een vroegere schoolvriend van Abigail, vertelde Ruby. Weet deze Elliot misschien meer over haar moeder? Dát heeft ze niet eens gevraagd! Wel was duidelijk dat hij haar vader kende. Hij was zelfs ontdaan over zijn dood. Alles grijpt in elkaar.

Met gespannen spieren ligt ze in bed en volgt de sluipende voetstappen langs het huis naar achteren. Weer gekraak, dan is het stil.

Ze zucht diep. Er valt nog veel te ontdekken. Ze is op een of andere manier ook een beetje bang voor wat er boven tafel komt.

Gekraak van een scharnier. Dan een sluipende tred in de hal.

Onmiskenbaar. Er is iemand binnen! Loopt Elliot door de woonkamer? Waarom? Dan zou hij toch aankloppen en vragen of ze Abigail gezien heeft? Maar dat gebeurt niet.

Jill gaat rechtop zitten, trekt het dekbed tegen zich aan en staart in de richting van de slaapkamerdeur. Ze hoort alleen haar eigen snelle ademhaling. Dan ineens een harde bons.

Stel dat het Abigail is! Ze heeft haar arme tante de stuipen op het lijf gejaagd, dus dit is haar kans om haar gerust te stellen.

Op blote voeten schuifelt ze over de houten planken. Haar handen voor zich uitgestrekt tot ze de deur voelt. Ze legt haar oor ertegenaan, maar hoort niets. Behoedzaam duwt ze de kruk naar beneden. Bang is ze niet. Ze vertrouwt volledig op haar andere zintuigen.

Weer die overheersend zoete geur. Er is iemand binnen.

Voetje voor voetje daalt ze de trap af. Via het raampje in de hal valt een schemerig licht naar binnen. Een koude tocht trekt naar boven.

'*What the fuck*.'

De voordeur staat wagenwijd open. Er is niemand te zien. Snel sluit ze de deur. Met de armen om zich heen om het rillen tegen te gaan, loopt ze naar de woonkamer en knipt het licht aan. Niemand te zien.

Het is vreemd hoe snel een ruimte eigen wordt. Het valt haar direct op dat er iets veranderd is. Maar wat? De urn staat pontificaal midden op het tafeltje. En heel even vraagt ze zich af of zij hem daar heeft neergezet of dat iemand hem heeft verschoven.

Haar ogen flitsen rond. Ze mist iets.

De envelop! Ze had hem toch op tafel gelegd? Ze zoekt met haar handen tussen de kussens van de bank, tilt de urn op, maar zowel de envelop als het kleine briefje zijn nergens meer te bekennen. Dan ziet ze vanuit haar ooghoek iets op de buffetkast wat er eerder nog niet was.

De adem stokt in haar keel. Het briefje van haar vader is vastgenageld aan het hout. De punt van een mes is in het woord 'antwoord' gedreven. Hard en diep. Alsof elk antwoord haar verder in de problemen gaat brengen.

19

Buiten duwt een lichte gloed de nacht weg. Na de ontdekking van het mes was terugkruipen in bed geen optie meer. Iemand heeft haar een waarschuwing gegeven. Stop met zoeken! Maar dat is natuurlijk niet wat ze gaat doen. Ze is niet voor niets helemaal naar dit uiterste puntje van Cornwall gereisd.

Er is meer aan de hand dan ze vermoedde toen ze hiernaartoe reisde. Waarom heeft niemand haar ooit verteld dat ze een tante heeft? Is er nog meer stilgehouden? Haar moeder is het antwoord, zegt haar vader. Ze moet dus met Abigail praten. Zij moet haar meer kunnen vertellen over haar moeder.

In de keuken ligt het zorgvuldig ingepakte ontbijt van Andrea nog op het aanrecht. Jill pulkt het papier met lange vingers open. Nee, dit gaat ze echt niet meer eten. Zo'n vette, koude hap. Met een kop dampende thee in haar handen loopt ze naar buiten. Gelukkig wordt het weer licht.

De zon valt op het gras. Vochtsluiers kringelen onschuldig omhoog. De tuin is bedekt met een net aan dauwdruppels die van de spinnenwebben echte kunstwerkjes maken.

Hé, er heeft iemand over het vochtige tapijt gelopen. Is Elliot zo'n vroege vogel? Of is dit nog van afgelopen nacht?

Jill loopt door de tuin naar achteren. Wat een prachtig uitzicht. In de velden staan eenzame huisjes tussen de heggen. Tegen de horizon schittert de zee in het vroege licht. Ze heeft geen idee waar de tuin begint en ophoudt. Wat een enorm landgoed.

In de verte loopt een schim tussen de struiken. Jill tuurt net zo lang tot haar ogen beginnen te tranen. Is Abigail die vroege vogel? Een witte jurk fladdert als een sluier achter haar aan.

Gedurende een kort moment overweegt Jill om haar te roepen.

In plaats daarvan klimt ze op een hekje tussen twee kromgewaaide populieren en kijkt toe hoe de bijna zwevende figuur nu in de ochtendnevel verdwijnt. De zucht komt van zo ver dat Jill er zelf van schrikt. Dan lacht ze zachtjes. *Ik ben er. Dit is mijn thuis!* En terwijl ze de zilte zeelucht diep inademt weet ze: dit hekje wordt haar favoriete plek. Hier kan ze al haar zorgen loslaten en misschien wel een nieuw leven beginnen. Met haar familie om zich heen.

Ze nipt aan de sterke thee. Dan heeft ze wel eerst wat antwoorden nodig. Er zijn belangrijke zaken verzwegen, en dat doet haar meer dan ze zou willen. Ze herinnert zich nog goed die ene dag waarop ze heel wat vragen gesteld heeft. Tevergeefs hopend op een antwoord.

Ze was acht jaar. Naast haar ontbijtbordje lag een verjaardagskaart. Een afbeelding van een berengezinnetje dat de kaarsen uitblaast. Achterop stond in het krachtige handschrift van haar vader: HAPPY BIRTHDAY JILL, DADDY (AND MUMMY)

De haakjes zetten haar aan het denken.

'Hield Mummy veel van mij?'

'Heel veel.'

'Waarom gaan we nooit naar haar toe?'

'Ze is er niet meer. Maar ze weet dat jij altijd aan haar denkt.' Haar vader trok haar op schoot en knuffelde haar flink. Ze leunde tegen zijn borst aan en dacht terug aan wat haar klasgenootje vorige week vertelde.

'Mike moet elke zondag naar het graf van zijn opa.'

De warme adem van haar vader streek over haar wang. 'Een begraafplaats is niets voor kinderen,' zei hij zacht.

'Mike zegt dat zijn opa die bloemen toch niet ziet.' Ze hoopte dat haar vader haar nu zou tegenspreken: dat haar moeder alles zag wat ze deed. En dat Mummy wist dat Jill soms zo hard aan haar dacht dat het pijn deed in haar hoofd. Ze wilde hem zeggen dat ze af en toe bloemen plukte voor haar moeder en die neerlegde op de plek waar haar auto altijd geparkeerd had gestaan. Op dezelfde plek waar ze altijd stond te zwaaien tot de auto uit het zicht verdween. Maar ze deed het niet. Ze was bang dat haar vader dan ook verdrietig werd.

'Wat wil je voor je verjaardag, darling?'

Elk kind kreeg op zijn verjaardag een cadeautje, maar in hun gezin golden andere regels. Op haar verjaardag trakteerde ze op school en mocht ze vertellen wat haar grootste wens was. Ze kreeg pas de dag na haar verjaardag haar cadeau. Ze had geen idee waarom.

Met haar oor tegen haar vaders borstkas luisterde ze naar zijn hart.

'Ik zou zo graag mama nog een keer willen zien.'

Zijn hart klopte rustig door.

Ze ging rechtop zitten en keek haar vader aan. 'Dat gaat niet, hè pap?' Ze was bang dat hij nu verdrietig zou worden, maar hij keek over haar heen met een zachte glimlach om zijn lippen.

'Nee, lieverd, dat kan ik je niet geven.'

'Ze is toch in de hemel?'

'Ja,' fluisterde hij zacht. 'Ze is in de hemel. En ooit zie je haar terug.'

Ze probeerde de vragen die als een storm in haar hoofd raasden tegen te houden, maar het lukte niet. Met haar hoofd naar beneden om zijn blik niet te hoeven zien, stelde ze elke vraag die opdook. Waar ze geboren was, wie erbij waren. Of ze in een mooi huis woonden en of de zee dichtbij was. Of ze een oma had en of haar moeder veel lachte. Welke kleren haar moeder mooi vond en of ze nog nichtjes of neefjes had. Als laatste vroeg ze of ze misschien samen naar Cornwall konden gaan om haar familie op te zoeken.

Het bleef stil.

Op dat moment wist ze dat ze te veel gevraagd had.

Het was heel lang stil. Zijn hand bleef continu over haar rug strijken. Ze sloot haar ogen en zag het beeld van haar moeder dat allang niet meer scherp was.

Ineens schraapte haar vader zijn keel. 'Later, liefje.'

In plaats van tevreden te zijn, bleef ze vragen stellen. 'Wanneer is jouw later, daddy?'

'Die tijd komt als het tijd is.'

'Wanneer is het tijd?'

'Als het leven eindigt, waardoor er nieuwe kansen komen.'

Boos was ze de trap op gestampt naar haar kamertje. Er kwamen helemaal geen nieuwe kansen na de dood. Haar moeders dood gaf alleen maar verdriet. Bovendien moest ze er niet aan denken dat ook haar vaders leven zou stoppen.

Op haar kamertje verdween ze in haar eigen wereld, die ze met rake lijnen op papier zette. Vaak waren dat tekeningen die veel weg hadden van het schilderij met de kliffen. De ruige omgeving. De beukende zee die woest tekeerging. De onverzettelijke rotsen die elke golf opvingen. De wind die de ene keer de zee hielp en de andere keer de rotsen liefdevol omhulde.

Na het tekenen waren de vragen verdwenen en kwam ze weer tot rust.

De volgende dag kreeg ze van haar vader een foto van haar moeder. Vanaf dat moment had ze haar zo vaak nagetekend dat ze elk detail van haar gezicht kon dromen.

De wind verkoelt de lijnen die de tranen op haar wangen achterlaten. Snel veegt ze ze weg. De gesprekken in haar hoofd zijn soms zo levensecht dat het lijkt alsof haar vader nog steeds bij haar is. Het voelt heel vertrouwd. Maar ze bemerkt ook haar woede. Al die tijd heeft hij antwoorden achtergehouden. Is zwijgen ook liegen?

Even later is ze terug bij de cottage. Er kringelt nog rook uit de schoorsteen, dus ze heeft nog tijd om buiten rond te kijken. Ze moet hout naar binnen brengen, de voorraad is behoorlijk aan het slinken. Ze zet haar kopje in de vensterbank en loopt naar achteren waar ze de vorige avond een afdak heeft ontdekt.

De uitbouw heeft de grootte van een schuurtje, dus als ze de deur openduwt verwacht ze een bende aan oud gereedschap te vinden.

'Wat...? Dat is een verrassing!' Voor haar ligt een badkamer met roze tegels die worden onderbroken door een sierlijst van rode roosjes. De douche is luxe en ruim, de moderne mengkraan glimt. De badkamervloer glimt en een zoete geur onderstreept haar conclusie dat de douche die ochtend nog gebruikt is. Ze herkent de geur van afgelopen nacht.

Iets meer op haar hoede kijkt ze in de glazen kast waar kleine stapeltjes met roze handdoeken liggen. Alles fris gewassen en klaar voor gasten. Het klopt niet. Ruby zei toch dat het huisje niet meer in gebruik was?

Het lijkt haar onmogelijk dat Elliot deze roze doucheruimte gebruikt. Maar wie dan wel? Was Abigail de nachtelijke bezoeker? Zou zij na het binnendringen in de cottage doodleuk een douche zijn gaan nemen?

20

Jill doodt de tijd door het terras op te ruimen. Haar maag rommelt, maar ze durft zich niet zo vroeg in het landhuis te melden.

Naast het huis kraakt een tak. Loopt daar iemand? Jill kijkt op, maar ziet niets. Ze is niet eens echt verbaasd dat ze in de gaten wordt gehouden, zo direct komt haar tante vast tevoorschijn. Die zal toch ook nieuwsgierig zijn.

Ze onderdrukt de neiging om het mes te halen en in de tuintafel te steken. Gewoon als bewijs dat ze niet bang is.

Geritsel. Dichterbij nu.

Een zenuwachtig lachje begint in haar keel te kriebelen. Het idee dat haar tante haar besluipt is bizar, toch heeft ze helemaal geen zin om zich te laten verrassen. Het mes was een waarschuwing, geen vriendelijk welkom. En dus zet ze een paar passen in de richting van het geluid.

'Is daar iemand?'

Tot haar verbazing ziet ze tussen de struiken een jongen van een jaar of vijf zitten.

'*Good morning*,' zegt ze vriendelijk.

Hij kijkt haar onbewogen aan, komt overeind en loopt naar haar toe, zonder haar een blik waardig te gunnen.

'Wie ben jij?'

De jongen kijkt haar nu aan. Zijn bleke huid is bedekt met een regen aan sproetjes die alleen zijn oogleden hebben overgeslagen. 'Luke,' zegt hij dan met vlakke stem.

'Wat een mooie naam.' Dit moet de zoon van Ruby zijn.

De jongen bekijkt haar nu uitgebreid. Zijn ogen zijn zo helblauw dat het bijna onnatuurlijk is.

'Ik ben Jill.' Ze steekt haar hand uit, maar de jongen negeert hem totaal.

'Ben jij dat gevaarlijke nichtje van Aunty Abbey?'

Jill wordt geraakt door de monotone stem. Zo anders dan de vrolijkheid die Ruby verspreidt. Voordat ze iets kan zeggen, draait hij zich al om. Hij loopt nogal houterig, terwijl hij zijn hoofd fier rechtop houdt.

Jill loopt achter hem aan. Misschien kan ze direct mee voor een ontbijt?

In de warme ochtendzon ziet het landhuis eruit als een sprookje. De grijze leistenen dakpannen glanzen in het licht, slechts onderbroken door kleine dakraampjes. Hemel, het is veel groter dan ze zich had gerealiseerd. Er zitten twee vleugels aan het restaurantgedeelte dat in het midden van het landhuis ligt. In een van deze vleugels woont dus haar tante. Wat een rijkdom om zoiets te bezitten.

Als ze bij de brede toegangstrap aankomt, stopt Luke. Hij draait zich ineens om en staart haar indringend aan. 'Waarom is Aunty zo bang voor je?'

'Ik...' Haar stem stokt.

Dan vertrekt zijn blik naar de verte. 'Slechte mensen lijken aardig, maar zijn gevaarlijk. Dat heb ik van Elliot geleerd.' Dan loopt hij de trap op en verdwijnt in het duister van de hal.

21 – *Porthcurno 1980*

Zijn wang gloeide nog na van de klap die zijn moeder hem had gegeven. Deze keer ging het bijna fout. Hij had zijn vuist al opgeheven, maar kon net op tijd wegrennen. De schaamte. Hij wist dat zijn moeder zich dit voorval morgenochtend niet meer zou herinneren.

Bob zat op de plek waar hij de rust altijd terug voelde vloeien in zijn lijf: een ruige klif. Hij steunde met zijn armen op zijn knieën en staarde naar de regenbui die een eind verder boven de zee hing. Hij kon zich het moment niet meer voor de geest halen dat zijn rol veranderd was. Hij wist dat hij niet meer primair kon reageren. Hij moest de wijste zijn, ook al was hij pas zestien. Hij moest zijn moeder blijven beschermen, ook al verdiende ze het niet.

Niemand wist wat er bij hen thuis gebeurde. En als het aan hem lag, bleef dat ook zo. Hij moest zijn moeder blijven steunen, zo lang als hij zichzelf de baas kon blijven.

Hij mikte een steen in de diepte. De plons klonk enkele seconden later. De zee liet zijn gedachten altijd weer in het gareel lopen. De oneindige beweging waarin elke druppel meeging in het geheel gaf hem rust. Er waren te vaak momenten dat zijn zo moeizaam opgebouwde balans werd ondermijnd en mensen achter zijn rug om over hem praatten. Of, erger nog, als vrienden zich niet aan hun afspraken hielden. Net als een paar weken geleden toen bleek dat Barbara op het laatste moment besloot niet mee te gaan naar het festival.

'Ik moet voor mijn zusje zorgen,' zei ze met een gezicht dat uitstraalde dat ze dat helemaal niet erg vond.

'Neem haar dan mee,' had hij nog geprobeerd.

Maar ze had resoluut haar hoofd geschud. 'Te link,' had ze gezegd.

Natuurlijk kende hij de roddels. De vreemde verhalen die de ronde deden over Abigail. Maar hoe erg kon het nou echt zijn als ze haar een beetje in de gaten hielden? Barbara was helaas onvermurwbaar.

Hij ging even verzitten en veegde daarna het gruis van zijn handen. Wat een land. Geen wonder dat hier niets groeide. De zoute westenwind had hier vrij spel en dwong de weinige planten die zich boven de grond waagden direct tegen de rotsen aan. Als het aan hem lag, vertrok hij zodra hij zijn diploma had. Weg uit Cornwall. Weg uit dit ruige land zonder enige hoop op verbetering. Weg van de vooroordelen over zijn moeder en hem. Nog twee jaar, dan was hij achttien en zou hij vertrekken.

De bui was weggetrokken en de horizon lag weer als een scherpe lijn voor hem. De zon zorgde dat de zee als een blauwe spiegel voor hem lag. Wel één met witte koppen.

Was het nog maar twee jaar geleden dat ze hier hadden gezeten en dromen en waarheid deelden? Misschien kon hij Barbara beter laten schieten. Hij voelde er niets voor om altijd zo'n lastig zusje op sleeptouw te moeten nemen. Hij wilde met Barbara alleen zijn en de dingen doen waar zijn lichaam om schreeuwde.

Bob pakte een grotere steen en wierp die met kracht weg. Die stuiterde over de rotsen via een grillig patroon en brak toen in tweeën.

Hij verstijfde. Natuurlijk. De oplossing was te logisch. Dát moest hij doen.

22

Ze heeft te veel gegeten. Vette spek, witte bonen en dan ook nog een halfrauw roerei. Het ligt als een lading beton op haar maag. Jammer genoeg zat ze helemaal alleen aan haar ontbijt. Iedereen had iets anders te doen.

Eerst maar eens op ontdekkingstocht door de tuin, die ze pas voor een deel gezien heeft. Een wandeling zal haar goed doen. Tot haar verbazing staan er allerlei stenen beelden tussen de bloemen. Grote figuren met ronde vormen. Pas nu ze erop let, ziet ze dat de hele tuin er vol mee staat. Ze vormen een prachtige route, niet zo gek dat de tuin veel bezoekers trekt.

Als ze even gelopen heeft, ziet ze de top van een kruis boven de struiken uitsteken. Nieuwsgierig loopt ze ernaartoe. Het is een houten kruis dat tussen twee struiken met felroze bloesems staat. Een gedenkplaats? Nu ze haar vader verloren heeft, kan ze zich wel voorstellen dat je zoiets in je eigen tuin maakt.

Zou Abigail dit hebben gemaakt als herinnering aan haar verongelukte zus? Snel duwt ze de gedachte weg. Dat zal wel niet.

Ze duwt de struiken een beetje opzij. Het hout van het levensgrote bouwwerk is groen uitgeslagen. Toch zijn de sierlijk bewerkte symbolen nog goed zichtbaar. Onderaan ontdekt ze een inscriptie, ze laat zich op haar hurken zakken. Een jaartal. In zwarte letters. Het is lastig te ontcijferen. Met haar nagels krast ze het mos weg.

Dan deinst ze achteruit, waardoor ze achterovervalt.

21-06-1988

Wat bizar. Haar geboortedag!

Ze krabbelt overeind en rent weg bij het kruis dat ineens naargeestig aandoet. Het moet wel toeval zijn. Toch blijft er een sinister gevoel hangen.

Ze gaat zitten op een bankje met uitzicht op de cottage. De rode luiken glanzen zacht. De verf is op verschillende plekken afgebladderd.

Als Elliot dichterbij komt, wenkt ze hem vriendelijk. Misschien heeft hij antwoorden.

Zonder iets te zeggen laat Elliot zich op het bankje zakken. De grijsgroene overall slobbert om zijn lijf. De vanzelfsprekendheid waarmee hij naast haar gaat zitten is prettig. Nergens bespeurt ze nog enige afweer.

'Ik heb met mijn komst volgens mij nogal wat losgemaakt.' Jill stroopt haar mouwen op om wat zon op te vangen.

'Dat kun je wel zeggen.'

'Hoe is het met Abigail?' Het voelt vreemd om naar haar toestand te vragen terwijl ze haar tante niet eens kent.

'Abigail is…' Hij strijkt met zijn vingers over een denkbeeldige snor. 'Ze is de hele nacht weggeweest.'

'Gaat het nu goed met haar?'

'We zijn blij dat ze ongedeerd thuisgekomen is.' Hij bukt zich en begint wat grassprieten tussen het grind weg te trekken. 'Ze is vanmorgen naar haar atelier gegaan. Dat is goed. Daar kan ze haar emoties kwijt.'

De beeldenmaker heeft ineens een naam. Bijzonder dat ook haar tante met kunst bezig is.

'Bob was een van mijn beste vrienden.' Elliot laat zich tegen de leuning zakken en slaat zijn ene been over de ander. 'Die Bob,' zegt hij voor zich uit, 'zomaar dood.'

Het woord wordt met zoveel kracht uitgesproken dat ze aan het mes moet denken. 'Hij was al een tijdje ziek.'

'Dat vertelde je. En je hebt hem verzorgd, toch?'

Ze knikt.

'Dat is mooi.'

Zijn compliment ontroert haar. Iemand die haar waardeert om wie ze is en wat ze doet.

'Dat is mooi,' herhaalt Elliot. Hij wijst naar haar arm. Het is een van de tattoos van haar vader.

‘Een levensboom,’ zegt Jill. ‘Best cynisch nu ik erover nadenk. Voor mijn vader was het een symbool voor het leven. Hij vond de cirkelvorm belangrijk, waardoor de takken en wortels met elkaar vervlochten waren.’

‘Heb jij die gemaakt?’

Ze knikt, maar zegt niet dat haar vader hem al had. ‘Ik ben tattooartist.’ Het klinkt weer krachtig, de rem is verdwenen.

‘Artiest,’ herhaalt Elliot. ‘Net als Abigail.’

Jill voelt hoe onzichtbare draden haar zacht omwikkelen, zonder dat ze zich gevangen voelt. Is dat wat familiebanden met je doen? Dat had ze nooit kunnen vermoeden.

Boven haar hangen wolkenluchten die de warmte van de zon dan weer toelaten en dan weer tegenhouden. Een reflectie van haar wankele gevoel. De bloeiende bremstruiken geven kleur aan de tuin, die als een schilderspalet voor haar ligt. De top van het houten kruis is nog net zichtbaar. Iemand die overleden is precies op haar verjaardag. Wat een bizar toeval.

‘Ik zou mijn tante graag beter willen leren kennen, ze is het enige familielid dat ik nog heb.’

De woorden blijven een hele tijd om hen heen draaien. De eeltige vingers van Elliot spelen onrustig met elkaar; rouwranden onder de nagels. ‘Enige familielid? Heb je dan alleen Abigail nog?’ vraagt hij dan.

‘Mijn moeder Barbara is de zus van Abigail. Zij is al lang geleden verongelukt. Ik was vijf.’

‘Is Barbara dood?’ Zijn handen bevriezen.

Vermoedde ze het niet?! Jill vreesde al dat de boodschap hier nog niet doorgedrongen was. Ze mompelt een excuus. Als ze daarmee haar tante maar niet nog verder uit haar evenwicht brengt.

‘Luister, Jill. Het is beter om dit nog even voor je te houden. De twee zusjes hebben…’ Hij slikt en verbetert zichzelf dan. ‘Ze hadden een bijzondere band met elkaar.’

Jill werpt een korte blik op Elliot. De man maakt zich overduidelijk zorgen om haar tante.

'Dat wil ik best respecteren, maar ik ben hier met een doel. Ik wil mijn familie leren kennen. En ik begrijp niet waarom ze zo heftig reageert op mijn komst. Ze moet toch van mijn bestaan geweten hebben?'

Hij draait zich naar haar toe. 'Maar weet je dat dan niet? Abigail is psychisch nogal labiel. Een kleine verandering in haar leven heeft vaak een gigantisch effect.'

'Nee, dat wist ik niet.'

'Heeft Bob je dat nooit verteld?' De verbazing is niet gespeeld.

'Mijn vader praatte niet graag over het verleden. Ik wist zelfs niet eens dat ik een tante had.'

De pientere ogen van Elliot nemen haar opnieuw op. Hij pakt haar ene hand vast. Het eelt geeft een vreemde stugheid aan de zachte aanraking. 'Ik zal het haar vertellen. Ik weet hoe ik met haar buien moet omgaan.'

Nee zeg, wat een soft gedoe. Een kringeltje irritatie draait in haar buik. 'Kun je haar niet gewoon hierheen halen? Ik wil mijn tante graag ontmoeten, en ik beloof je dat ik zal zwijgen over mijn moeders dood.'

'Ik zou niets liever willen, maar... Je tante is ziek. Nou ja, niet echt. Ze is vooral psychisch ziek. Als ik haar niet zo goed in de gaten hield... Ik heb haar al eens voor een wanhoopsdaad behoed.'

Jill schrikt nu van de wanhoop in zijn ogen.

'Daarom ben ik de hele nacht op zoek geweest. Dat was niet zomaar. Ze kan een gevaar vormen. Ook voor zichzelf.'

23

Een uurtje later is Jill een baan rijker. Natuurlijk heeft ze een beetje moeten inspelen op het gemoed van Ruby, maar die was – zoals ze al had gedacht – helemaal blij met haar aanbod om te helpen.

Jill rent bijna terug naar de cottage om haar helm te halen. Even weg bij dat softe gedoe in de Rosegarden en van al dat gelul over problemen van haar tante. Stom gedoe. Ze snapt echt niet dat ze niet even kan kennismaken. Dus dat gaat ze straks gewoon doen. Zodra ze terug is van de boodschappen die ze beloofd heeft te halen. Nu eerst even wat kracht tussen haar benen voelen.

Zodra ze dit denkt, weet ze dat ze daarbij iets anders voor ogen heeft dan haar motor. Een fikse ontlading. Was Joep maar hier, die bood haar vriendschap en tegelijkertijd net dat ietsje meer. Hij wist dat ze dat af en toe nodig had. Genieten zonder zich vast te leggen is de enige vorm die bij haar past.

Jill trekt de rits van haar motorjack omhoog en zet de helm op. Het grind spuit weg als ze even flink gas geeft. Slippend komt ze op de weg uit, waar ze de gashendel nog verder opendraait. Het doet haar goed om de kracht van de motor te voelen.

Al snel rijdt ze door het kale landschap dat alleen wat windbestendige struiken bevat. De heggen ontnemen haar meestal het uitzicht. Soms vangt ze een strook zee op, en wat huizen die beschutting bij elkaar lijken te zoeken.

Een zacht belletje kondigt haar komst aan in de kleine kruidenierszaak die Ruby haar had aangewezen. Zonder zich iets van de nieuwsgierige blikken aan te trekken, mikt ze de benodigde boodschappen in het mandje en sluit aan bij de kassa.

Pas als de man haar aanspreekt, kijkt ze verrast op. Ze herkent die geile stem die net de juiste trilling in de diepte heeft.

'John!'

'Ik wist dat we elkaar weer zouden zien.'

Terwijl hij het brood, eieren en meel langs de kassa schuift, heeft ze kans hem uitgebreid te bekijken. Bruine haren pieken onder de geruite pet uit die past bij zijn houthakkersoverhemd. Hij ziet er heerlijk uit.

'Dat is zes pound twintig, please,' geeft hij met een vriendelijke glimlach aan.

Ze grinnikt als ze zijn scheve voortanden ziet. Ze houdt wel van mensen die schijt hebben aan de regels en aan perfectie. En weer denkt ze aan Joep.

Het is even zoeken naar de gewenste munten. Als ze daar niet zo snel uitkomt, trekt ze een briefje van tien pond uit haar portemonnee.

'Je bent dus niet op doorreis.' Hij kijkt daarbij naar haar boodschappen.

'Nee, ik ben een nieuwe bewoner,' zegt ze stoer.

'En zo krijg ik toch de antwoorden die je niet wilde geven. Welkom dan. Jill, toch?' Hij kijkt haar grijnzend aan. Ze kent die blik en glimlacht inwendig. Stap één is gezet.

Ze knikt, terwijl ze haar helm even neerlegt om de boodschappen in haar rugzak te stoppen.

'Weer op de motor?' John kijkt door het raam naar buiten.

Ze lacht nu voluit. 'Op de fiets zou ik inderdaad een andere helm opzetten.'

Een man achter haar legt zijn flesjes bier vast op de loopband.

'*Fuck, wait.*' Jill laat haar spullen bij de kassa achter en rent naar achteren. Binnen een minuut legt ze een sixpack voor John neer.

John negeert de onrustige bewegingen van de man en laat haar eerst nog haar bier afrekenen. 'Het is hier heerlijk om te toeren,' zegt hij dan.

Ze knikt en wacht. Ze weet wat er nu komt.

Hij stelt haar niet teleur. 'Mag ik je een keer de omgeving laten zien?'

Veel meer dan alleen de omgeving, denkt ze terwijl ze haar blik over zijn lijf laat gaan.

'Ik kom snel terug,' antwoordt ze, waarbij ze ervoor zorgt dat de belofte net zo opgevangen wordt als ze hem bedoelt.

Net voordat ze de deur uit wil gaan en de bierman ongeduldig zijn keel schraapt, vraagt hij nog: 'Waar ben je neergestreken?'

Als ze de Rosegarden noemt, verandert zijn uitdrukking. Er verstrijken vele seconden waarin hij haar alleen maar aankijkt. Ze ziet dat hij haar iets wil zeggen, toch houdt hij zijn lippen strak op elkaar geklemd. Dan ontspant hij en zegt zacht: 'Je bent híer altijd welkom.'

Ze schenkt hem een ondeugende knipoog.

'Doe de groeten aan Ruby. Ze zal er vast voor zorgen dat je niets tekortkomt. En pas goed op jezelf.'

'Dat heb ik altijd gedaan.'

Wow, dat ze uitgerekend hém hier tegenkomt. Wat een lekkere vent, denkt ze, terwijl ze haar helm opzet. Zonder nog om te kijken geeft ze gas en spuit weg door de smalle straat naar boven. Ze heeft een nieuwe Joep.

24

De dagen zijn ineens gevuld met de huishoudelijke klusjes die Jill altijd verafschuwd heeft. Vette borden afwassen waarop resten ei en gesmolten kaas zelfs na een ronde in de vaatwasser nog vastkoeken. Tafels afnemen, stoelen rechtzetten en dweilen in de hal die regelmatig bedekt is met moddersporen.

Elke dag hoopt Jill dat ze Abigail tegen het lijf loopt. Als ze na drie dagen nog steeds geen glimp van haar heeft opgevangen, wordt ze ongeduldig. Wat is dit toch? Ze kan toch gewoon een keer een praatje gaan maken? Iedereen doet alsof het mens dan direct dood neer zal vallen.

'Je had je een welkom hier vast anders voorgesteld,' begint Ruby tijdens het bakken van een carrotcake.

Jill knikt en zet de ingevette vorm neer. 'Heb jij nog familie?'

Ruby verstijft zichtbaar.

'Heb ik iets verkeerds gezegd?'

'Nee, het is alleen...' Ruby slikt. 'Toen ik in verwachting raakte van Luke, kwam ik op straat terecht.' Ze vertelt Jill haar verhaal. Dat de kleine Luke geboren werd en ze nergens terechtkon. Dat haar familie haar aan haar lot overliet en dat het Abigail was die haar spontaan onderdak aanbood. 'Ze bood me kost en inwoning als ik haar hielp in The Rosegarden, zodat zij meer tijd had voor haar werk als kunstenaar.'

Jill fluit bewonderend. 'Wat een mooi gebaar.'

Terwijl Ruby het bakblik vult en de cake in de oven plaatst, vertelt ze dat Luke moeite heeft met sociale contacten, waardoor hij vastloopt op school.

Jill luistert en knikt op de goede momenten. Vandaar dat Ruby gevoelig was voor haar smeekbede om haar familie te vinden.

Als Ruby aangeeft dat ze haar niet meer nodig heeft, gaat Jill op onderzoek. Met een beetje mazzel is Abigail in haar atelier.

Het weer is omgeslagen en de wind grijpt haar beet zodra ze buiten komt. De wolken snellen voorbij langs een loodgrijze achtergrond. Als ze de hoek van het huis omslaat, snijdt een schrale wind in haar gezicht. Even is haar zicht vertroebeld. Dan ziet ze haar. Achter de hoge ramen staat Abigail voor een grote schildersezel.

Jill juicht vanbinnen. Maar kan ze zomaar naar binnen stappen? Ineens zitten alle waarschuwingen haar dwars. Ze blijft staan kijken, terwijl de wind aan haar kleren rukt. Ze trekt haar spijkerjack dichter om zich heen.

Haar tante heeft niets in de gaten. Ze staat met de rug naar het raam en schildert met grote halen aan een lucht die een onnatuurlijk blauwe kleur heeft.

Ineens weet Jill hoe ze het moet aanpakken. Ze draait zich om en rent door de tuin naar de cottage. Binnen een minuut is ze terug. Hijgend bekijkt ze het tafereel waar ze zelf deel van uit wil maken en stapt dan resoluut op de deur af.

Binnen heerst een stilte die slechts onderbroken wordt door een zacht geneurie. Jill loopt zwijgend naar de kleinere schildersezel die ze in de hoek had zien staan. Zonder ook maar enige aandacht aan haar tante te schenken, plakt ze haar papier op het blad. Het is het speciale dunne papier waarop ze haar ontwerpen maakt, zodat ze de tekening kan overtrekken op haar canvas, het lichaamsdeel dat ze gaat tatoeëren.

Het neuriën stopt. Vanuit haar ooghoek kan ze zien dat Abigail haar opneemt. Jill zoemt nu een liedje tussen haar lippen door. Zacht. Een liedje dat zomaar ontstaat. Dat steeds zelfverzekerder klinkt. En terwijl ze Abigail volkomen negeert, pakt ze haar tekenpen uit het etui. Ze weet al precies wat ze gaat maken.

Behoedzaam zet ze de eerste ronde lijn op het papier. Wat zou het fijn zijn als ze ook deze keer snel in die mooie roes verdwijnt waarin de inspiratie het overneemt, waar zijzelf niet meer degene is die de pen voortbeweegt. Het duurt deze keer echter iets langer. De atmosfeer laat haar nog niet los.

Als ze de tweede lijn neerzet, hoort ze het: het zachte gekras van een penseel op het doek. Haar tante schildert weer. Jills hand trilt licht waardoor de lijnen niet helemaal strak worden. Een glimlach groeit op haar gezicht als haar tante opnieuw begint te neuriën.

Het contact is zo breekbaar dat Jill zich nauwelijks kan concentreren op het werk dat misschien wel het belangrijkste ontwerp van haar leven wordt. Ze wil zo graag wat woorden wisselen, maar ze weet dat ze zich in moet houden. Dit is hun communicatie. Een andere taal. Die zij samen spreken. Kunst.

Als ze de belangrijkste lijnen heeft neergezet, doet ze een stap naar achteren.

Het geneurie naast haar stopt.

Jill bekijkt haar ontwerp waarvan de ronde lijnen twee figuren laten zien. Geen details. Alleen de suggestie van een omhelzing van twee vrouwen. Ze zet een van de lijnen nog wat extra aan. Dan pas werpt ze een blik opzij.

Abigails gezicht oogt ontspannen, er pieken wat losse haren uit de vlecht die over haar schouder hangt. Dit is haar tante. Jill zoekt naar trekjes waarin ze haar moeder kan herkennen.

Abigail is compleet gefocust op de tekening van Jill. Haar penseel hangt werkeloos in de lucht. Hoofd een beetje schuin, waardoor de bruine vlecht nog wat naar beneden zakt. Dan knikt ze, nauwelijks waarneembaar, waarna ze zich weer richt op haar eigen schilderij. Het contact is voorbij.

Lichtstralen vallen het atelier binnen en vangen kleine stofdeeltjes die de enige beweging vormen in de ruimte. Jill wacht roerloos op wat er gaat gebeuren.

Dan hoort ze Abigail iets zeggen dat lijkt op: 'Ik mis haar.'

Jill wil het gevoel beamen en vooral haar vragen afvuren, maar haar tante kijkt haar ineens met zo'n intense blik aan dat ze niet durft. Plots verdwijnt de rust uit Abigails blik alsof er een wolk voorgeschoven wordt. Haar bewegingen gaan schokkend.

'Ik mis,' sist ze luid. Jill ziet haar langzaam de controle verliezen, tot ze begin te gillen. 'Voor mij is ze dood,' gilt haar tante dan. 'Ze moet dood.' Abigail wankelt naar achteren, stoot een bakje met water om, schrikt van Jills aanwezigheid alsof ze haar nu pas voor het eerst ziet. 'Dood. Dood!' Abigail veegt met een enorme kracht over het schilderij. Ze kwakt haar penseel in de hoek van de ruimte en loopt met grote passen het atelier uit. Haar armen bungelen als gebroken vleugels langs haar lijf.

25 – *Boscawen 1980*

'Hoe is het?' Bob liep quasinonchalant op het veertienjarige meisje af. Haar bruine haren had ze in een lange vlecht gebonden waar een zilveren lint tussendoor gevlochten was.

Abigail schrok zo dat hij direct zijn handen omhoogstak. 'Ik ben het maar. Ik heb je hier al vaker gezien en dacht…'

'Voel je hun aanwezigheid?' Abigail onderbrak hem en liet haar hand over het veld glijden waar negentien hoge stenen in een cirkel stonden.

Bob kauwde op de binnenkant van zijn wang. Hij had geen idee hoe hij op haar moest reageren.

'Ik kom hier graag,' praatte Abigail verder met een stem die over het veld zweefde, zacht en vol verlangen. 'Deze meisjes zijn mijn beste vriendinnen.'

Oké, hartstikke gek. Om zich een houding te geven, liep Bob naar een van de stenen toe. Wat een sukkel was hij ook. Waarom moest hij nou zo nodig met het gekke zusje van Barbara aanpappen? Het had zo'n goed idee geleken. Hij had laatst in de kroeg een opmerking opgevangen toen hij zijn moeder ging ophalen: 'Kindje aaien, moeder naaien.' Hij had alle vervelende handen van zich afgeslagen, maar toch was exact deze opmerking teruggekomen toen hij laatst op de klif zat. Als hij Barbara niet van haar zusje kon losweken, moest hij Abigail aaien. Het leek een prachtige oplossing.

'Weird,' mompelde hij.

'Vreemd?' De lach van Abigail stuiterde over het gras waar zonnig gele paardenbloemen bloeiden. 'Ik weet best dat iedereen me zo noemt.'

Bob draaide zich met een ruk om. 'Ik bedoel niet… Jij bent niet vreemd. Ik bedoel…' stotterde hij.

'Het maakt niet uit. Kom.' Abigail pakte zijn hand en trok hem mee naar het midden van de cirkel. 'Blijf hier staan en voel hun energie.'

Abigail liep terug naar de eerste steen, die een beetje scheef stond, en murmelde wat woorden terwijl ze de hand boven op de steen legde. Alsof ze contact maakte en de steen gedag zei. Daarna liep ze door naar nummer twee.

Bob schudde zijn hoofd. Het was maar goed dat zijn vrienden hem nu niet konden zien, dan was hij de lul bij de volgende truth or dare.

'Hoor je hen zingen?' Abigail draaide een rondje in het gras. 'Zie je hoe ze dansen met hun handen uitgestrekt naar de wind?'

Bob knikte en zag inderdaad hoe Abigail haar armen wijd hield en ronddraaide in de wind. Ze mocht er zijn! Niet alleen had ze rode koontjes, haar lichaam was prachtig. Hij zag haar bruine benen onder het roze rokje dat af en toe opwaaide en hem het zicht gaf op een wit broekje dat haar billen voor een deel vrijliet.

De zon brandde. Hij had het warm. Er begon iets te tintelen in zijn kruis. Hij legde zijn handen ervoor om de groeiende bobbel te verbergen.

Terwijl Abigail, onbewust van zijn worsteling, zacht begon te zingen, draaide hij met haar mee. Hij kon zijn ogen haast niet meer van haar afhouden.

'Ga je mee naar huis?' Een boze stem doorbrak hun samenzijn.

'Barbara!' Bob schrok en kneep zijn benen tegen elkaar.

'Wat doe jij bij Abigail?'

Hij voelde de blos naar zijn wangen schieten en mompelde iets als 'toevallig' en 'langskomen'.

Abigail liet zich totaal niet van de wijs brengen en ging gewoon verder met haar ronde, waarbij ze steeds een andere steen begroette. Ze drukte zelfs een kus op hun hoofd.

Bob zag dat Barbara zich ongemakkelijk voelde met de situatie. 'Het maakt niet uit,' zei hij snel. 'Abigail is heerlijk vrolijk, dat mag je haar toch niet afpakken?'

'Het zit allemaal in haar hoofd, al die waanbeelden van haar.' Er kwam een korte snik mee naar buiten.

Hij onderdrukte de neiging om zijn mond op haar trillende lippen te duwen. 'Er is niemand die het ziet!'

'Buiten die negentien dansende vriendinnetjes van haar,' fluisterde Barbara, waarna ze schichtig naar hem opkeek.

'Dat is een legende. Meer niet. Ze doet toch niemand kwaad?'

Barbara pakte hem bij zijn arm en trok hem weg bij haar steeds harder zingende zusje.

'Hier gelukkig niet. Maar gisteren was ik samen met Coleen en Abigail in Penzance, je weet wel op die lange roltrap.'

Bob knikte en keek naar haar lippen die in al hun vochtige sensualiteit voor zijn gezicht hingen.

'Soms probeer ik haar mee te nemen, zodat ze ook regelmatig meer mensen om zich heen heeft. Had ik dat maar niet gedaan.' Haar gezicht vertrok in een verdrietige uitdrukking.

'Wat dan?' vroeg Bob automatisch.

'Voor ons stond een jonge vrouw met een arm vol tassen. Ze zat de hele tijd te kirren tegen een vriendin. Ik had het niet door, omdat Coleen en ik aan het kletsen waren. Normaal voel ik het aan als het dreigt mis te gaan.' Barbara schoof haar stugge donkerblonde haar achter haar oor en keek snel of Abigail nog bij de stenen was.

Bob wist dat hun ouders altijd aan het werk waren en de meisjes aan hun lot overlieten. Dus hij begreep de bezorgdheid van Barbara. Maar wat zou zo'n meisje nou helemaal kunnen doen? De boel bij elkaar gillen misschien? Of keihard een lied gaan zingen, zoals ze nu ook deed. Maar verder...?

'Ik was te laat om de vrouw tegen te houden. De duw kwam zo onverwachts. De vrouw maakte een vreselijke smak. Terwijl Coleen de vrouw overeind hielp, heb ik Abigail snel meegetrokken, zodat ze niet in de problemen zou komen.'

Bob opende zijn mond, maar sloot hem direct toen Abigail op hen af kwam. 'Daar is ze,' fluisterde hij.

Hij verbaasde zich over de snelle transformatie van Barbara. Van geschokte zus was ze nu weer een en al lach en vrolijkheid. 'Ben je klaar, Abbey? Dan gaan we naar huis.'

'De muziek is gestopt,' zei Abigail beteuterd.

Bob zocht naar woorden, maar had geen idee hoe hij moest reageren.

'Thanks darling,' siste Barbara in zijn oor, waarbij een vlinderkusje net naast zijn mondhoek landde.

'Het was een fijne middag, Bob,' zei Abigail. 'Dans je de volgende keer mee? Of wil je liever een van de doedelzakspelers zijn? Ze willen je graag ontmoeten.'

'Sorry,' vormde Barbara met haar mond toen ze nog even achteromkeek. Hij stak zijn hand op en keek toen om zich heen. Er lag een cirkel met oude stenen in een grasveld, meer zag hij niet.

26

'Wat denk je wel niet dat je aan het doen bent!' Elliots stem is schor van woede.

Jill haalt haar schouders op, duwt haar tekening dichter tegen zich aan en wil langs hem heenlopen. Een pezige hand op haar schouder belemmert dit. Dan ziet ze zijn blik. De wanhoop druipt eraf. 'Ze is er nog niet aan toe.'

Jill blijft staan. Terwijl ze zijn gezicht aftast op zoek naar de zachtheid die ze eerder ontdekte, ziet ze niet alleen bezorgdheid. Er zit nog iets anders in, maar ze kan niet benoemen wat het is.

Er verstrijken minuten terwijl ze daar staan en de wind een spel speelt met hun haren. De punten van de bamboebosjes, die hen tegen de hardste wind moeten beschermen, buigen ver omlaag maar komen steeds weer rechtop. Zo moet het. Dit is al die jaren haar leven geweest. Steeds opnieuw kreeg ze een klap te verduren. Haar moeder, de ellende in de klas, het alleen-zijn. En nu haar vader. Maar ze is steeds weer opgeveerd.

Nu ze haar enige familielid zo dicht bij zich weet, kan ze het niet verteren dat ze geen contact mag maken. Heel even springt de gedachte omhoog dat ze misschien veel meer familietrekjes heeft dan ze had gedacht. Labiel. Het woord lijkt zoveel op het haar toegeschreeuwde 'debiel' dat de stemmen maar moeilijk tot zwijgen te brengen zijn.

'Ik heb het koud,' zegt ze als ze merkt dat ze staat te trillen. Dat het niet van de kou is durft ze niet toe te geven.

'Beloof me dat je nooit meer naar haar toe gaat.'

Jill kijkt naar het pad waarlangs haar tante weggerend is.

'Ze is… Abigail is onberekenbaar. Ik zou het vreselijk vinden als jou iets overkomt.' Elliots stem klinkt zachter nu. Bezorgd bijna.

'En niet alleen voor jou,' voegt hij er dan zachter aan toe.

Nu weet Jill wat het is. Hij houdt van de vrouw die zo vaak verdwijnt in haar eigen leegheid. 'Ik begrijp het,' zegt ze daarom.

'Wil je me een plezier doen?'

Jill knikt automatisch.

'Zeg tegen niemand dat je bij haar bent geweest.'

Ook dat zal met zijn gevoel voor Abigail te maken hebben. Hij heeft zichzelf vast beloofd haar te beschermen.

'Natuurlijk,' zegt ze daarom.

'Ga naar binnen voor een cuppa.'

Mooi niet, denkt ze. Geen slappe bak thee met melk voor haar. Ze kijkt om zich heen of ze ergens haar tante nog ziet. Haar blik blijft hangen aan de grote ramen van het atelier. Nu pas ontdekt ze de reeks schilderijen die aan de muur van de lichte ruimte hangen. Een reeks landschappen variërend van grote bloeiende bomen die ook in de tuin staan tot aan de zeezichten met kleine inhammen tussen de kliffen.

'We hebben dezelfde hobby,' zegt ze zacht.

'Voor Abigail is het meer dan een hobby.'

'Voor mij ook.'

Met zijn hoofd scheef kijkt hij haar aan. 'Bijzonder,' zegt hij zacht. 'Echt bijzonder.'

Jill pakt haar tekening in haar andere hand en slaat haar jack eromheen. Het papier is zo dun dat ze bang is dat het scheurt in de felle wind.

Dan kijkt ze hem recht aan. 'Het is verre van leuk dat ik hier heb ontdekt dat het bestaan van een familielid geheim is gehouden. Nu ik haar eindelijk zo dichtbij weet, wil ik mijn tante ook beter leren kennen.'

'Dat weet ik, Jill. Maar heb je je ooit afgevraagd of dat andersom ook zo is?'

27

Het koele vocht vindt zijn weg door haar verhitte lijf. De woorden van Elliot klinken nog in haar hoofd. Ze zit op de bank van de cottage en staart voor zich uit zonder iets te zien. Ze heeft contact gehad met Abigail, ook al verliep dat anders dan ze gehoopt had.

'Ik mis haar. Voor mij is ze dood,' herhaalt Jill de enige woorden die haar tante tegen haar heeft gezegd.

Over wie had ze het? Haar zus?

Het flesje blijkt leeg. Jill zet het met een klap op tafel. Elliot wist niets van het ongeluk van haar moeder. Dus op een of andere manier is dat bericht nooit in Cornwall aangekomen. Ze realiseert zich dat ook Ruby nooit iets heeft losgelaten over haar moeder. Ze heeft haar ook nooit iets gevraagd over Barbara, zo gefixeerd was ze op Abigail.

Voor mij is ze dood.

Nee, deze zin geeft duidelijk aan dat Abigail niet weet dat haar zus dood is. Er speelt iets anders. Hebben ze soms ruzie gehad? Dat klinkt veel eerder door in haar woorden. Abigails woede was niet op háár gericht, maar op haar zus. Zijn Jills ouders vanwege een familievete uit Cornwall vertrokken? En is haar tante blijven hangen in die haat?

Het voelt klote. Ruby die haar wegstuurde uit de keuken; ze kon het makkelijk alleen af, had ze gezegd. En nu die uitval van Elliot die haar nog verder op afstand duwde. Zij hoort nergens bij.

Een paar dagen geleden zou ze Joep hebben gebeld, als ze zo vastzat in haar emoties. Hij vroeg niets, behalve haar lichaam. Nu zit ze in een vreemde omgeving zonder vrienden. Ze heeft het nodig. Zich laten gaan en overspoeld worden door die intense gelukzaligheid. Seks. Gewoon pure geile seks. Ze heeft even overwogen om naar Mousehole te gaan en bij John een paar scones te scoren. Maar het idee dat hij haar ook kan afwijzen, heeft haar tegengehouden.

De verdoving van het bier blijft achterwege. Klotefamilie. Ruzie lost niets op.

Ze staat op en loopt de houten trap op. Ergens moeten meer aanwijzingen te vinden zijn. Over vroeger, over de band tussen de twee zusjes die volgens Elliot nogal *bijzonder* was. Ze moet er niet aan denken dat ze helemaal weggestuurd wordt, dus nu ze hier nog is kan ze maar beter verder zoeken. Een blik op haar mobiel leert dat ze nog een uurtje heeft voordat ze beloofd heeft Ruby te helpen met het voorbereiden van de *pasties*.

Als ze de houten deur van de opslagkamer openduwt, knarsen de scharnieren over elkaar. Wat een chaos. Overal dozen die schots en scheef op elkaar staan.

Ze schuift het roze gordijntje opzij. De vele spinnenwebben vormen vitrages, die gelukkig aan de buitenkant zitten. Het stof kriebelt in haar neus.

Een strook licht valt op de brede houten planken waar het stof van eeuwen in de kieren verstopt zit. Wat is het toch een geweldig huis. De authenticiteit geeft haar hart een zetje. Wat zou het gaaf zijn om alleen al zo'n cottage te bezitten.

Ze zou hier graag willen blijven. Werken in The Rosegarden en genieten van de tuin die alle rust biedt die ze altijd tekortgekomen is. En natuurlijk haar familie dichtbij.

Misschien kan ze hier wel een tattoosalon openen? Een fikse bezem erdoorheen doet wonderen. De houten tafel aan de zijkant kan ze mooi gebruiken om haar spullen op te zetten. En de wastafel met die prachtige gedraaide kranen komt natuurlijk sowieso van pas. Wat goed dat ze in ieder geval haar tattoo-instrumenten meegenomen heeft. Het enige wat ze verder nodig heeft is een behandelstoel, maar die kan ze misschien wel ergens voordelig op de kop tikken.

Of misschien... Ze schuift wat dozen opzij en ziet tot haar grote verrassing dat de poten inderdaad aan een oud ledikant toebehoren. 'Yesss,' sist ze blij.

Met de handen in de zij kijkt ze rond en ziet de transformatie van stoffig rommelhok tot steriele tattoosalon moeiteloos voor zich.

'Aan de slag!' Jill merkt dat haar maag danst. Met een beetje mazzel kan ze hier echt een nieuw bestaan opbouwen.

Achter in de kamer ontdekt ze een oud gordijn waar ze de dozen mooi achter kan zetten. Dat schept ruimte. Het slaapkamerkastje dat ze aan de andere kant van de kamer ontdekt, is een pronkstuk. Bovenop zit een marmeren blad dat voorzien is van ingeslepen rozen.

Zou dit vroeger in de slaapkamer van de zusjes gestaan hebben? Jill laat haar vingers over de krullen gaan alsof ze daarmee het verleden tot leven kan wekken. Hun nachtkastje is de plek waar meisjes hun geheimen verstoppen. Zelf bewaarde ze de tekeningen die ze van haar moeder maakte in het laatje van haar nachtkastje. Dat was haar eigen domein, waar niemand mocht komen. De plek waar ze in gedachten haar moeder ontmoette. Op papier, omdat dat de enige wereld was die nog voor haar openlag.

'Stel je voor...' mompelt ze zachtjes.

Jill gaat op haar hurken zitten en trekt aan het koperen handvat. Moeiteloos schuift het laatje open. Ach, jammer. Geen dagboek, zoals ze gehoopt had. Of een stapel brieven, die – zoals je dan vaak hoort – met een glanzend lint bij elkaar gebonden zijn. Het enige wat ze ziet is een fotolijstje.

Als ze het oppakt, vallen er stukjes glas uit. Ze draait het lijstje om en herkent hen direct. De twee zusjes. Ze staan een stukje uit elkaar. Serieuze blikken. De sfeer is heel anders. Geen vrolijkheid, geen innige band. Alsof de scherven iets op hun geweten hebben.

Had ze het misschien toch goed met die familievete.

Voorzichtig pulkt ze de foto uit de lijst en loopt ermee naar het raam. Buiten klinkt het geschreeuw van zeemeeuwen.

In het licht wordt de blik van de twee vrouwen nog extra aangezet. Geen enkele sprankeling, maar nog net zoveel gelijkenis. De twee zijn duidelijk ouder dan op de vorige foto. Ze vangt de blik van haar moeder. Probeert haar te herkennen, maar het lukt niet. Haar moeder is in die vijfentwintig jaar zover weggezakt dat ook dit beeld geen sprankje herkenning meer geeft.

Als ze de foto omdraait, ontdekt ze dat er iets op geschreven is. PENZANCE. En nog iets. De zachte potloodstrepen zijn wat weggevaagd, waardoor het even duurt voor ze het jaartal ontcijferd heeft.

Dan stokt haar adem. Dat is toch onmogelijk?

Elliot staat al op me te wachten als ik het station uit kom. Met mijn hoofd omhoog, omdat het erop lijkt dat het deze keer goed komt. Eindelijk een beloning. De begrafenis is goed verlopen, het wachten is op de afspraak bij de notaris.

'Je ziet er goed uit.'

'Dank je. Alles nog rustig?' Ik zet mijn koffer op de achterbank en stap bij hem in de auto.

'Ik maak me zorgen om Abigail.'

'Dat begrijp ik.' De gordel laat ik achterwege. Ik hou er niet van om vastgesnoerd te zitten. 'Tot nu toe heb je het goed aangepakt. Maar het had deze keer zomaar verkeerd kunnen aflopen.'

Natuurlijk heb ik hem niet verteld dat ik die nacht bij de Rosegarden ben gaan kijken. Er was niet direct tijd voor, omdat ik zoveel moest regelen voor de oude vrouw. In mijn tas weet ik de witte jurk die ik snel uit de kamer van mijn zusje heb kunnen lenen. De warme douche was erg prettig, mijn botten kunnen die nachtelijke kou niet goed aan.

De zon zakt langzaam naar beneden. Ik hoop maar dat er straks wat te eten is. Tijdens de rit zwijgen we. Ik hou van de zekere manier van rijden van Elliot, toch knijp ik af en toe mijn billen samen als we op de smalle weg die vanaf Newlyn omhoog leidt maar net op tijd invoegen om tegenliggers te laten passeren.

'Ik snap niet dat ze hier geen parkeerverbod instellen.' Hoe vaak ik deze opmerking al niet gemaakt heb, weet ik niet meer. Een blik opzij leert me dat Elliot beseft dat antwoorden zinloos is.

'Moet je hierna nog terug?'

Omdat ik Elliot al mijn hele leven ken, weet ik dat hij eigenlijk vraagt of ik de verzorging in het landhuis op me ga nemen. 'Zoals het er nu uitziet, kan ik voorlopig blijven.'

'Is alles daar al geregeld?'

'Bijna,' zeg ik eerlijk.

De wolken hangen laag, waardoor de weilanden achter melkglas liggen. De tegenliggers hebben hun lichten aan en de smalle wegen verdwijnen tussen de hoge heggen, waarbij kleine inhammen de kans geven om elkaar te passeren.

Nog geen tien minuten later draait de auto de parkeerplaats van de Rosegarden op. Het is goed om weer hier te zijn. Als ik uitgestapt ben, en Elliot – hoffelijk als altijd – mijn koffer uit de auto haalt, trek ik mijn mantel wat verder over mijn schouders. Mijn hakken zakken weg in het grind. Als ik hier blijf zal ik mijn normale stappers weer opzoeken. Hier hoef ik niet representatief te zijn. Dit is mijn thuis.

28

Ademloos rent Jill de keuken in waar Ruby met haar beide handen een enorme deegklomp bewerkt. Ze stompt en duwt alsof ze met een bokstraining bezig is.

'Het klopt niet,' roept Jill.

'Ik ben vast begonnen met het deeg.' Het gezicht van Ruby staat strak van de spanning. De felle slagen geven aan dat ze behoorlijk geëmotioneerd is.

Jill slikt haar eigen emotie weg nu ze de jonge vrouw zo ziet. 'Wat is er aan de hand? Iets met Luke?'

Ruby kijkt naar de klok. 'Ze kan elk moment hier zijn.'

Het moet wel een belangrijke bezoeker zijn, anders zou Ruby niet zo gestrest zijn. 'Ik help je zo,' zegt Jill, 'maar ik wil eerst dat je dit ziet.'

Ruby strijkt met de rug van haar hand over haar voorhoofd, waar een veeg meel achterblijft. 'Wat is er zo belangrijk?' De glimlach is terug.

Jill houdt de foto bij Ruby voor haar gezicht. 'Kijk dan.'

'Ik zie Barbara en Abigail.'

'Ja, de twee zussen.'

'Ik begrijp niet waarom dit zo belangrijk is.' Ruby geeft opnieuw een aantal duwen tegen het deeg, tilt het op en kwakt het met zo'n kracht op het aanrecht dat een witte meelwolk omhoog kringelt.

'Het kan gewoon niet. De foto kan niet kloppen.' Het hart van Jill bonkt tegen haar ribbenkast. Haar mond is droog en haar hoofd zo licht dat ze dreigt om te vallen.

Al die tijd heeft ze geweten dat er iets niet klopte. De vage bewoordingen. De weinige informatie. Het gevoel werd sterker toen ze erachter kwam dat ze weggehouden werd bij haar tante. Er was iets niet in de haak, maar dit had ze nooit verwacht.

'Heb je de datum gezien?'

Ruby duwt een pluk haar uit haar gezicht en tuurt op de achterkant die Jill voor haar gezicht houdt. De foto trilt licht.

'18 augustus, zomer in Penzance.'

'Het jaartal. Ruby, kijk dan naar het jaartal.' Jill ontcijfert opnieuw de cijfers die met zachte potloodstrepen op de achterkant zijn aangebracht. '2001.'

'Ja, en?'

'2001, Ruby. Toen was ik dertien jaar.'

'Jill, ik wil graag met je over je verleden praten, maar deze pasties hadden al in de oven moeten staan.'

'In 2001 moet mijn moeder al bijna veertig jaar zijn geweest.'

Er valt een diepe stilte. De ogen van Ruby flitsen beurtelings van de foto naar haar, naar de deegklont en weer terug naar de foto.

Eindelijk kan Jill weer ademhalen. De lucht schiet toe nu ze haar eigen bizarre ontdekking hardop onder woorden brengt.

Ruby slaakt een diepe zucht. Ze werpt een wanhopige blik naar boven alsof ze vanuit die hoek hulp kan verwachten en zegt dan: 'Je kunt goed rekenen. Maar wat wil je me eigenlijk vertellen?'

'Toen deze foto genomen is, was mijn moeder al acht jaar dood.'

'Dood? Barbara?'

Op het pad voor het keukenraam knerpt grind. Voetstappen. Dan zwaait de deur open.

'Hello ladies,' begroet Elliot hen met een misplaatste vrolijkheid. Een knikje in Jills richting. 'Ik had niet verwacht jou hier ook te vinden.'

Er zoemt iets in haar hoofd. Een zwerm onrustige gedachten die langzaam aanzwellen tot Elliot een stap opzij doet.

'Dag Jill,' zegt de vrouw die langzaam haar donkergrijze mantel van haar schouders laat zakken. 'Wat is dat lang geleden.'

29

De wereld houdt zijn adem in als Jill langzaam in de leegte verdwijnt. Er is niemand anders meer in de keuken dan zij en haar moeder. Hun blikken haken in elkaar, tastend naar het verleden dat ze hebben gemist. In het gezicht herkent ze de lijnen die ze als kind getekend heeft. Elke keer weer datzelfde beeld, dat nu in levenden lijve voor haar staat.

'Mummy?'

Dan liggen de armen die ze zo lang gemist heeft om haar heen. Ze wil schreeuwen, huilen en lachen tegelijk. Maar de emoties blijven opgesloten in haar lijf. Ze voelt alleen een hart tegen het hare kloppen. Haar moeder leeft.

Jill durft bijna niet te bewegen. Het kan allemaal zomaar weer voorbij zijn. Dan snuift ze de geur op. Een vleug van herkenning die zo snel weer weg is dat ze hem niet kan grijpen. Haar stille geluk is gelardeerd met vragen. De hand van haar moeder glijdt over haar korte haar, langs de oren die ze in haar jeugd zo gehaat heeft.

De omgeving keert langzaam terug. Elliot en Ruby staan met grote ogen naar hen te kijken.

'Wat een weerzien,' doorbreekt Elliot als eerste de stilte.

Jill wil hem vragen waarom hij niets gezegd heeft. Maar het is niet meer belangrijk.

'Ruby, breng ons wat thee in de salon, please.'

In de zakelijke stem van haar moeder zit een lichte schorheid. Wat heerlijk om weer naar haar te kunnen luisteren.

Haar moeder legt een hand op haar rug en leidt haar naar het restaurant waar ze op de allereerste dag gezeten heeft. Het gesprek met Ruby. Heeft ze toen ook haar moeder genoemd? Jill probeert in haar verwarde brein terug te vinden wat ze op die dag tegen

Ruby heeft gezegd, maar kan niets meer vinden. Maakt niet uit.

Als ze tegenover elkaar zitten, kan Jill zich niet langer inhouden. 'Je bent niet dood.'

'Dood? Ik?' Barbara schiet in de lach.

Weer die stoot van herkenning. Zo lachte haar moeder. Ineens weet ze het weer. Een ingehouden grinnik met een snifje aan het eind.

Het donkerblonde haar van haar moeder is licht gekruld en zit netjes in model. Jill weet nog dat haar moeder vroeger speldjes gebruikte om haar dikke haar boven haar oren vast te zetten. Uren kon ze kijken naar de kleine oren van haar moeder met de stille wens dat ze meer op háár wilde lijken.

Als Ruby twee theepotjes op tafel zet met bijpassende kopjes met de bekende roosjes, lacht ze haar dankbaar toe.

'*Enjoy your cuppa*,' zegt Ruby zacht. Ze werpt haar een knipoog toe.

Reken maar dat ze gaat genieten van dit moment, waar ze altijd op hoopte, maar waarvan ze nooit had gedacht dat het zou komen. Tegelijkertijd is ze woest op haar vader dat hij haar voorgelogen heeft.

'Je ziet er goed uit.' In de blauwe ogen van haar moeder ligt een zachte uitdrukking.

'Ik kan me niet voorstellen dat dit echt gebeurt,' zucht Jill. Ze kijkt naar de beheerste handen van haar moeder die hun kopjes volschenkt. Fijn dat zij het zelf niet hoeft te doen. Ze vlecht haar trillende vingers in elkaar.

'Heb je me gemist?'

Jill staart haar aan. '*Like hell*.' Een geschokte uitdrukking op haar moeders gezicht.

'Ik jou ook. Je kunt je niet voorstellen hoe het is om je dochter achter te laten.'

Jill zuigt de woorden op. Haar moeder zit tegenover haar en lacht. Ze leeft. Hoe kan het? Ze kan haar ogen niet van haar moeder afhouden.

'Ik wist niet beter dan dat je dood was.'

'Heeft Bob je dat verteld?'

'Ja, je zou verongelukt zijn en nooit meer terugkomen.' Haar stem zwabbert.

Haar moeder neemt eerst een slokje van haar thee voor ze antwoord geeft: 'Bob is altijd al een goede leugenaar geweest.'

Een scheut trekt door haar borst. Ze wil hem verdedigen, maar ze voelt ook de woede borrelen Hij heeft haar toch echt gezegd dat haar moeder dood was. En dus heeft hij tegen haar gelogen. Toch lijkt dit haar net zo onmogelijk als dat haar moeder hier ineens tegenover haar zit. Ze likt aan haar lippen en zoekt naar al die vragen die ze al die jaren verzameld heeft. Maar ze zijn ineens allemaal verdwenen. En dus vraagt ze: 'Waarom ben je weggegaan?'

'Dat is een lang verhaal.' Barbara nipt aan haar theekopje en begint te vertellen over het huwelijk met Bob. Dat hun liefde al snel uitdoofde en de ruzies steeds heftiger werden. 'Hij stelde me voor de keuze: alleen weggaan met een gegarandeerde financiële tegemoetkoming of jou meenemen en de rest van mijn leven opgejaagd worden. Hij zou me voor het gerecht slepen om de voogdij te krijgen. Hij had de juiste contacten, een huis en een goed inkomen, ik had niets.'

Jills verbazing groeit. Heeft haar vader dit op zijn geweten? Was hij tot zoiets in staat? Zo hard was hij toch niet?

Dan gaat haar moeder verder. 'In diezelfde tijd ging het niet goed met mijn zusje Abigail. Ik verzorgde haar al mijn hele leven, maar ik had haar moeten achterlaten toen we naar Nederland vertrokken. Ik wilde terug naar Cornwall, naar mijn zusje. Maar daar kon ik niet voor je zorgen.' Er zit een trilling in haar zucht die aangeeft hoe geëmotioneerd ze is. 'Je vader was ongelooflijk gek op jou. Soms was ik zelfs jaloers op de liefde die hij jou gaf en wenste ik dat ik een klein beetje ervan mocht ontvangen.' Ze valt stil. Het verdriet is ineens weer levend.

'Ik weet zeker dat hij me inderdaad had nagejaagd,' vervolgt haar moeder. 'Hij kon niet zonder zijn kleine meisje.'

Hoe kon jij dat dan wel? wil Jill vragen, maar ze blijft stil. De diepere lijnen op haar moeders gezicht geven het antwoord.

'Ik mocht geen contact opnemen, omdat hij bang was dat hij je dan kwijt zou zijn.' Het klinkt zacht.

Ze kan het maar moeilijk bevatten. Hoe kunnen twee ouders een zakelijke afspraak maken over hun kind?

'Wat moet dat moeilijk geweest zijn. Het is bijna alsof… je me afgestaan hebt. Als bij een adoptie.'

Haar moeder opent haar mond en sluit hem meteen weer. Dan zucht ze diep. 'Bob heeft zijn belofte gehouden en elke maand geld overgemaakt. Tot dit twee maanden geleden ineens stopte.'

Jill slikt. 'Dat komt omdat hij is overleden.'

Haar moeder knikt zachtjes.

Zou ze haar moeder kunnen vertellen over zijn ziekte en de slopende laatste maanden? Later, besluit ze. Er is nog tijd genoeg.

Haar moeder schraapt haar keel. 'Heb je Abigail al ontmoet?'

Jill aarzelt, maar schudt dan haar hoofd. Zo gemakkelijk is het dus om te liegen. Maar als ze de opgeluchte zucht van haar moeder hoort, voelt ze dat het soms beter is.

'Waarom ben je gekomen?'

Jill wil vertellen over de laatste boodschap van haar vader. De onuitgesproken woorden, waarin ze dacht zijn wens te herkennen. 'Ik vond een foto.'

'Dus toch,' zucht haar moeder. 'Herkende je haar?'

De verwarring is maar kort. 'Ik herkende jou.'

'Natuurlijk.' Een zenuwachtig kuchje. 'Maar ik bedoelde…'

'Ik wist niet eens dat ik nog een tante had.' De verontwaardiging lift mee met de woorden.

'Zo was hij. Dus ook dát heeft hij verzwegen.' Haar moeder schenkt opnieuw hun kopjes vol. Haar hand trilt.

'Waarom heeft niemand me verteld…?'

De theepot landt te hard op de tafel. 'Lieverd, ik moet het je nu wel zeggen. Je laat me geen keuze.' Ze neemt eerst nog een slok voor ze over de tafel naar haar toe leunt. 'Kijk me eens aan.' Met haar vinger tilt ze Jills kin op, alsof ze nog het kleine kind is dat ze heeft achtergelaten. 'Het is beter als je weggaat.'

Jill knijpt haar handen tot vuisten om haar kalmte te bewaren. Het liefst zou ze nu opstaan, schreeuwen dat ze haar nooit meer laat gaan. 'Ik blijf hier,' zegt ze dan zacht. 'Ook al... ook al...' Ze wil zeggen dat ze zich niet weg laat sturen.

'Lieverd, ik zou niets liever willen. Maar je loopt hier gevaar. Ik ben echt niet zomaar weggegaan. Het heeft me slapeloze nachten bezorgd, maar ik kon niet anders. Mijn zusje... Abigail dreigde om naar ons toe te komen. Ze heeft je altijd gehaat. Vanaf de dag dat je geboren bent.'

Jills hart raakt in een vreemde trilling.

'Door jouw geboorte was zij haar oudere zus kwijt. Ik koos voor mijn gezin en volgde Bob naar Nederland. Dat kon ze niet verkroppen. Ze had me nodig.'

Jill bijt op haar lip. Zij heeft haar toch ook nodig!? Ze houdt zich in. 'Maar het was toch niet mijn schuld dat je je zusje achterliet? Daar kon ik toch niets aan doen?'

'Natuurlijk niet. Maar sinds ze begon met haar bedreigingen kregen Bob en ik steeds vaker ruzie. Het was gedaan met de little happy family. Ik moest wel terug naar Cornwall. Ze had al eerder...' Haar moeder roert nog een keer door de thee. 'Nou ja, laat ik het zo zeggen. Ik wist dat het van haar geen loos dreigement was. Gelukkig heeft Elliot haar goed opgevangen.'

Jill schudt haar hoofd. Ze kan het bijna niet geloven dat haar eigen tante zo'n hekel aan haar heeft dat ze haar iets aan zou doen.

'Blijf dan in ieder geval bij haar weg, lieverd. Alsjeblieft. Als je alleen met haar bent, kan het zomaar fout lopen.'

Een tijdlang hangen de woorden tussen hen in. Het enige geluid komt van het kopje dat Barbara na elke slok terugzet op het schoteltje. Langzaam keert de rust terug. Jill kan haar ogen bijna niet van haar moeder afhouden. Ze leeft. Al het andere is nu niet belangrijk.

'Ik wil je nog wat vragen,' begint haar moeder. 'Heeft Bob...'

Haar blik zakt naar beneden en blijft hangen op de vingers die nu het kopje blijven omklemmen. Dan vraagt ze: 'Heeft jouw vader nog iets gezegd?'

'Wat bedoel je?'

'Iets over mij?'

Jill zucht diep. 'Alleen maar mooie dingen. Hij heeft echt heel veel van je gehouden.'

Als ik de salon uit loop, blijf ik even staan bij het familieportret. Het doet me meer dan ik zou willen. Kleine Jill is terug. Ze is opgegroeid tot een prachtige jonge vrouw. Maar ze is iets te eigengereid naar mijn zin. Ik hoop dat ik er goed aan gedaan heb haar te waarschuwen.

Mijn benen trillen, ik zoek steun bij de muur. Hoe kan ik haar ooit hebben achtergelaten? Had ik haar niet moeten beschermen in plaats van mijn zusje vóór te laten gaan?

Ik bal mijn vuisten om de woede die ik voel ergens vast te zetten. Wat een rotstreek van Bob. We hadden afgesproken dat hij me heel zou laten. Dat hij de herinnering aan mij levend zou houden. Maar hij heeft gewoon gelogen, zowel tegen haar als tegen mij.

Mijn hoofd bonkt. Ik moet de woede beteugelen. Ik weet dat het anders niet goed gaat. Niet goed gaat. Niet goed gaat...

Abigail heeft me nodig. Ik schud de muizenissen uit mijn hoofd en focus me op mijn doel in het leven: zorgen dat zij niet in de problemen komt. Ik moet haar helpen. Wat zal ze geschrokken zijn toen Jill ineens voor haar stond.

Gelukkig is er niets gebeurd. Als Elliot niet had ingegrepen had het er heel anders kunnen uitzien. Maar goed dat we haar medicatie altijd op voorraad hebben. En dat ik een paar dagen geleden zelf poolshoogte ben gaan nemen. Ik wist dat mijn meisje boven in de cottage lag te slapen, maar het risico om te gaan kijken was te groot. Ze was in orde, dat was op dat moment het belangrijkste.

Toen wist ik al dat mijn vermoeden juist was: Bob is overleden. De urn was het bewijs. Ik hoopte nog dat ik Jill kon verjagen, of was het mijn woede die het mes in het hout dreef? Ik weet nu dat Jill net zo vasthoudend is als mijn zusje. Dezelfde genen. Wat goed dat ze gebleven is. Het moment dat ze in mijn armen lag is onbetaalbaar. Haar geur bracht me terug bij dat vreselijke moment dat ik afscheid nam. Haar kuste, terwijl ik niet mocht laten merken dat ik voorgoed uit haar leven zou verdwijnen. Haar figuurtje dat steeds kleiner werd in mijn achteruitkijkspiegel, tot ik om de hoek verdween.

Toen heb ik de auto aan de kant van de weg gezet omdat de tranen bleven komen. Alleen God weet hoeveel moeite het me kostte om weg te rijden... en mijn dochter achter te laten.

Al die jaren heb ik gehoopt dat ik haar weer zou zien. Maar niet hier! Niet op dit moment. Ik heb tijd nodig om alles in het huis van de oude mevrouw af te sluiten. Daarna kan ik Jill misschien meer bieden.

Heel langzaam draai ik me om. Mijn rug raakt de koude muur. Het gevoel zakt weg. Ik adem uit. En opnieuw.

Het is goed dat ik mijn kop erbij gehouden heb. Al die jaren heb ik moeten afzien, terwijl Bob bij mijn meisje was. Nu ben ik aan de beurt. Ik ben hier. Jill heeft me gevonden.

30

De ochtend is waterkoud, maar er schijnt een warme zon in haar leven. Haar moeder leeft nog. Ze heeft haar omhelsd. Hoe tof was het om haar armen om zich heen te voelen en de geur op te snuiven die ze zo gemist had? Het was als een ontmoeting met de levende dood.

Jill heeft frisse lucht nodig. Om wat er gebeurd is te laten landen. De cottage is niet de plek om te blijven hangen. Die is besmet, omdat haar vader daar is. Hij heeft tegen haar gelogen.

Ze kiest het smalle pad dat langs de badkamer naar achteren loopt. Voor haar strekt het weiland zich uit. Jill slentert door het vochtige gras waarin ontelbare rode klaprozen staan. Het geeft haar een bijzonder thuisgevoel. Ze houdt van de klaproos. Het is geen bloem om te plukken en in een vaas te zetten. Dan verliest ze direct haar bloembladeren. En gaat dood.

Jill duwt de struiken opzij waardoor ze bij het hekje komt. De twee populieren staan al te wachten. Hier zit ze vaker sinds ze in de cottage woont. De velden geven rust. De uitgestrektheid geeft een gevoel van oneindigheid dat ze in de stad altijd miste.

Iets verderop staat een notenboom. De knoestige wortels liggen aan het oppervlak. Het is net alsof de boom zich vastgrijpt in de aarde. Het einde van haar zoektocht is in zicht nu ze haar moeder heeft gevonden. Hier komt ze oorspronkelijk vandaan. Hier liggen haar wortels.

Ze denkt terug aan een eerdere uitspraak van Ruby. Haar tante zou haar vergelijken met een notenboom. Geen idee wat ze daarmee bedoelde; dat moet ze haar nog eens vragen.

Met haar rug tegen de dikke stam kijkt ze naar boven. De machtige kruin reikt naar de hemel. Ademhalen is moeilijk als je lijf gevuld is met blijdschap. Tegelijkertijd is ze kwaad. Een woede die maar moeilijk te beteugelen is. Vandaar dat ze ervoor gekozen heeft alleen te zijn.

Jill duwt haar nagels in het hout en probeert rechtop te blijven. Haar vader heeft tegen haar gelogen. En aan haar moeders reactie te merken is dat niet voor het eerst geweest. Is er meer dat hij voor haar verzwegen heeft?

Hij heeft haar hierheen gelokt met een fucking briefje. De woede in haar borrelt. Waarom heeft hij haar een veilig leven ontnomen? Het was helemaal niet nodig geweest, dat ze met zo'n verdriet moest leven. Onvoorstelbaar dat hij haar dit heeft geflikt.

Ze stroopt haar mouw op en bekijkt de tattoo op haar bovenarm. De tattoo van haar vader, ooit ontworpen om de liefde voor haar moeder vast te leggen. De lemniscaat van de oneindigheid had haar geroerd omdat ze voelde hoe oneindig hij haar moeder had liefgehad. Daar had ze zich aan vastgehouden. Ze was ontstaan uit liefde. Een kracht die groter was dan de dood.

'Fuck it, daddy!' Ze duwt zich af van de boom en begint te rennen. Er is geen houvast meer. Niets meer om in te geloven nu haar vader zelfs de liefde heeft verloochend. Ze springt over doornige struiken en slalomt om stekelige bosjes. Was die liefde voor haar moeder wel echt?

Dan struikelt ze en belandt met een flinke smak op de stenige grond. Daar blijft ze hijgend liggen. Waarover heeft hij nog meer gelogen?

31 – *Porthcurno 1980*

'Weet je het zeker?' Barbara vroeg al voor de zesde keer hetzelfde. Heel even overwoog Bob om te zeggen dat hij er toch van afzag. Maar hoe erg kon het zijn om een uurtje met beide meisjes naar het strand te gaan? Twee meiden in bikini was beter dan eentje.

'Ik kom jullie wel ophalen.' Hij had een lumineus idee en legde de telefoon neer voordat Barbara kon protesteren.

Toen hij de woonkamer binnenkwam, liep hij direct door naar het raam dat hij wijd openzette. Een zure lucht steeg op van de bank, vanwaar zijn moeder hem met haar ogen volgde.

'Wat ga je doen?'

Het viel mee, constateerde hij. Ze had weleens onsamenhangender gepraat tegen lunchtijd.

'Niets,' zei hij automatisch. Hij zette de lege glazen in de keuken, plaatste de borden, waarop de etensresten van de vorige avond inmiddels waren vastgekoekt, in de gootsteen. Dat ruimde hij vanavond wel op.

'Veel plezier,' riep zijn moeder hem achterna.

'Ik ben voor het eten thuis.' Hij sloot de deur met een klap en rende weg.

Pas onderweg naar het landgoed van James' ouders, stelde hij zijn plan bij. Hij had de Bentley van James' moeder willen lenen, maar het leek hem beter dat voor een andere keer te bewaren. Vandaag zag hij Abigail weer. En Barbara natuurlijk. Het was beter om deze gebeurtenis niet te besmetten.

Het zand straalde een enorme warmte uit. Stom dat hij zijn handdoek was vergeten.

Barbara liet haar vinger over de contouren van zijn tattoo dwa-

len die hij sinds de deal met zijn vrienden onder op zijn rug had laten zetten. Het was de eerste geweest, maar vanaf het moment dat hij hem in de spiegel had gezien wist hij dat er meer zouden volgen. Het was een fuck-it naar de rest van de wereld. Hij was de baas over zijn lijf.

De zee was kalm en blauwer dan ooit. Toen Abigail opstond en zigzaggend door het mulle zand naar het water liep, kon hij een opgeluchte zucht niet tegenhouden. Wat een humeur. 'Wat is er met haar?' Bob knikte naar Abigail.

Barbara haalde haar schouders op. 'Slechte dag.'

Er was meer aan de hand, dat voelde zijn kleine teen nog aan. Vanaf het moment dat hij met de beide meisjes samen was, had Abigail hem niet één keer aangekeken. Haar blik was strak gericht op iets ergens in de verte. Waar ze ook liep. Wie er ook in de buurt was. Geen enkel contact mogelijk. Zo anders dan hun vorige ontmoeting.

'Is er thuis iets gebeurd?'

Hij zag dat Barbara's handen een zandkasteeltje begonnen te bouwen dat steeds opnieuw instortte.

'Gekke dingen,' mompelde ze.

Bob herhaalde haar woorden.

'Ja,' antwoordde Barbara stug, alsof ze er liever niet over wilde praten. 'En ik zit ermee opgescheept. Dag en nacht ben ik bij haar, terwijl ze gewoon niet te vertrouwen is.'

Bob keek naar het meisje dat er heerlijk uitzag in haar knalrode bikini. Haar lange haren golfden op haar rug. Het idee dat Abigail op welke manier dan ook gestoord was, kon er bij hem niet in.

Barbara zuchtte diep. 'Het wordt steeds zwaarder om te zorgen dat ze niet in de problemen komt. Als ze ergens van schrikt, kan ze zo heftig reageren. Die agressie is vreselijk.'

'Liefje, het maakt mij niet uit. Ik kan wel tegen een stootje. Bovendien is het fijn om jou weer te zien.'

Ze keek hem met zo'n vreemde blik aan dat hij zich rood voelde worden. 'Liegen is niet leuk, Bob Skewes,' zei ze met een nuffig gezicht.

Bob grinnikte. Deze keer was het toevallig de waarheid geweest.

'Weet je wat? Ik let wel op haar, dan kun jij even van de zon genieten.' Hij krabbelde overeind en veegde het zand van zijn handen.

Zonder op de blije reactie van Barbara te reageren, liep hij naar Abigail die al tot haar heupen in de zee stond. De golven sloegen zacht tegen haar buik, waarna ze steeds een klein sprongetje maakte. Boven haar maakten de meeuwen scheerduiken, alsof ze haar uitdaagden.

Bob nam een aanloop, sprong met grote passen over het water en dook recht in een golf. Het water was heerlijk koel. Hij schudde zijn haren uit en grijnsde naar haar. 'Lekker hè?'

Abigail zei niets. Ze hield haar handen omhoog alsof die niet nat mochten worden.

'Kom, dan spelen we in de golven.'

'Ik heb geen zin om te spelen.'

'Waarom niet?' Hij was blij dat ze weer praatte.

Ineens richtte ze haar zachtbruine ogen op hem. 'Ze doen allemaal alsof ik gek ben.'

'Wie zegt dat?'

'Thuis. Iedereen. Ik wil alleen maar dat ze me met rust laten, ik heb die afstand nodig om mezelf te kunnen voelen.'

'Laat ze toch.'

'Ik weet echt wel wat ik doe. Ik haat die roddels!'

'Je moest eens weten wat ze allemaal over mij zeggen. Kom.' Hij pakte haar hand en trok haar mee. Tot zijn grote geluk zwom ze al snel naast hem. Ze leek rustiger, hoewel haar mond nog steeds een strakke streep was. Een beetje vreemd was ze wel, maar dat intrigeerde hem juist.

Bob crawlde bij haar vandaan. Hij was de grote waterrat van de groep. Daar was hij trots op. Eindelijk ook iets wat híj goed kon.

Toen hij na een paar slagen omkeek, was de zee leeg. Hij scande het water, duwde zich in het water omhoog, maar er was geen spoor van Abigail. Op het strand lag Barbara uitgestrekt in de zon.

'Fuck!'

Snel zwom hij terug naar waar hij Abigail als laatste gezien had. Er plopten wat luchtbubbels aan het wateroppervlak. Was dat Abigail? De angst sloeg hem hard in zijn gezicht. Klootzak. Je zou op haar letten! Dat had je beloofd.

Ineens voelde hij iets aan zijn been. Er was daar iets. Onder water. Hij onderdrukte zijn reflex om van zich af te trappen. Maar net toen hij een grote hap lucht wilde nemen, greep een hand zijn enkel beet. Hij werd met grote kracht naar beneden getrokken. De geluiden verstomden. Er klonk alleen gedempt geborrel. Hij draaide zich onder water om en zag een figuur waarvan de haren wijd uitwaaierden. Hij wilde zich losmaken, maar de vingers knepen zijn enkel bijna fijn.

Seconden verstreken waarin hij wilde trappen, maar tegelijkertijd Abigail niet wilde raken. Als hij haar hoofd raakte, kon ze zomaar wegzakken.

Ineens liet ze zijn voet los en hij zag Abigail langs zich omhoogschieten.

Zodra hij proestend boven water kwam, hoorde hij haar schateren. De meeuwen vielen direct in.

'Waarom deed je dat?' Hij spuugde het zoute water uit.

Tot zijn verbazing veranderde het gezicht voor hem in een oogwenk. De lach was verdwenen. Haar ogen knepen zich tot smalle spleetjes, terwijl ze hem toesiste: 'Je wilde toch spelen?'

Wat zag ze er goed uit! Een pittig zwart kapsel en een uitstraling vol levenskracht. Mijn kleine Jill is terug bij mij. Nu mag ik weer voor haar zorgen.

In het late ochtendlicht ben ik onderweg naar het atelier. Een glimlach groeit op mijn gezicht. Ik trek mijn schouders iets verder naar achteren. Fijn dat ze nu weer bij mij is. Eindelijk!

Maar het maakt de situatie wel gecompliceerd. Jill lijkt op Abigail. Dezelfde trekjes. Die blik in haar ogen, die vervaagde alsof ze naar binnen verdween. Daar zal ik nooit aan wennen. Het is bijna eng. Zou ze dezelfde psychische problemen hebben? Mijn Jill! Dat mag niet. Als kind leek ze zo sterk, zo vrolijk. Wat is er met haar gebeurd?

Hé, de deur van het atelier staat open. Vreemd. Meestal is Abigail hier, verdiept in een van haar schilderijen die steeds weer het verhaal van haar verleden vertellen. Ik heb al zo vaak geprobeerd om haar op andere gedachten te brengen, maar het is me nog niet gelukt.

In een zee van zacht licht staan twee schildersezels. Vlak bij elkaar. De ene is leeg. Op de ander staat een doek. Ik bekijk het schilderij bij het raam, dat Abigail aan het maken was. Dat geeft me vaak een kijkje in haar ziel, zo ben ik voorbereid op haar buien.

Maar de beeltenis is compleet anders dan al die andere keren. Een cottage. Dé cottage. Niet zoals die nu is, maar zoals ze hem altijd wilde hebben. Ervoor staat een jonge vrouw, de zwarte kleding geeft direct aan wie het is. Op haar borst is een groot rood hart geschilderd. Uit het hart komen rode druppels. Levensecht geschilderd. Een bloedend hart. De pijn is zo treffend neergezet dat het me raakt. Ik houd mijn adem in bij de rode streep, dwars over het beeld. Felrood en met kracht neergezet.

Natuurlijk! Ik weet waar ik mijn zusje kan vinden. Wat stom dat ik daar niet eerder aan gedacht heb. Het is begin mei. De datum nadert. De dag waarop ik altijd bij haar ben, om haar te beschermen tegen de demonen die haar al die jaren plagen.

Eenentwintig juni, dan is het weer zover.

Nooit eerder is ze al zo vroeg aan een nieuw beeld begonnen. Dit jaar gaat totaal anders lopen. Alles staat op scherp, nu Jill terug is. Als ik snel ben kan ik die dreigende meltdown misschien nog voor zijn. Ik hoop maar dat Abigail niet vergeten is haar medicatie in te nemen. Vanaf vandaag heb ik een dubbelrol: Abigail steunen en Jill beschermen.

In de tuin bedekt een zachte nevelregen mijn kleding al snel met een vochtig laagje. Wat haat ik dat smerige weer. Hoe kan Elliot toch houden van dit klimaat waarin zelfs vogels wegwaaien. Een rilling loopt over mijn rug. Stom ben ik, dat ik mijn jas ben vergeten. Als ik de hoek met de eeuwenoude varens gepasseerd ben, word ik rustiger. Ik ben er bijna. Het hoge kruis wil ik vandaag niet zien, ik houd mijn ogen strak op het grindpad gericht. Misschien moet ik Elliot vragen om het weg te halen, om de gemoederen rustig te houden.

Het getik van een hamer komt op me af. Abigail is dus inderdaad in de oude garage. Ik haal een paar keer diep adem. Ze mag niet merken dat ik opgewonden ben.

De houten mal staat in het midden van de garage. Verder is de ruimte leeg. Dan heeft ze de oldtimer dus al weggezet. De Bentley is haar mogelijkheid om te ontsnappen naar een van die mystieke plekken waar ze zogenaamd haar rust kan vinden. Ik weet dat ze beter hier kan blijven, maar zal dat nooit tegen haar zeggen.

Ik blijf in de deuropening staan. Mijn zusje slaat met kracht op de houten mal. Haar jurk beweegt mee met elke slag. Haar bruine haren hangen los, de krullen vallen tot laag op haar rug. Weer een nieuw rond beeld. Wat moet ze er toch mee? Toch lijkt het deze keer net iets anders.

'Wat maak je?' Ik weet inmiddels dat ik interesse moet tonen in haar gedachten.

Geen reactie.

'Loop je op schema?'

'Dag zus. Ben je er weer?' Abigail kijkt op. De bruine ogen zijn lichter dan anders. Dan draait ze zich weer naar het hout, pakt een spijker en ramt hem er met kracht in.

'Heb je je medicijnen...'

'Elliot is mijn reservewaakhond.'

Ik hou me in. Ze heeft weer eens zo'n bui. De resten van alle vorige mallen liggen verspreid door de garage. Voor de zoveelste keer vraag ik me af wat haar toch bezielt om in deze stoffige ruimte te werken.

Mijn zusje legt de hamer weg, strijkt met de rug van haar hand over haar voorhoofd en komt naar me toe. 'Moet jij niet bij die oude mevrouw zijn?'

'Ze is overleden.'

'Aha...'

Haar ogen gaan het gevecht aan. Maar ik sla mijn blik niet neer. Ik heb niets om me voor te schamen. Als ze eens wist hoeveel ik voor haar heb opgegeven.

'Ben je daar dan niet harder nodig dan hier? Ik neem aan dat je aast op de erfenis.'

De woorden snijden door mijn hart. Ze weet precies waarmee ze me kan raken. 'Ik ga nog één keer terug, als dat is wat je me vraagt.' Ik weiger om verantwoording af te leggen.

'En dan? Kom je dan weer hier wonen?'

'Natuurlijk, lieverd. Je weet toch dat ik er altijd voor je ben.'

'Net als voor jouw dochter?' Abigail spuugt op de grond.

Het begint te koken vanbinnen. Ik zet mijn nagels in mijn duimen en wacht tot de hitte wegtrekt. 'Het is fijn dat ze Ruby een beetje helpt.' Zodra ik het zeg weet ik dat het verkeerd aankomt.

'Wil je daarmee zeggen dat ik het hier niet alleen aankan? Hè? Wil je dat zeggen?' Abigail komt nog een stap naar me toe.

We staan nu bijna met de neuzen tegen elkaar. Er springen tranen in mijn ogen nu ik zie hoever ze weg is. Ik had eerder moeten terugkomen.

Het liefst wil ik haar omhelzen. Onze harten weer laten samenvloeien, zoals ook met Jill gebeurde. Die verbinding heb ik nodig om dit vol te houden. Om steeds weer mezelf weg te cijferen en anderen vóór te laten gaan.

'Kom Abbey, laten we een stukje lopen.' Ik leg mijn hand op haar schouder. De spieren voelen hard aan. Vele seconden gaan voorbij voordat ze verzacht.

'Ik wil alleen zijn.'

O nee! Niet daarheen! Als ze nu wegrent kan het zomaar afgelopen zijn. Ik mag haar niet laten gaan.

'Heb je al ontbeten? Zullen we samen naar de salon gaan?'

De blik in haar ogen verhardt. 'Nooit! Daar is zij! Ik wil haar niet zien. Nog niet. Of niet meer. Ik weet het niet. Ze is... Ze is dood! Ze moet dood.'

Ik probeer haar arm te grijpen, maar Abigail rukt zich los.

'Blijf hier alsjeblieft. Je bent jezelf niet.'

'Laat me gaan. Ik ben nooit mezelf geweest, jij zat altijd in me. Alles heb je me afgepakt. Ik kan niet meer!' Dan graait Abigail haar jas mee en rent de deur uit. Ik hoor de stampende voetstappen op het grind, het hekje dat met een klap dichtgegooid wordt, daarna is het stil.

32

'Ik doe het vandaag wel alleen.' Ruby rent op haar typerende manier door de keuken heen en weer. Haar zwarte broek slobbert om haar magere benen. Jill heeft zich al eerder afgevraagd of ze wel eet.

Het is prettig dat ze zich kan richten op de normale klusjes, anders ontspoort ze. Houvast creëren heeft haar altijd geholpen, zelfs als ze alleen was. Tekenen of puzzelen. Haar hoofd bezighouden zodat het niet in die chaos zou verdwijnen.

'Zal ik de tafels in de salon vast dekken?'

Ruby blijft staan en zet haar handen in de zij. Quasigeschokt kijkt ze haar aan. 'Begin jij nou ook al?'

'Wat bedoel je?' Jill heeft geen zin in spelletjes. Ze moet even rechtuit leven.

'De salon is Barbara's benaming voor het restaurant. Als ze weer een paar jaar in betrekking is geweest, komt ze altijd met dit soort woorden thuis.'

Het laatste woord landt hard. 'Is dit ook de officiële woonplek van mijn moeder?' Het gonst in haar hoofd. Waarom heeft niemand dit verteld? Elliot zweeg in alle talen toen ze hem vertelde dat haar moeder dood was. Ze heeft geen idee meer welke uitspraken bij wie horen. Ze heeft duidelijkheid nodig, zodat haar eigen waarheid weer klopt.

'Ze woont hier als het zo uitkomt.' Ruby verdeelt het deeg over de bakvorm.

Het is lastig om gewoon te praten, terwijl er maar één woord door haar hele lijf zoemt: moeder. Het cadeau dat ze heeft gekregen verbijstert haar. En de rol van haar vader is op zijn zachtst gezegd verwarrend te noemen. Ook dat moet ze loslaten om niet te verdwijnen.

Jill duwt haar nagels in de stoelleuning. Ze heeft behoefte aan een nieuwe tattoo. Hunkerend naar de pijn en de vervulling van haar creativiteit knijpt ze haar ogen dicht en zet haar adem vast. Lijnen vormen zich tot symbolen, dat is altijd zo geweest.

'Gaat het, Jill?'

Haar adem schiet weer los. Ze knikt. 'Mijn moeder wil graag elke avond samen eten,' zegt ze alsof ze zichzelf moet overtuigen dat het werkelijk waar is.

'Fijn!'

Dat haar moeder eerst naar haar zusje wilde, vindt ze moeilijk om te vertellen. Zou Abigail haar echt zo haten?

Starend naar de vaardige handen van Ruby, draait de ontmoeting met haar moeder zich opnieuw af in haar hoofd. Het liefst wil ze elke minuut bij haar zijn. Alleen al kijken naar haar geeft zoveel geluk. Ze wil vragen stellen, horen hoe haar leven is gelopen en wat ze gedaan heeft in de afgelopen jaren. Ze wil horen dat haar moeder haar zo enorm gemist heeft dat het elke dag pijn deed. Net als dat bij haar het geval was.

Er zit wel een stevige angel in Barbara's verhaal: haar zusje ging voor.

Ik wilde terug naar Cornwall. Naar mijn zusje.

Kan de liefde voor een zusje groter zijn dan voor je eigen kind? Er zou geen keuze mogen zijn. Zoiets mag toch naast elkaar bestaan? Had haar moeder niet op een andere manier kunnen regelen dat haar zusje rustig in Cornwall bleef? Af en toe een bezoekje? Het kan er bij haar niet in.

Jill schraapt haar keel. 'Is het landgoed eigendom van de beide zussen?'

'Nee, van Abigail, maar die zou het nooit kunnen runnen zonder Barbara.'

En zonder jou, vult Jill in gedachten aan, terwijl ze met haar ogen de kleine vrouw volgt die met een nieuw bakblik naar de oven loopt.

Bakte ze eigenlijk vroeger koekjes samen met haar moeder?

Ze kan zich echt niets meer herinneren over haar moeder. Haar vroegste beelden zitten vast aan haar vader. De trots die ze voelde als hij meeging naar school, zelfs als het Moederdag was.

Naast haar gaat de woordenstroom van Ruby gewoon verder. 'Abigail heeft nu eenmaal zwarte periodes in haar leven waar ze...' Met een klap sluit Ruby de oven, veegt haar handen af aan haar schort en zegt dan: 'Ach, dat weet je allemaal al.'

'Denk je dat Abigail gevaarlijk kan zijn?'

Ruby schiet in de lach. 'Welnee. Abigail is een beetje vreemd, en ze heeft haar buien. Maar ze is een ongelooflijk goed mens. Ze heeft mij een nieuwe kans in mijn leven gegeven. Dat zal ik nooit vergeten.'

Jill zucht en gaat aan de keukentafel zitten. 'Ik voel me nutteloos. Onrustig ook.'

Ruby leunt tegen het aanrecht. 'Dat lijkt me logisch, darling.'

'Ik wil wat doen.' Jill kijkt rond, maar in de keuken zijn alle klusjes gedaan. 'Misschien ga ik wel tekenen, dat heeft me altijd geholpen.'

'Jou ook? Abigail kan al haar emoties kwijt in haar kunstwerken. Zoals die kan schilderen...'

'Dat heb ik gezien. Ik ben bij haar geweest,' onderbreekt Jill haar. Ze kan zich nauwelijks voorstellen dat de tante die ze tot nu toe in lichtgekleurde kleding langs heeft zien fladderen, kan verdwijnen in zwarte depressies. Toch heeft ze ook de kracht gezien waarmee ze haar schilderij vernielde nadat ze aangaf dat 'zij voor haar dood was'. Ze vraagt zich af wie Abigail met die 'zij' bedoelde. Het is nu duidelijk dat ze het niet over Barbara had.

Ruby kijkt op. 'Ben je in het atelier geweest?'

Jill knikt en vertelt over het bijzondere contact waarbij woorden niet nodig waren.

De ogen van Ruby worden waterig. 'Wat mooi als je via de kunst kunt praten. Ik vraag me af of Luke...' Dan zwijgt ze.

Jill begrijpt het meteen. 'Zal ik eens met Luke gaan tekenen?'

De dankbare blik is goud waard. Wat prachtig om de moederliefde te voelen van een vrouw die niets cadeau heeft gekregen in haar leven. Kun je ooit weer zo'n diepe moederliefde voelen als die zolang verbroken is geweest?

'Weet je hoe laat Barbara komt?' vraagt Ruby. 'Nu zij hier weer is, kan ik direct wat zaken met haar regelen.'

'Ik heb haar vandaag nog niet gesproken. Misschien is ze bij Abigail?' Jill laat haar blik over de wand glijden waar kleine schilderijtjes hangen. Het is onvoorstelbaar dat ze nu in een familiehuis is, terwijl ze nog maar twee weken geleden dacht dat ze alleen achtergebleven was. Dan veert ze op. 'Waar is Elliot? Misschien kan ik hem wel in de tuin helpen?'

'Elliot was vanmorgen bij Abigail. Het schijnt dat ze een zware terugval heeft.'

'Een depressie?'

Ruby haalt haar schouders op en begint het aanrecht schoon te maken. 'Als ze haar wat minder zouden betuttelen, valt het volgens mij allemaal wel mee. Abigail is veel sterker dan ze denken, zeker als ze haar haar gang laten gaan. Als ze het gevoel krijgt dat ze "verdwijnt" zoals ze dat zelf noemt, gaat ze altijd naar de oude schuur. Daar giet ze beelden. Ik weet niet hoe ze dat doet, maar het lijkt wel alsof ze daar de zwarte kant van haar leven in verstopt.' Ruby spoelt het doekje uit onder de kraan en veegt de tafel met een schone doek na.

Jill knikt gedachteloos en strijkt over haar tattoos, die eenzelfde verhaal vertellen. 'Giet ze beelden?' Ze realiseert zich nu pas wat Ruby heeft gezegd.

'Ja, een speciale techniek die ze heeft afgekeken van Rowena Cade, dat is de vrouw die het Minack Theatre gebouwd heeft. Dát was pas een sterke vrouw, zo mager als ze was. Ze werkte even hard als de gespierde bouwvakkers om haar droom waar te maken.'

'Is dat het theater in de rotsen?'

Ruby humt bevestigend. 'Abigail houdt van dat soort mystieke locaties.'

‘Ik niet.’ Een mager lachje ontsnapt over Jills lippen. Het voelt goed. Ze is het lachen nog niet verleerd.

‘Hé,’ zegt Ruby. Ze kijkt naar een plek achter Jill.

Als Jill zich omdraait ziet ze haar tante lopen. Net als alle voorgaande keren loopt ze snel, haar hoofd ver voor haar lijf, haar armen zwaaiend langs haar lichaam. Haar rode jas los.

‘Het lijkt bijna alsof ze vlucht,’ grinnikt Jill.

‘Dan gaat ze weer naar het theater. Als ze alleen wil zijn, zoekt ze de kust op waar de wind haar alles vertelt wat ze nodig heeft.’ Daarna schiet Ruby in de lach. ‘Dat zijn haar woorden, hoor. Dat je niet denkt dat er bij mij in mijn hoofd ook een draadje los zit.’

‘Kan ik je nog ergens mee helpen?’ Jill vindt het nodig om het te vragen, ook al staat ze al bijna bij de deur.

‘Nee, ga maar gauw.’ Ruby wuift haar weg.

Pas als ze de deur al uit is hoort ze de stem van Ruby nog achter haar aan ijlen: ‘Gun haar vrijheid en de wind door haar haren! Dan komt het allemaal goed.’

33 – *Porthcurno 1981*

'You're joking,' *zei James tegen Elliot, die het heftige nieuws in de groep gooide.*

'Over zoiets zou ik nooit grapjes maken,' gaf Elliot geërgerd aan.

Bob zat op de rots waar hij net uit het water was geklommen. Zijn haren plakten tegen zijn hoofd, het zout prikte op zijn huid.

Abigail opgenomen. Hij schudde zijn hoofd alsof hij het niet kon geloven. De koude wind raakte hem niet, toch trok hij de handdoek dichter om zich heen.

James boog zich naar voren. 'Ze leeft ook wel erg in een eigen wereld. Ze ziet dingen die niemand anders kan zien.'

'Wat bedoel je daarmee?' stoof Elliot op.

'Beetje kierewiet is ze wel.' James draaide met zijn vinger naast zijn slaap.

'Alsof jij normaal bent!'

Bob smoorde de startende ruzie. 'Ze was de laatste tijd nogal stil. Ik maakte me al zorgen om haar.'

'Ze was ongelukkig,' vulde Elliot meteen aan.

'Depressief,' gooide James ertussen.

Bob zweeg. Het was een hard leven voor de beide meisjes, hij wist er zelf alles van. Ooit zou hij de mogelijkheid grijpen om te vluchten uit deze armoedige omgeving. Voordat het zwarte spook over hem heen viel. Daarom was hij regelmatig op de klif te vinden waar hij kon dromen over een ander leven na de verplichte highschool. Hij begreep de worsteling van Abigail. Ze zat gevangen tussen twee afwezige ouders en een overbezorgde zus, die overigens haar stinkende best deed om Abigail te ondersteunen. Een depressie lag dan algauw op de loer.

Het laatste halfjaar had hij nauwelijks contact gehad met de twee zusjes. Tot Barbara vorige week ineens belde. En de dag erna weer. Nu begreep hij waarom ze ineens weer tijd voor hem had. Het blok aan haar been was tijdelijk ondergebracht in een nut house. *Kennelijk was hij nu weer goed genoeg. Of kon ze er niet tegen om alleen te zijn? In ieder geval had hij haar afgewimpeld. Hij was niet op afroep beschikbaar. Ze kon toch ook met haar vriendinnetje Coleen afspreken?*

James knoopte zijn tweedjasje dicht. 'Het verbaast me niets. Ik hoorde laatst dat Abigail haar zus behoorlijk heeft toegetakeld toen Barbara haar wilde helpen. Die kleine meid is ongelooflijk sterk, dat zou je toch niet verwachten van zo'n tenger ding.'

Bob rilde en begon zich af te drogen. Hij was weer eens de enige geweest die vanaf de klif het water in gedoken was. Dat gevoel van vrijheid, gedurende die paar seconden in de lucht, was onbeschrijfelijk. James was een schijterd die alleen mee het water in ging als het hoogzomer was.

Elliot draaide zich naar James toe. 'Ik geloof er niets van. Ik hoorde juist dat Abigail degene was die gewond raakte.' Zijn normaal zo bleke gezicht vertoonde blosjes. 'Alleen niemand gelooft haar,' spuugde hij er nog achteraan.

Bob schoot zijn shirt aan en pakte zijn lange broek. Zodra hij zijn zwemshort naar beneden trok, blies de koude wind tussen zijn benen door. Fucking koud was het. Toch zou hij zich nooit laten kisten door welk weer dan ook. Als het aan hem lag, zwom hij in elk jaargetijde in zee. Snel trok hij zijn kleren aan.

'Hoe weet jíj zo goed wat er gebeurd is?' vroeg hij aan Elliot, wiens kiezen over elkaar knarsten.

Weg was diens aanvallende houding. Hij dook in elkaar en trok wat droge takjes uit de grond. 'Ik… Ik was bij het Minack Theatre om wat planten te bezorgen. Toen kwam ik Abigail toevallig tegen. Ze is daar wel vaker.'

'En dan staat hij zich op te geilen aan een meisje dat denkt dat ze kan vliegen,' hoonde James.

Voordat Elliot kon reageren, stond Bob al tegenover James, zijn vuisten voor zijn borst. 'Als je dat nog één keer zegt, krijg je een knal op die weke harses van je.' James kromp in elkaar.

Mietje. Het was dat ze hem goed konden gebruiken als er iets in de hogere kringen geregeld moest worden, maar anders zou hij hém eens laten vliegen.

'Hé, rustig man.' James stond in een paar tellen op een groot rotsblok.

Bob draaide zich om, pakte zijn handdoek en wenkte Elliot. 'Volgens mij trakteert James ons op een pint.' Dat dit er meer zouden worden, was wel zeker. Het zou de verhitte gemoederen een beetje blussen.

Terwijl ze naar de kroeg in Treen begonnen te lopen, dacht Bob aan Barbara. Als ze weer belde zou hij haar eens vragen wat er nou precies gebeurd was. Hij hield niet van onzuivere waarheden.

34

De Bentley die de afgelopen dagen op de parkeerplaats stond, is verdwenen. Abigail moet hem gepakt hebben. Met één gerichte trap slaat Jills motor aan. Ze klikt haar helm vast en laat de motor even loeien. Hij geeft haar de kracht die ze nu nodig heeft. De regendruppels op de klep van haar helm worden door de wind als gordijnen opzij geduwd. De begroeide muurtjes aan beide zijden van de weg bieden nog wat bescherming tegen harde wind. De gele brem is de enige vrolijke noot in de wijde omgeving.

Het is zo moeilijk te verkroppen dat haar vader knoerthard tegen haar heeft gelogen. En ook al heeft ze nu haar moeder leren kennen, Abigail blijft haar intrigeren. Waarom heeft haar moeder haar zusje altijd vóór laten gaan?

Ze weet als geen ander hoe het is om weg te zakken in dat diepe zwarte gat. Een depressie overspoelt je alsof er geen zonlicht bestaat. Alsof je verdrinkt en er geen houvast meer is. Zij maakte er kennis mee in haar vroege pubertijd, toen ze zich staande moest houden tussen de haantjes en hennetjes. Ze hoorde nergens bij. In die tijd is ze door de bossen in de buurt van Nijmegen gaan dwalen, waarbij ze zelfs eens aan de Waal had geslapen. Het gekabbel van het water had zelfs haar troost geboden. Als ze het water maar niet aanraakte dan was ze veilig, bleef ze in zichzelf herhalen.

Na een paar keer kon ze de volgende aanval van depressie precies aanvoelen. Dan deed ze alsof ze ziek was en dook weg onder haar dekbed. Ze wist dat het voorbijging. Tot die ene keer dat het haar overviel na een avond stappen. Ze hoort het geklingel van de spoorweg nog steeds zo fel in haar hoofd dat ze een ruk aan haar stuur geeft.

Keep left! suist het in haar hoofd. Ze corrigeert haar motor.

Bij een kleine parkeerplaats stuurt ze opzij. Het gebeuk van haar motor is niets vergeleken met het gebonk van haar hart. Voorzichtig laat haar hand de gashendel los. Terwijl haar motor zacht door pruttelt ziet ze in het weiland een cirkel stenen staan. Dit moet een van die mystieke plekken zijn waar Ruby het over had. Niemand weet nog zeker waarvoor deze steencirkels dienden, maar wel dat er mooie verhalen rondzwerven.

Er loopt een vrouw langs de stenen die steeds haar hand op een volgend figuur legt, alsof ze elke steen gedag zegt. Het is Abigail niet, dus vervolgt Jill haar weg. Het asfalt slingert door het groene landschap waarbij de lage hekjes soms ineens uitzicht geven over groene heuvels met hier en daar een boom. In de felle wind drukken de weinige planten zich dicht tegen de bodem om zo enige bescherming te genieten.

Een bordje wijst haar de weg naar het Minack Theatre waar Ruby het over had. Dat moet de plek zijn waar haar tante het liefst tot rust komt. Zou ze haar daar vinden? Ze voelt de opwinding toenemen. Zal ze nu met haar kunnen praten?

Op de parkeerplaats staat de Bentley. Snel loopt ze naar de kassa en koopt een toegangskaart. Het is stil op deze druilerige dag. Het enige geluid dat ze hoort is een zaag die uit een overdekte ruimte komt. Onderhoud.

Jill loopt de betonnen trappen af en verwondert zich over de grijze kleur van de zee. In een van de logeplekken van het uit rotsen gehouwen theater kan ze droog zitten. Een beetje teleurgesteld ziet ze dat er verder niemand is. Geen Abigail. In haar maag kriebelt de onrust als ze denkt aan de waarschuwing van haar moeder. Wat een onzin, ze kan haar tante heus wel aan.

Links ligt een baai waar het strand oplicht in een straal zonlicht. De grijze waaiers aan regen drijven weg naar het westen. De zee verkleurt.

Ruby heeft gelijk: het is een ideale plek om na te denken. Om haar gedachten te laten rollen op de golfslag van de zee. Heel langzaam zakken haar schouders en observeert ze alleen maar de veranderingen in het lichtspel dat zich voor haar op zee ontvouwt. Naast het toneel, dat een vorstelijke uitstraling heeft door de muur met kantelen erachter, gaat een trap naar boven. Er staat een vrouw. Haar silhouet steekt af tegen de zee die nu met witte koppen bezaaid is. Ze leunt tegen een muurtje dat nauwelijks hoger komt dan haar dijen. Gebiologeerd volgt Jill haar bewegingen, het is alsof de wind haar steeds een zetje geeft. Met haar armen wijd wappert de rode jas in de luchtstromen.

'Abigail,' fluistert Jill.

Ademloos kijkt ze naar het schouwspel. De wind laat haar ogen tranen en het silhouet vertroebelt tot een rode vlek. Jill knippert met haar ogen. De bruine haren zijn los en worden als zachte draden opgetild. Dan richt de vrouw haar gezicht naar boven.

Terwijl Jill haar ogen niet van haar tante afhoudt, komt ze behoedzaam overeind. In het atelier ging het ook goed. Als ze maar meebeweegt. Contact legt op een manier die alleen kunstenaars kennen. Weg met alle goedbedoelde adviezen. Dit is haar kans.

Stapje voor stapje daalt ze de trap af naar het ronde toneel. Nog een paar treden en dan is ze bij haar.

Gun haar de wind door haar haren.

Jill voelt de energie die van Abigail uitgaat. Kracht. Zachtheid. Een mooie combinatie.

Ze denkt terug aan het verhaal van Ruby dat Abigail haar opgevangen heeft toen ze er helemaal alleen voorstond met haar baby. Is dat hoe een psychisch labiele vrouw zou handelen? Of is dat eerder iemand die weet dat ze niet altijd de kracht heeft om haar eigen bedrijf te runnen?

Langzaam draait Abigail zich om, alsof ze voelt dat Jill achter haar staat. De haartjes op Jills armen staan rechtop als ze de triestheid in haar tantes ogen ziet. Het liefst had ze haar omhelsd om haar te laten voelen dat ze niet alleen is.

'Niets doen, alleen maar er zijn,' zegt ze zacht tegen zichzelf. De wind voert vele minuten weg. Abigails haren golven omhoog, alsof de zee er een spel mee speelt. Jill houdt haar adem in.

Abigail komt een stap dichterbij en haar blik verzacht. Ze staan nu op korte afstand tegenover elkaar.

'Daar ben je,' zegt Abigail zo zacht dat Jill zich afvraagt of ze dat werkelijk heeft gezegd.

De warmte schiet toe, toch blijft Jill zwijgen. Alle vragen die ze had, slikt ze door.

'Het is mijn schuld.' Abigails ogen zeggen iets heel anders. Jill is in verwarring. Ze wil vragen wat haar tante bedoelt, maar ze blijft zich inhouden. Het is niet aan haar om te praten.

Een gepijnigde blik. De lange haren waaien voor haar gezicht, waardoor het contact verbroken wordt. 'Ik had nooit…'

Jill heft haar hand op en sust zachtjes. 'Stil maar. Het is niet erg.'

In een split second verandert Abigails uitdrukking. Angst en haat tintelen in de bruine ogen. 'Waarom kom je terug? Door jou is alles verziekt!' Abigail pakt haar beet, twee armen sluiten zich als een klem om Jill heen.

Ze probeert zich los te rukken, maar haar tante is onverwachts sterk.

'Ik heb niets gedaan,' zegt Jill hard. Kan ze tot haar tante doordringen?

'Jouw schuld!' Abigail trekt haar mee naar het lage muurtje waar ze net nog ontspannen tegenaan leunde. Er glijdt een grote meeuw langs.

Jill probeert zich te verzetten. Los te komen. 'Schuldig waaraan?' Terwijl ze blijft praten, trekt ze haar ene arm uit de greep. Maar haar tante duwt haar hard tegen de stenen. In de diepte golft een ruwe zee die aan haar begint te trekken. Een duizeling grijpt haar beet. Dat water, waar ze ooit in verdween. Diep en zonder lucht.

Jill probeert zich met haar voeten af te zetten, terwijl onder haar het zilte vocht omhoogstuwt tegen de granieten kust. Het raakt haar al aan. Grijpt haar vast. Ze gilt. Hard en doordringend.

'Je wilt toch bij me zijn? Samen met mij?' Abigail sist met haar gezicht vlak voor het hare. 'Eindelijk verbonden. Wij samen. Kom!' Abigail hangt over haar heen.

Jill voelt de scherpe punten in haar rug snijden terwijl ze steeds verder achterover buigt. 'Laat me los!'

'Jij hebt mijn geluk afgenomen.' Er klinkt een onmenselijke schreeuw, vol pijn en wanhoop. Abigail gooit haar hoofd achterover en jammert tegen de wind.

Dit is het moment dat Jill haar knie omhoog laat komen. Daarna grijpt ze de lange haren van haar tante en trekt die hard naar achteren. Ze focust zich op de rotsen om het water buiten te sluiten. Abigail wankelt, herstelt zich en grijpt Jill opnieuw beet.

'Wat gebeurt hier?' Een vreemde stem. Een mannenhoofd, verweerd en bruin getint.

Ineens is ze los. Jill gooit zich opzij en duwt zich tegen de veilige rotswand. Heel even ziet ze Abigail twijfelen. Ze kijkt naar haar, naar de zee. Dan draait ze zich van haar af en begint te rennen.

'Niet daarlangs,' roept de man.

Maar Abigail luistert niet. Ze rent naar de trap die in de diepte verdwijnt.

'Alles in orde?' De man wendt zich nu tot haar.

Jill knikt. Ze kan nog nauwelijks geloven wat er gebeurd is. Abigail staat boven aan de trap en draait zich nog één keer om. 'Ik haat je,' draagt de wind naar haar toe.

Jills hart bonkt in haar lijf als ze haar tante vlak langs de afgrond ziet rennen. Zonder enige aarzeling.

Jill staat nog steeds tegen de rots geleund, de hand van de man op haar schouder.

'U moet haar redden,' fluistert ze tegen de man.

Tot haar verbijstering schudt hij zijn hoofd. 'Die is niet meer te redden.'

35

Het enige waar ze nu aan kan denken is bier. Natuurlijk is het niet verstandig, maar op dit moment heeft ze niets aan verstandig zijn. Ze moet zichzelf weer in de hand krijgen. Het dreigt. En ze heeft het te vaak meegemaakt, nu wil ze het voor zijn.

Voelt ze zich daarom zo verbonden met Abigail? Barbara is uiterlijk zo rustig. Bedaard zelfs, alsof niets haar uit haar evenwicht kan krijgen. Ze heeft haar eigen kind moeten achterlaten, haar zusje moeten verzorgen en toch laveert ze rustig tussen al die emotionele pieken door. Hoe krijgt ze dat voor elkaar? Bovendien gaat ze ook nog een zieke vrouw verzorgen om haar een mooi levenseinde te geven. Dat moet toch iets doen met een mens?

Jill bestelt een tweede pilsje en kijkt naar buiten. Donkergrijze wolken stormen langs de kliffen. Het theater is nu vooral een naargeestig decor. De kussentjes van gras die op de ronde betonnen banken zijn gelegd zijn prachtig groen, maar dat is dan ook de enige kleur in het uitzicht. Er is geen horizon te bekennen, alleen grijze lagen die elkaar in hoogte afwisselen.

'Daar ben je,' hoort ze achter zich.

Ze kijkt op. John? Hoe komt die hier?

'Alles goed?' Hij strijkt zijn haren glad, zet zijn pet op en steekt zijn hand op naar de serveerster.

Er zit ineens een brok in haar keel. Ze knikt, draait zich naar het uitzicht en slikt krampachtig weg wat er gebeurd is.

'Mijn moeder werd gebeld door een hysterische Barbara,' zegt hij met een scheve glimlach.

Alsof hij haar gedachten kan lezen.

Ze kan nog steeds niets zeggen. Er raast van alles door haar hoofd. 'Jouw moeder,' zegt ze dus alleen maar.

'Die twee zijn al sinds hun geboorte vriendinnen.' Hij lacht nu voluit. 'Misschien zelfs al voor hun geboorte, zo werkt het hier in Cornwall. Families geven niet alleen tradities door, maar zijn ook met elkaar verklonken omdat de afgrijselijke verlatenheid toch enige verbinding vraagt.'

'Vriendinnen,' herhaalt ze vlak.

'Ze belde me of ik hier even heen wilde rijden om te kijken of alles in orde was.'

Het klinkt zo logisch dat Jill alleen maar knikt.

'Ik vond het geen probleem, hoor.' Hij tikt met zijn glas het hare aan. 'Als je je misschien afvraagt of ik wel weg kon uit de winkel.'

'Je vond het wel een prettig excuus?'

'Heel prettig.' Hij neemt een paar grote slokken en likt het schuim van zijn bovenlip.

Jill staart naar de lippen, ziet dat ze verbazingwekkend zacht zijn voor een man die hier in deze ruige omgeving is opgegroeid. Net boven zijn linker mondhoek blijft wat schuim hangen. Ze kijkt er zo lang naar dat ze het al bijna kan proeven. Ze ziet zichzelf het vocht weglikken en wrijft gedachteloos langs haar mond. 'Daar,' zegt ze dan en ze wijst ernaar.

'Wat?'

'Daar zit nog wat.'

Er twinkelt iets in zijn ogen. 'O ja?' Hij buigt zich iets verder naar haar toe. 'Waar precies?'

Er tikken seconden weg uit de zwarte ruimte waartoe zij alleen maar toegang heeft. Het is of haar wenkbrauwen langzaam omhooggaan, waardoor haar ogen de mogelijkheid krijgen om meer licht op te nemen. Ze glimlacht voorzichtig.

'Daar,' zegt ze opnieuw. Maar als ze het met haar vinger wil aanwijzen, deinst hij terug.

Dan schuift hij zijn stoel dichter naar haar toe en fluistert in haar oor: 'Kun jij erbij?' Zijn mond beweegt vlak voor haar ogen, zijn tong wacht vochtig tussen zijn scheve tanden.

Heel zacht legt ze haar lippen om de zijne die verrassend koel zijn. Haar tong hoeft ze niet eens aan te bieden, omdat hij hem zachtjes naar binnen zuigt. De draaiende bewegingen laten haar gedachten tot stilstand komen. Een heerlijke sensatie waarop ze zich kan richten. Geen bijgedachten. Alleen maar deze versmelting die vraagt om meer. Ze wordt warm. Er begint iets te gloeien onder in haar buik. Zo welkom.

'Zullen we gaan?' vraagt hij, terwijl hij na elk woord opnieuw haar lippen zoent. Ze hoeft niet te antwoorden. Ze heeft haar lichaam allang beloofd.

Zijn bed lijkt groter dan een lits-jumeaux, toch verdwaalt ze geen enkel moment in de grote wanorde aan lakens. Het katoen is prettig koel tegen haar verhitte lijf. Haar gedachten verdwijnen in één groot verlangen dat zich toespitst op die kleine plek. Hij vindt haar moeiteloos. Er is niets anders nodig dan vingers, leidende handen en hun tongen die elkaar verkennen. Totdat ze bijna uit elkaar klapt.

Ze kromt haar rug om hem nóg meer ruimte te gunnen. Hij is heerlijk. Groot en hard. Ze wil hem laten kronkelen van genot en trekt hem zachtjes naar haar toe, zodat ze haar mond eromheen kan leggen.

'Je maakt me gek,' fluistert hij.

Iedereen lijkt hier gek, is alles wat ze kan denken. Dan tilt hij haar op en gaat op haar liggen. Dwingend stoot hij naar binnen. Ze duwt haar hoofd in het matras en sluit haar ogen. Dan ontploft het genot diep in haar buik. Hij trekt zich terug en komt klaar op haar buik.

Ze gloeit overal en kan bijna zijn vingers niet meer verdragen die maar blijven strelen over haar onderbuik. Toch is dit wat ze wilde. Het is goed.

'John,' zegt ze zacht alsof ze zich wil inprenten dat hij vanaf nu haar grote bliksemafleider is.

36

De rozenboog drupt nog na. De regen is gestopt, maar alles is nog vochtig. Jill kijkt er met andere ogen naar. Ze kan een glimlach niet bedwingen. Het was gelukkig maar een klein stukje rijden vanaf het huis van John naar de Rosegarden. Rustig op het zadel zitten was bijna ondoenlijk.

Wat is het al laat! Ze moet opschieten om zich nog even te kunnen opfrissen voor het diner. Heel even grinnikt ze. Hoe zou het zijn om geurend naar seks naast haar nette moeder aan tafel te schuiven...

Sinds vanmiddag gloeit er iets in haar. Als ze de voordeur van de cottage opent, verbaast ze zich dus niet over de warmte die haar tegemoetkomt. Het haardvuur brandt. Ha, lekker!

Vanuit het gangetje naar de keuken valt licht naar binnen. Als ze nu vast water opzet, kan ze straks nog een zwarte thee drinken voor ze gaat eten. Helder worden. Best belangrijk.

Midden op de keukentafel staat een glazen vaas met helder water op het plastic tafelkleed. Er hangt een druppel water aan de zijkant. Er staat een enkele roos in, haar stralend rode bladeren uitnodigend opengevouwen.

Jill stopt en kijkt om zich heen. Nu pas realiseert ze zich dat er iemand binnen is geweest.

Half onder de vaas ligt een briefje; een natte kring maakt de tekst moeilijk leesbaar. JE VOLGENDE VERJAARDAG MAAK JE NIET MEER MEE.

Ze verstijft. Haar ogen flitsen over de zin, zeker drie keer, dan frommelt ze het papier in elkaar en mikt het in het vuur. Ze laat zich toch niet bang maken!

'Zo, weg ermee.' Ze veegt haar handen af alsof ze zich wil ontdoen van de laatste resten. En nu die douche. Ze recht haar schouders en zegt hardop: 'Met zoete rozengeur, Abigail.' Tante of niet, ze laat zich niet ringeloren door een vrouw die denkt iedereen hier te kunnen regisseren.

Straks zal ze haar moeder vragen om de sleutel van de cottage.

'Ben je daar? Ik maakte me zorgen om je.' Mijn zusje komt met blozende wangen haar slaapsalon binnen. 'Waar ben je geweest?'

'Ik hoef aan jou toch geen verantwoording af te leggen?' Abigail gaat voor de spiegel zitten en pakt haar borstel. Met rustige streken haalt ze hem door haar lange krullen.

'Heb je haar gezien?'

'Natuurlijk.'

'En?'

De bewegingen van Abigail stokken even. 'Ze is sterker dan ik dacht,' zegt ze dan.

Ik hum even, ze heeft gelijk. 'Heb je haar gesproken?'

Het duurt even voor Abigail antwoordt. Tot mijn opluchting ontkennend. Het had heel anders kunnen aflopen. Ze moet weer op die ene plek geweest zijn, waar het verleden haar een loer gedraaid heeft. Het is fijn dat ze heelhuids terug is. Bij mij.

'Waarom is ze teruggekomen?' Abigails rug straalt onverzettelijkheid uit.

Ik weet dat ik iets moet zeggen. Zwijgen accepteert Abigail niet. 'Bob is overleden. Jill wilde op zoek naar haar familie.'

'Bob dood? Mooi.'

Haar reactie doet me pijn. 'Je hebt gelijk: ze is mooi.' Dit is ook het gevoel dat bij mij bleef hangen nadat ik Jill in de salon gesproken had. Een krachtige jonge vrouw die weet wat ze wil.

Abigail schudt haar haren naar achteren en mikt met een korte beweging haar borstel in de prullenbak. 'Wat een gezemel. Alsof mooi-zijn ertoe doet in deze wereld.' Als ze zich naar me draait, flikkert er waanzin in haar ogen.

'Kom bij me zitten, zusje. Ik heb thee voor je.'

'Stik maar in je thee.'

Ik ken de buien van mijn zusje al mijn hele leven. Als ik rustig blijf zitten, wordt Abigail vanzelf kalm. Soms zou ik willen dat ze iets meer van mijn eigenschappen had gekregen. De bedaardheid en acceptatie, ook als het lot je niet gunstig gezind is.

'Kom, lieverd.' Ik klop op de sprei die roze met rood is – zoals alles in Abigails omgeving.

Abigail draait zich om. Haar ogen staan nu rustig. Langzaam laat ik de lucht uit mijn longen los. En daarmee de angst van de afgelopen uren. Al tientallen jaren beheerst die mijn leven. Ooit zal ik het bericht krijgen dat ik te laat ben. Dat ze weg is. Dat ze zelf de keuze heeft gemaakt om te verdwijnen in de leegte die te groot voor haar is.

Als Abigail op het bed zit, sla ik een arm om haar schouders. Zachtjes streel ik haar lange haren die ik zo vaak heb geborsteld. Ze glanzen altijd, hoe ze zich ook voelt. Vroeger ben ik wel jaloers geweest op haar natuurlijke schoonheid. Toen de jongens uit de klas altijd háár volgden met hun ogen. Met die ene speciale blik. Nu weet ik dat ik nooit met haar wil ruilen. Die zwarte periodes moeten verschrikkelijk zijn.

Mijn kleine zusje zit naast me. Een warm lijf dat ik zo liefheb. Als het aan mij ligt zal ik haar altijd beschermen. Ik zie hoe ze met kleine slokjes haar thee drinkt. Langzaam, alsof ze er zuinig mee moet zijn. Mijn hand beweegt over haar rug. Ik ben er voor je, lief zusje.

Gelukkig, ze slaapt. Haar wimpers trillen zacht in de lichtstraal die tussen de gordijnen door piept. Ze is nog steeds mooi, ondanks haar drieënvijftig jaar. De jaren hebben haar heel gelaten, ook al was er dat grote verdriet waar ze doorheen moest. Ik staar naar het schilderij boven het bed. Een grote klaproos, waarvan één blad geknakt naar beneden hing. Haar levenswerk.

Als vanzelf begin ik te neuriën. Een liedje uit onze jeugd. Thee werkt altijd. De medicatie is slechts een extra hulpmiddel om haar de rust te geven die ze nodig heeft om het leven aan te kunnen. De zachte tonen dekken mijn zusje toe.

Een klop op de deur.

Voorzichtig sta ik op, loop erheen, glip door de deur naar buiten en draai de sleutel om. Ik negeer de bedenkelijke blik van Elliot.

'Het had vandaag zomaar verkeerd kunnen aflopen,' fluister ik, terwijl ik hem naar de hal loods.

'Ik ben blij dat je er weer bent, Barbara. Ik kan niet overal tegelijk zijn.'

'Je moet nog even voor me invallen, want ik moet weg.' Het telefoontje van vanmiddag kan ik niet langer negeren. Mijn zusje ging voor. Die gaat altijd voor. Maar dit doe ik ook voor haar.

'Net nu?'

'Ze slaapt voorlopig. En daarna is ze veilig in haar eigen salon.' Ik haal even diep adem. 'Kan ik de Bentley meenemen?'

'Is het zover?'

Ik knik. 'De afspraak is morgenochtend. Ik moet er al heel vroeg zijn.'

'Sorry, de Bentley moet beschikbaar blijven voor Abigail.'

'Die slaapt. Bovendien wil ik niet dat ze alleen weggaat.' Waarom doet hij zo moeilijk? Ik moet nu zo snel mogelijk naar de belangrijkste afspraak van de afgelopen jaren en ik mag niet eens de auto van mijn zusje lenen?

'Ik breng je wel even naar de trein,' zegt Elliot.

Het is niet anders. Ik zal me erbij moeten neerleggen.

Elliot loopt voor me uit door de hal. Dan draait hij zich naar me om. 'Betekent dit dat je er met het eten niet bent?'

Heel even aarzel ik, dan zeg ik: 'Wil je tegen Jill zeggen dat het me spijt?'

'Ik hoop u hiermee voldoende ingelicht te hebben,' besluit de notaris de bijeenkomst.

Mijn gedachten wervelen door mijn hoofd. Ik ben verbijsterd. Hoe kan dit? De vrouw had geen familie, geen vrienden. Ze had alleen mij, dat heeft ze zo vaak gezegd. Ik vertrouwde op haar woorden en was er heilig van overtuigd dat ze mij als haar enige familie was gaan zien.

En nu dit.

'Dank u wel.' Nou, dat klinkt wel heel benepen.

Ik slaag erin om op te staan, ondanks mijn trillende knieën. Het lukt me zelfs om beleefd te knikken naar de man die me net deze doodssteek heeft gegeven. Met mijn mantel over de arm loop ik op de deur af. Ik wil weg. Hier weg. Het kan gewoon niet waar zijn. Niets... niets... ik krijg niets... het galmt door mijn hoofd.

Het is onmogelijk om te schakelen. Mijn toekomst ziet er ineens totaal anders uit. Geen erfenis, geen bijlage meer van Bob. Ik ben werkeloos en ontdaan van elke geldelijke bijdrage. Armlastig. Weer afhankelijk van mijn zusje.

'O, mevrouw Pearce?' De notaris roept me terug.

Ik moet mezelf geweld aandoen om deze onheilsbrenger opnieuw aan te kijken. 'Ja?'

'Heeft u al iets geregeld voor mevrouws kat?'

'Ik...' Mijn keel zit dicht. 'U vraagt?'

'U had aangegeven dat Prada naar een nieuw onderkomen zou worden gebracht. U begrijpt...' De man komt achter zijn bureau vandaan en loopt op zijn te gladde schoenen naar me toe. Bijzonder dat de plooi van zijn broek tijdens het lopen bijna volledig intact blijft. 'Het moet natuurlijk wel een passend verblijf zijn. Zeker nu.'

'Ik heb inderdaad...' Ik zet mijn beide benen stevig naast elkaar om in balans te blijven. 'Het was onmogelijk om een onderkomen te vinden dat waardig zou zijn aan de wensen van mevrouw. Het dier heeft nu eenmaal bepaalde gewoontes die... die gewone mensen waarschijnlijk niet kunnen vervullen.' Een plan groeit.

'Wat wilt u daarmee zeggen?'

'Ik heb besloten om de arme Prada zelf onder mijn hoede te nemen.' Nu is mijn glimlach levensecht.

'Wat een mooi voornemen.' De notaris neemt mij van top tot teen op alsof hij me op waarde wil schatten.

'Het mag u vast duidelijk zijn dat ik degene ben die de afgelopen jaren ook voor het bee... voor deze prinses gezorgd heeft. Ik weet precies wat ze wenst en waar ze haar poezelige neusje voor ophaalt.'

'Prima. Dan laat ik dit verder aan u over. Kunt u dan de volmacht tekenen voor de rekening die voor haar is geopend?'

Het kost meer tijd dan ik had gedacht. Gelukkig kon ik in mijn oude kamer in het huis van de mevrouw verblijven. Al die tijd draait Prada om mijn benen, klagerig miauwend. Je zou bijna denken dat ze haar vrouwtje mist.

Met een creditcard als voornaamste bezit, kan ik uiteindelijk de Jaguar volladen met alle mogelijke poezenattributen. Zelfs mijn suggestie dat mevrouw Prada het juiste vervoer moest hebben, is geaccordeerd. De tas met alle mogelijke roze strikjes heb ik gelukkig onopgemerkt in de afvalbak kunnen laten verdwijnen. Nu heb ík het voor het zeggen.

Ik voel een zekere triomf. Well done, Barbara! Ik geef mezelf in gedachten een schouderklopje. Ook al zijn alle beloftes van mevrouw klinkklare leugens gebleken, ik kan nu eindelijk laten zien dat ik iets heb bereikt. Dat heb ik toch maar slim aangepakt. Een miljoenenerfenis voor een kat. Ongehoord. Ook al is het een Blue Smoke Maine Coon, het blijft een kat. De komende tijd ga ik eens rustig overdenken hoe ik nog meer geld uit deze belachelijke afspraak kan slaan. Voor mij, waar het hoort.

Als ik de snelweg opdraai, mauwt het beest klagerig. Ze krabt met haar nageltjes aan het gouden kooitje.

'Wen er maar aan, mevrouw Prada. Soms haalt het leven gemene trucjes met je uit.'

37

Sinds het contact met John twee dagen geleden is de zon bijna niet te zien geweest. De regen heeft de bloesems verzwaard. Ze vormen nu een zacht tapijt op de grond. De magnolia's zijn bijna over de bloei heen, maar overal in de tuin staan camelia's die hardroze bloemen dragen. Jill slentert over het grindpad langs mooie stenen vrouwenfiguren. Ook bij de rozenhaag is ze de beelden tegengekomen.

Jill bestudeert de mooie krul in de jonge bladeren van een varen. Morgen gaat ze hier met de kleine Luke naartoe. De moederliefde die ze zag in die ene blik van Ruby verwarmt haar nog steeds. Tegelijkertijd dreint er een naar stemmetje in haar hoofd. *Waarom heeft mijn moeder afstand van mij gedaan?* Dat Barbara nu alweer dagenlang verdwenen is, maakt het er niet beter op. Welbeschouwd is ze nog steeds alleen.

Jill legt haar hand op het volgende beeld dat ze passeert, zoals ze de vrouw zag doen bij de steencirkel. Ze sluit even haar ogen. Hoe kan een moeder haar dochter… Het woord 'verkopen' durft ze niet te denken, maar het komt wel in haar op. En haar vader heeft gezwegen. Hij heeft zelfs tegen haar gelogen!

Why daddy? Waarom leugens?

Of wilde hij haar dít vertellen op die laatste avond dat ze samen waren? Toen ze hem gesust had? Shit! Hoeveel spijt kun je hebben van iets wat je hebt gedaan. Had ik maar… Was ik maar… Allemaal nutteloze gedachten die je hoofd zo vol kunnen maken.

In de komende dagen zal ze haar moeder vertellen dat ze de as van haar vader heeft meegebracht. Misschien kunnen ze hem samen uitstrooien op de plek waar ze elkaar ontmoet hebben. Ze weet dat haar ouders ooit gelukkig waren. Haar vader heeft altijd met veel liefde over haar moeder gesproken. Dat kan niet gespeeld zijn. Toch?

Hij heeft gelogen!

Hoe kun je tegen je dochter vertellen dat haar moeder dood is? En dat vervolgens al die jaren volhouden? Hij moet er een reden voor hebben gehad, daar moet ze zich aan vasthouden.

Jill hangt op de vrouwenfiguur alsof ze steun zoekt bij haar moeder. Tussen haar vingers staan letters gekerft. PESWAR.

Ze proeft het woord in haar mond als ze het steeds opnieuw uitspreekt. Wat een vreemde naam. Ze laat de 'r' rollen en vervormt de klinkers dusdanig dat het bijna een Ierse klank krijgt. Misschien weet Ruby wat het betekent?

Ze slentert verder over het pad. In de vijver steekt een betonnen walvisstaart speels boven het water uit. Langs de oever groeien grote rabarberachtige bladeren die stekelige bloemtrossen dragen. Een ander stenen figuur staat naast het bankje. Nieuwsgierig kijkt ze of ze opnieuw een naam kan ontdekken. Zou het met de planten te maken hebben?

'Ugens,' ontcijfert ze deze keer moeiteloos. De ingesneden letters zijn makkelijker leesbaar. 'Ugens,' herhaalt ze en ze buigt naar de plant met de stekelige bloemen.

'Mooie plant? Het is een gunnera,' klinkt Elliot ineens achter haar. Hij komt tevoorschijn van achter een zee van kleine roze bloemen. Zijn haren plakken op zijn hoofd. 'Familie van het groot hoefblad.'

Familie. De pijn gloeit op. Ze probeert te glimlachen.

'Hoe gaat het met je?'

Wat aardig dat hij daarnaar vraagt. Jill knikt even, ze kan het woord 'goed' niet uitspreken. Ook hij heeft gezwegen.

'Je zult je wel afvragen waarom ik niets gezegd heb over je moeder.'

Nee maar, wat voelt hij haar goed aan.

'Kom eens hier.' Hij opent zijn armen en ze ligt er al in voor ze zich kan bedenken. Boven hen fluit een vogel. Een koolmeesje? Ze blijft luisteren naar het iele geluid, zodat ze iets heeft om zich aan vast te houden.

Als ze naast elkaar op het bankje zitten, houdt hij als vanzelfsprekend zijn arm om haar heen als een vaderlijke troost.

'Natuurlijk wist ik dat Barbara niet dood was. Maar zoals je misschien al gemerkt hebt, is Barbara niet goed te peilen. Jaren geleden kwam ze terug in Cornwall om voor Abigail te zorgen. Ze deed alle vragen over Bob en jou af met: "Het is afgesloten." Tijdens haar afwezigheid heb ik een zo rustig mogelijke omgeving voor Abigail gecreëerd. Dat had Barbara aan mij gevraagd. Maar natuurlijk kan niemand beter voor Abigail zorgen dan haar eigen zus.' Hij zucht.

De naam Abigail begint Jill te irriteren. Iedereen lijkt aan Abigail te denken, terwijl niemand ziet wat al die beslissingen voor háár hebben betekend.

Elliot gaat verder. 'Ik hield Barbara op de hoogte. Het gaf me veel voldoening om voor Abigail te zorgen en ik was er trots op dat ze daardoor niet terug hoefde naar de gesloten inrichting.'

'Inrichting?'

Elliot buigt zijn hoofd en knikt. 'Al die jaren ben ik bang geweest dat ze ooit...' Zijn stem stokt. 'Dat zou het ergste nieuws zijn dat ik Barbara had moeten geven.'

Jill beweegt onrustig heen en weer. 'En Bob?'

'Bob was een van mijn beste vrienden. Avontuurlijk. Altijd in voor een lolletje. Een jongen die geen blad voor de mond nam. Hij had al heel jong verkering met Barbara.'

'Ken je mijn moeder van school?'

Hij aarzelt net te lang. Dan zegt hij: 'Ja, allebei de zusjes zaten bij ons op school. Abigail natuurlijk een paar klassen lager, maar ze waren altijd samen. Barbara was toen al een en al zorg voor haar zusje.'

Het schiet ineens verkeerd. Barbara, Abigail. Barbara, Abigail. Alsof ze een Siamese tweeling zijn. Jill staat met een ruk op.

'Heb ik iets verkeerds gezegd?' Elliot kijkt haar verschrikt aan.

'Ik heb behoefte aan een warme douche.'

'Mag ik een stukje meelopen? Ik wil je nog wat laten zien. Iets bijzonders. Het staat in de tuin.'

Jill kijkt de man tegenover haar aan, hij is zo anders dan haar vader. Ze waren vrienden, kenden elkaar van jongs af aan. Van vóór haar geboorte. De datum op het kruis is terug. 'Als je dat houten kruis bedoelt, dat heb ik al ontdekt.'

Hij schrikt zichtbaar. 'Kruis?'

'Het lijkt wel een gedenkplaats,' gaat ze verder zonder op zijn verbazing te letten. 'Is er iemand overleden? Of is het iets anders?'

'Er is geen kruis,' mompelt Elliot. Hij pakt haar bij de elleboog en leidt haar door de tuin, waar ze inmiddels de weg begint te kennen. Ze laat hem begaan.

'We gaan hier links,' zegt hij en hij stuurt haar de goede kant op.

Jill blijft staan. Daar, achter die hoge varens weet ze het kruis. 'Het staat toch daar?'

'Ik wil je graag mijn trots laten zien, Jill. Loop je mee?'

Zijn ogen drukken ineens zo'n teleurstelling uit dat ze het niet over haar hart kan verkrijgen om hem af te wijzen. Dus haalt ze haar schouders op en volgt hem. Elliots broek slobbert om zijn smalle benen. Achter een hek begint een deel van de tuin waar opvallend genoeg geen enkele bloem bloeit. Het is er stil en op een of andere manier ligt het beschut, waardoor de wind zijn koude vingers thuishoudt.

'Hier groeit onze thee.' Zijn stem trilt licht.

'Theeplanten?'

'Bijzonder, hè? Wist je dat dit de enige plek in Europa is waar thee verbouwd wordt?' Zijn vingers houden takjes met donkergroene gekartelde bladeren vast. Hij streelt zacht over de jonge scheuten.

Ze heeft nog nooit een theeplant gezien. 'Is dit jullie eigen thee?'

Hij knikt terwijl zijn glimlach groeit. 'Het heeft me vijftien jaar gekost om deze plantage op te zetten.'

Jill ziet dat Elliot vol trots naar de hoge struiken kijkt. Zij ziet er niet veel bijzonders aan, maar Elliot glimt alsof hij de prachtigste bloem op aarde heeft gevonden.

'Prachtig,' zegt ze daarom.

Naast de struik staat een bordje. CAMELLIA SINENSIS. 'Maar...'

'Ja, familie van de bloeiende struiken die overal op het land staan. Dat is de Camellia Japonica. Die hebben me ooit op het idee gebracht.'

'Is die giftig?' Jill weet niet eens waarom ze het vraagt, maar ze is toch wel opgelucht als Elliot in lachen uitbarst. En die gedachte volledig wegwuift. 'Heb je verschillende smaken hier op het land? Of is deze sinne...'

'Sinensis,' vult Elliot direct aan.

'Is dat de enige theesmaak?' Ze denkt aan hun theedoos waar zeker vijftien verschillende theetjes in zaten.

'Het is de enige echte English pure blend.' Elliot gloeit van trots.

Na een tijdje laat Jill hem achter bij zijn theeplanten. De regen heeft haar inmiddels doorweekt. Als ze langs de plek komt waar ze het kruis eerder ontdekt heeft, kan ze zich niet inhouden. Ze wil weten of het inderdaad een gedenkplaats is. Het blijft vreemd dat haar geboortedatum erop staat. Beangstigend zelfs, nu ze in de cottage die waarschuwing vond.

Ze duwt de struiken uit elkaar en stapt ertussendoor. Dan stopt ze abrupt. De grond voor haar is omgewoeld. Het houten kruis is verdwenen.

38

Al twee uur is Jill als een razende aan het poetsen. Om haar gedachten niet te laten ontsporen. Het is om gek te worden. Het kruis met haar geboortedatum is verdwenen.

'Debiel!' gillen de stemmen van vroeger in haar hoofd. 'Jij bent niets waard.'

Heeft het er wel ooit gestaan?

Voor de zoveelste keer mikt ze de dweil in een emmer sop, spoelt het vuil eruit en kwakt hem op de vloer.

En waar is haar moeder gebleven? Leeft ze echt of heeft ze zich die hele ontmoeting met haar ook alleen maar verbeeld? Al dagen blinkt Barbara uit in afwezigheid.

Jouw volgende verjaardag maak je niet meer mee.

Het lijkt erop dat het briefje met het kruis te maken heeft. Maar waarom is het nu verdwenen?

Jill boent met felle vegen totdat het water koud geworden is en de huid van haar vingers zacht en gerimpeld. Daarna begint ze met de theepotjes die in alle vensterbanken stof staan te happen. Met een schuursponsje gaat ze de potjes te lijf tot ze beseft dat de roosjes kunnen verdwijnen. Daar maakt ze natuurlijk niemand blij mee. Behalve zichzelf.

Ze strijkt met haar natte hand over haar voorhoofd en spoelt ze stuk voor stuk af.

'Wat ben je toch allemaal aan het doen?' vraagt Ruby die de keuken binnenkomt.

'Helpen,' zegt ze.

'Wie ben je aan het helpen?'

De vraag stuitert in Jills hoofd heen en weer op zoek naar een antwoord. 'Jou?' geeft ze dan een vragend antwoord.

‘Je moeder komt pas eind van de week thuis,’ zegt Ruby. Ze haalt haar schouders op. ‘Poetsen helpt niet om haar eerder te zien.’ Dan draait ze zich om. Gesprek afgelopen.

Jill staart naar de rug van Ruby en beseft dat de jonge vrouw midden in de roos schiet. Waarom heeft ze zelf niet in de gaten dat ze probeert haar moeder te pleasen? Zelfs nu ze er niet is.

Ze gooit het sop weg, droogt haar handen en loopt de keuken uit. Het is beter om alleen te zijn, dan om met de hoop op contact te leven.

39

De heerlijke pijn neemt bezit van haar. Het zachte getril van de naald brengt alles in trilling. Ze voelt het geluksgevoel terugstromen in haar lijf alsof het in haar huid geëtst wordt. Het beeld was ontstaan uit een combinatie van woede en liefde. Dat waren de mooiste symbolen. Vandaag wil ze een statement maken.

Alles in haar leven is ontstaan met haar geboorte. Maar ze laat echt niemand bepalen hoe ze haar leven leidt. Nu de datum al aangebracht is, kan ze het zwarte inktpatroon afkoppelen. Blackadder, alleen de naam van het lettertype laat haar sidderen van genot. Misschien moet ze daar ooit nog iets mee doen.

Nu de kleur rood.

Als omlijsting heeft ze gekozen voor een bloem. Geen gewone roos. Een klaproos geeft voor haar de combinatie aan van liefde en de verslaving daaraan. Tussen een klaproos en een papaver zit alleen een verschil in grootte, toch word je van beide hartstikke gek.

Ze pakt een tissue en strijkt het overtollige zwart weg dat nog over haar geboortedatum ligt. Ze geniet van deze kunstvorm. Zeker nu ze zichzelf als canvas kan gebruiken. Er is nog heel wat huid te vullen. De binnenkant van haar pols is goed gekozen, een kwetsbaar deel dat nu scherp brandt.

Ze beweegt haar instrument in een rustig tempo langs de voorgetekende lijnen. Daarna begint ze met inkleuren. Een warme kleur rood. Als bloed. Als een kloppend hart.

'Als de liefde, daddy?'

Zij is de enige die de associatie kent die ze heeft met de allereerste tattoo die ze bij haar vader gezet heeft. Op dezelfde plek, alleen bij hem een lemniscaat.

Haar eigen geboortedatum als statement. Omlijst met het symbool voor de liefde. Kwetsbaar maar tegelijkertijd sterk, omdat een klaproos altijd terugkomt. Hoe kort deze bloem ook bloeit, deze liefde kun je dagelijks koesteren omdat een tattoo altijd aanwezig blijft. Zelfs als je grote liefde verdwijnt. Is dat wat haar vader haar wilde vertellen?

40

Ze staart al een uur naar de glimmende urn van haar vader, die nu een vaste plek heeft gekregen op de scheve buffetkast. Jill pakt er een stoel bij en gooit haar been over de zitting zodat ze achterstevoren komt te zitten en toch kan leunen. Het is tijd om eens een hartig woordje met haar vader te wisselen.

'Je bent een leugenaar,' mompelt ze.

Soms wilde ze dat ze niet naar Cornwall was vertrokken, dan had ze hem nu gewoon nog steeds als de ideale vader gezien. Toch is ze milder gestemd dan ruim een week geleden, toen ze ontdekte dat haar moeder nog leefde.

'Wist je van de dreigementen van Abigail, daddy?'

Dat haar tante zo'n hekel heeft aan een kind dat ze niet eens kent, kan er bij haar nog steeds niet in. Maar de bewijzen zijn er. Ze heeft het niet alleen gehoord van haar moeder. Ze is vreselijk geschrokken van de uitval bij het theater van haar tante. Alsof zij er iets aan kan doen dat haar moeder met haar gezinnetje naar Nederland is vertrokken? Ze is gemaakt en geboren. Baby's kun je toch nooit de schuld geven van de veranderende omstandigheden?

'Dood! Wie wenst een kind nou dood? Begrijp jij dat, daddy?'

Juist omdat het kruis nu verdwenen is, krijgt ze het gevoel dat het al die tijd voor haar bedoeld was. Haar graf. Geen gedenkplaats, maar een plek waar haar tante gebeden heeft voor haar dood. Nu ze het briefje heeft gevonden dat dreigde dat ze geen verjaardag meer zou vieren, is het nog duidelijker. Het moet haar tante zijn geweest. Ze heeft niet voor niets een roos achtergelaten om zichzelf als afzender te laten zien. Het is als een handtekening: zij is de eigenaresse van de Rosegarden. Zij wil haar dood hebben.

Op de klif voelde ze haar haat. De wens om haar pijn te doen en haar te laten verdwijnen.

'Mooi dat het je niet gelukt is, tante.' Jill weet dat ze Abigail qua kracht sowieso de baas is. Ze was vooral uit haar evenwicht gebracht door het water. Niet door haar tante. Klotezee.

Ze denkt terug aan het moment dat ze haar angst met John deelde.

Ze probeerden zo vaak mogelijk bij elkaar te zijn. De rust die John uitstraalde was goed voor haar. Vaak reden ze samen door het landschap waarvan ze steeds meer onder de indruk was. Maar de zee bleef moeilijk. De angst verlamde haar, ook al deed ze haar best om het niet aan hem te laten merken.

'Ik voel spanning in je lijf,' zei hij toen ze op een middag tegen hem aan geleund op de rotsen zat.

Ze staarde over de onrustige zee. Het leek of de golven naar haar gromden.

'Wil je erover praten?'

'Het is het water.'

'Ben je bang voor water?'

Ze humde zacht en veegde snel een traan uit haar ooghoek.

Het duurde even voordat John weer begon te praten. Hij streek daarbij met zijn duim over haar arm. De tintelingen drongen door in de rest van haar lijf. Ze wilde zich omdraaien om hem te zoenen, maar hij hield haar tegen.

'Weet je, Jill. Iedereen hier heeft respect voor de zee. Ze wordt soms opgezweept tot grote hoogte, maar kan ook strelend zacht zijn.' Hij schraapte zijn keel. 'Ik zie veel overeenkomsten met de liefde.'

Jill wilde zeggen dat ook de liefde haar bang maakte, maar in plaats daarvan deelde ze haar herinnering aan die angstige momenten uit haar jeugd. Met haar ogen vastgehaakt aan de horizon kwam naar buiten wat ze tot dan toe stil had gehouden. Ze vertelde over het water dat boven haar hoofd sloot en de verstikkende angst die ze sindsdien met zich meedroeg.

John luisterde en streelde. Hij oordeelde niet en stelde geen vragen. Hij accepteerde haar met haar trekjes en angsten. Zo'n band had ze alleen maar met haar vader gevoeld.

Pas toen ze weer in de cottage was, realiseerde ze zich dat ze de ontlading die ze altijd zocht vandaag niet gemist had. Toch had het praten over die gebeurtenis haar onrustig gemaakt. Verdringen ging haar nu eenmaal makkelijker af.

Terwijl ze zichzelf weerspiegeld ziet in het diepe zwart van de urn, komen er meer herinneringen terug. De keren dat ze op de rand van het zwembad stond en moest springen. Het idee dat het water zich boven haar zou sluiten. Dat ze geen lucht meer kon krijgen. De angst klemt als een ijzeren vuist om haar borstkas.

Ineens schiet haar een gedachte te binnen. De angst voor water heeft haar altijd beheerst. Haar vader heeft haar ooit verteld dat ze als peuter in een vijver is gevallen. Is dat de trigger geweest? Of zou het kunnen dat iemand geprobeerd heeft om haar te verdrinken?

Overal liggen grote plassen in het grind. Met een klagerige prinses loop ik naar het landhuis. De zon is allang onder en de koude wind is koning. Ik heb trek in iets hartigs. En in een wit wijntje.

Net als ik de hoek omloop, staat Elliot voor me.

'Is het gelukt?'

Ik heb geen zin om een nieuwe nederlaag toe te geven, dus zeg ik: 'Ik heb het kapitaal bij me.'

'Veel?'

'Hoe is het met haar?'

Maar Elliot laat zich niet van de wijs brengen. 'Hoeveel is het?'

Ik loop de hal in en sluit de voordeur achter ons. Als ik de draagtas neerzet, ontsnapt een klagerig geluid. 'Dit is de erfenis.'

'Een poes?'

In een paar zinnen vat ik de gebeurtenissen van de afgelopen dagen samen.

'Dat meen je niet,' zucht Elliot naar buiten.

'Helaas wel.' Ik trek een gezicht naar de man die als een van de weinigen weet hoe mijn verwachtingen waren. 'Gelukkig heb ik de schade weten te beperken.'

'Krijg je echt helemaal niets?'

Ik pak de tas op en begin de brede houten trap naar boven op te lopen. 'Ik heb Prada, en zolang die leeft heb ik een inkomen.'

De witte wijn draait langzame rondjes in mijn glas. De rust daalt over me heen. Gelukkig heeft Elliot me alleen gelaten. Ik word gek van al zijn vragen, ze benadrukken alleen maar mijn tekortkomingen. Deze keer had ik met een fikse duit terug willen komen. In plaats daarvan zit ik met een kat. Een grote grijze poes die zo verwend is dat ze is blijven klagen tot ik haar schapenvachtje uit de auto had gehaald. Nu ligt ze tevreden te spinnen voor de open haard.

Ik laat een nieuwe koele slok door mijn mond bewegen. Alles loopt weer anders dan ik had gepland. Niet alleen zit ik nu met een beest dat ik moet verzorgen, ik zal haar ook moeten bewaken met mijn leven. Als er iets met haar gebeurt, kan ik fluiten naar mijn centen. Ik moet iets bedenken om het geld van deze koningin los te troggelen.

En dan is er nog een probleem: Jill. Door haar moet ik mijn zusje nog beter in de gaten houden. Die kan in een onbewaakt moment veel ellende aanrichten. Dat heeft de ervaring geleerd.

Met mijn glas in de hand loop ik naar mijn bureau waarop een bronzen beeldje van een moeder met kind staat. Het enige wat ik heb meegenomen vanuit Nederland. Het laatste restje wijn verdooft de scherpe punten van de boodschap die Elliot me gaf. Jill weet van het kruis. Het liefst smeet ik dat glas in het vuur! Als hij dat kruis direct had weggehaald, was er niets aan de hand geweest.

'Ze weet dat het een gedenkplaats is.' Dat zei hij.

Als ze erachter komt wat er toen gebeurd is, komt alles wat we al die jaren hebben weten te verbergen boven tafel. Ik moet haar vragen voor zijn en haar iets vertellen over die tijd. Een zoethoudertje. Een klein tipje van de zwarte sluier van die fatale dag.

En ik moet Abigail uit de tuin zien weg te houden. Ze zal woest zijn als ze ontdekt dat haar gedenkteken verdwenen is. Met alle gevolgen van dien.

Nog wat wijn. Als mijn glas tot aan de rand toe vol is, plaats ik de glazen stolp heel beheerst terug op de karaf.

Het is zuur. Mijn hele leven heb ik voor iedereen gezorgd. Ben ik bezig geweest om andermans problemen op te lossen. Altijd heb ik mijn eigen belang ondergeschikt gemaakt. Hoe moeilijk het ook was om met Bob te leven, de kleine Jill was mijn nieuwe doel. Tot ik niet anders kon dan haar loslaten.

Het is tijd om voor mezelf te kiezen. Ik moet mijn eigen leven gaan leiden, zeker nu weer eens gebleken is dat niemand zijn belofte nakomt. Zelfs geen dankjewel. Maar kan ik mezelf wel op nummer één zetten, gezien het risico voor Jill?

41

De meubels in de slaapkamer zien grauw. Het moet rond twee uur 's nachts zijn. De geluiden zijn inmiddels vertrouwd geworden. In de verte de altijd zingende zee. Op het dak het geschraap van een boomtak over het rieten dak. Met haar ogen dicht probeert Jill de geluiden van de natuur te ontcijferen. Ze wil de overheersende vraag waarom haar tante haar dood wil, laten rusten. Het is te groot. Toch komt ze steeds opnieuw bij de zee uit. Zelfs de schilderijen die in haar tantes atelier hangen beelden de zee uit, soms kolkend kwaad, dan weer zacht als satijn. Tante lijkt de zee te adoreren.

Jill ziet haar gezicht weer voor zich. De reebruine ogen waarbij ze haar bij het theater met een zachte glimlach bekeek. Met daarna die snelle wisseling naar de kwade tronie van de bulderende zee.

Ze glijdt weg in Abigails armen. Het water trekt haar naar beneden. Steeds verder. In een wereld waar iedereen zijn adem inhoudt.

De kou omarmt haar als een mantel. Er heerst een duisternis die haar immens verlaten doet voelen. Zij is alleen. Staat er alleen voor. Er is niets of niemand die haar kan redden.

Het water heeft zich boven haar hoofd gesloten. Ze richt haar ogen naar het licht. Een vage wereld. Geen scherpe beelden. Duisternis met een harde scheidslijn waar lucht is. Daar moet ze heen.

Ze ziet kleine luchtbellen ontsnappen, bubbelend naar dat spiegelende oppervlak. De blauwe lucht beweegt, tot het na enkele seconden weer stil wordt. Ze moet ademen, maar dat lukt niet. Er drukt iets op haar borst. Zwaar en onvermijdbaar. Geen lucht. Stil.

In het spiegelende oppervlak wordt een schim zichtbaar. Een hoofd. Haren die eromheen dansen. Een stem die haar niet bereikt. Een gezicht dat haar lijkt te wenken en handen die haar terugduwen.

Ze begint te vechten. Schopt en slaat om zich heen. Ze heeft nu lucht nodig. Ze krijgt het te koud. Het gezicht vervormt zich tot een grote grijze massa die alleen maar uit die sprekende mond bestaat. Open en dicht als een vis die langs zwemt.

Lucht! Nu.

Jill slaat om zich heen.

Met een schok komt ze overeind. Ze neemt een enorme teug lucht die gewoon pijn doet in haar borstkas. Zweet parelt op haar voorhoofd. Hijgend zuigt ze steeds opnieuw lucht naar binnen. Tot ze langzaam rustiger wordt.

Haar slaapkamer voegt zich langzaam weer om haar heen. Als een beschermende cocon.

Met haar vingers nog steeds om haar dekbed geklemd, komt de rust terug. Ze herkent het raam waar de gordijnen zacht heen en weer bewegen. De wind streelt over haar bezwete armen. Voorzichtig zakken haar schouders naar beneden.

Dan ziet ze haar. In de stoel die in de hoek van de slaapkamer staat. Ze zit met haar benen over elkaar geslagen, haar rode vest lijkt zwart, haar haar is in een vlecht om haar hoofd gebonden.

Terwijl Jill haar ademhaling weer onder controle probeert te krijgen, staat haar tante op. Een donkere schim. Het is alsof ze naar haar toe zweeft. Ze voelt het matras bewegen als ze behoedzaam naast haar komt zitten.

'Ik moet weg, wil verdwijnen,' fluistert haar tante. Daarna volgen er nog wat murmelende woorden die Jill langs zich heen laat glijden.

Jill voelt geen angst. Het is goed zoals het is. Ze ervaart een contact dat te lang overwoekerd is geweest door stekels uit het verleden. Ze laat zich achteroverzakken en glijdt weer onder haar dekbed.

'Nu weet je hoe het zit, lieve Jill.'

Terwijl ze haar ogen gesloten houdt, voelt ze een zachte streling over haar korte haren. En dan ineens is het stil om haar heen.

Het duurt even voordat Jill haar ogen durft te openen, bang om het serene moment te doorbreken. Dan tuurt ze voorzichtig door haar wimpers. Er beweegt niets. Pas als ze haar ogen helemaal opent, ziet ze het gordijn dat omhoog golft in een windvlaag. Ze is alleen.

42 – Porthcurno 1986

Het leven haalde soms gemene trucjes met je uit, daar was Bob nu wel achter. Niets liep zoals het ooit bedacht was. Het ongeluk van de ouders van James was daar het ultieme bewijs van. Zijn leven lang had Bob gewenst dat hij al met een procentje van het kapitaal van James tevreden zou zijn, maar nu zou hij niet met zijn vriend willen ruilen.

'Onze brotherhood houdt stand,' had hij op de begrafenis gezegd en nu moest hij woord houden.

James had zijn managementfunctie in Penzance opgezegd: hij moest nu op zijn tweeëntwintigste het restaurant van zijn ouders runnen.

Bob liep over het klifpad tussen Penberth en Castle Peak. Hij gaf niets om de steile afgronden en slenterde op zijn gemak over de rotsen terwijl de winterwind om hem heen huilde. De snijdende kou trok zijn wangen strak. Het interesseerde hem geen reet. Hij had behoefte aan uitzicht, aan leegte en vooral aan het weglekken van alle problemen die zijn hoofd bezetten.

Onder een bijna zwarte lucht brulde de zee en beukten de golven op de kliffen. Zodra hij de hoek van de hoge granieten punten omsloeg, viel de wind weg. De golven zag hij ver onder zich witschuimend de baai binnenrollen.

Hij zakte door zijn knieën en ging zitten. Was het nog maar een jaar geleden dat ze hier met hun drietjes hadden gezeten en hun dromen deelden? Slechts een jaar. Toch zag alles er nu anders uit. Dromen waren vervaagd. James woonde weer thuis en zelf had hij zijn reisplannen elke keer opnieuw opgeschort. Hoe kon hij zijn moeder achterlaten? Dat zou haar ondergang worden.

De enige die zich compleet kon uitleven was Elliot. Jaren geleden was hij degene met de minste kansen, toch had hij gestaag voortgeploeterd om te bereiken wat hij nu had: een deel van het landgoed was omgetoverd tot theetuin. Dat James na de dood van zijn ouders niet de hele boel had verkocht, was Elliots redding geweest.

Bob snoof de zilte lucht diep naar binnen. Het landschap dat zich voor hem uitstrekte, had hij in zijn leven al in veel verschillende situaties bewonderd. Diep weggestopt in de nevel, die het lopen over het pad levensgevaarlijk maakte. Maar ook vol zomerse beloften waarbij de granieten rotsen bijna zacht aandeden. Ooit zou hij hier weggaan.

Zijn relatie met Barbara was net zo onvoorspelbaar als het weer in Cornwall. Als Abigail haar zus nodig had, was ze weg. Abigail had het de afgelopen jaren niet makkelijk gehad, maar volgens Barbara waren de medicijnen nu goed ingeregeld. Abigail was opgegroeid tot een mysterieuze vrouw die zijn fantasie bleef prikkelen.

'Abigail zou eens een goede beurt moeten hebben,' had James de laatste keer gezegd. Het was maar goed dat Elliot deze nogal misplaatste opmerking niet gehoord had. James en hij hadden fout gegniffeld. Heel even had hij gedacht dat ze er een truth or dare-*vraag van zouden maken, maar James was snel over iets anders begonnen.*

Zou James een oogje op Abigail hebben?

43

Jill zit aan haar keukentafel. De roos heeft al het vocht uit het vaasje opgeslurpt en laat nu haar kopje hangen. Het geeft een genoegdoening die vreemd aanvoelt.

Als ze terugdenkt aan de nachtelijke bezoeker, vraagt ze zich af wat werkelijkheid is en wat een droom. Het is al lang geleden dat ze dezelfde benauwde nachtmerrie heeft gehad. Maar was haar tante echt bij haar in de kamer?

Nu weet je hoe het zit.

Ze schudt haar hoofd. Ze heeft nog steeds geen antwoorden. Tot nu toe heeft ze haar moeder niet meer gezien en dus ook nog niet uitgehoord over vroeger. Inmiddels weet ze dat iedereen dingen kan beweren, maar dat de waarheid pas verteld wordt als het uitkomt. Mensen liegen. Zo werkt het kennelijk.

Ze kan maar beter zelf haar waarheid achterhalen, in plaats van klakkeloos de woorden van haar moeder overnemen. Haar vader is geen leugenaar. Hij wilde haar beschermen. Ze moet zich vasthouden aan zijn briefjes die nog steeds raadsels voor haar zijn. Waarover heeft hij moeten zwijgen totdat hij dood was? Dat is kennelijk zo belangrijk dat hij in die laatste dagen voor zijn dood, zijn laatste raadsel in elkaar heeft gezet.

Ineens realiseert ze zich dat hij haar misschien wel al die jaren heeft getraind in het vinden van oplossingen, zodat hij zeker wist dat zij dit allerbelangrijkste raadsel over zijn verleden kon oplossen.

Hij mocht eindelijk praten. Tegen háár! Hij had niemand anders om zijn geheim aan toe te vertrouwen. Is het iets wat hem ergens van vrijpleit? Heeft het te maken met zijn vertrek uit Cornwall? Of wilde hij vooral dat ze haar moeder weer zou vinden? Dat boek, ze heeft het in de la gestopt, maar ze heeft er nog nauwelijks iets mee gedaan. Ze buigt voorover om het te pakken.

Met haar hand strijkt ze over het omslag waarin ze nu zomaar zichzelf en John herkent. *Het dagboek*. Met daarin de envelop met de berichten van haar vader die hij waarschijnlijk in de laatste uren van zijn leven nog aan haar heeft willen doorgeven. Alsof hij daarmee zijn leugens wilde uitleggen.

'De hoofdpersoon ben jij,' zegt ze hardop. Ze moet ontdekken waarom hij wilde dat ze hierheen ging. Dat is ze aan hem verplicht. En aan zichzelf.

De tweede persoon is haar moeder. Ze snapt niet dat haar ouders verschillende versies hebben van hun onderlinge afscheid. Misschien kan ze in een openhartig gesprek toch meer ontdekken over vroeger.

De derde is haar tante, die misschien wel meer te vertellen heeft dan ze ooit dacht. Waarom was ze anders die nacht bij haar? Ze heeft nog meer gezegd. Verdorie, waarom heeft ze ook niet beter geluisterd.

Maar ze heeft nog een extra troef in handen: Elliot. Hij lijkt het goed met haar te menen. Een harde werker die alle partijen kent. Hij moet haar meer kunnen vertellen over Abigail en Barbara, maar ook over de jeugd van haar vader.

Back on track, denkt ze. Ik heb het spoor weer gevonden. Ze laat de bladzijden van het boek langs haar duim glippen. Ergens moeten de ontbrekende stukjes uit haar verleden liggen. Ze herinnert zich de ondertitel van de Engelse versie: *Can you ever escape your past*?

Haar vader heeft het boek niet voor niets voor haar achtergelaten. De trillende letters op de briefjes gaven duidelijk aan dat het hem moeite gekost had om dit nog aan haar te vertellen. Hij mocht er eindelijk over praten. En... hij moest wachten tot hij dood was. Ze is het aan hem verplicht om uit te zoeken wat er in het verleden gebeurd is.

Met een kop thee naast zich, waarin ze het theezakje laat hangen tot het water zo zwart is dat ze de bodem van de beker niet meer kan zien, nestelt ze zich in de grote tuinstoel op het kleine terras. Het is halverwege de middag, de tijd waarop de zon al voorbij de hoge bomen schijnt zodat ze uit de wind en in de zon kan zitten. Vanaf hier kan ze net een puntje van het grote landhuis zien. In deze laatste week van mei geeft de zon al heerlijke warmte af.

Het is maandag, de enige dag dat de theetuin gesloten is. Alle rust voorradig, denkt ze. Een roodborstje hipt over het grasveld en duwt af en toe haar snaveltje in de grond op zoek naar een sappig hapje.

Dan slaat ze het boek open.

Wie ben ik? En hoe, vraag ik me af, zal dit verhaal eindigen.

Zo begint *Het dagboek.* Woorden van Noah, een oude man die op het laatste randje van zijn leven zit en denkt dat hij het nooit meer warm zal krijgen.

Het verhaal laat haar zien hoe de man terugkijkt op zijn leven. Net als haar vader waarschijnlijk deed in die laatste nacht, toen zij onwetend van dit alles boven lag te slapen. De laatste nachtelijke uren gevuld met zijn verleden, waarover hij haar nu eindelijk mocht vertellen. Omdat hij wist dat hij dood zou gaan.

Het is alsof ze haar vader naast zich hoort praten. Over de stilte in zijn leven en over zijn jeugd. Het lijkt alsof ze meer zicht krijgt op wat hem bezighield, hoe zijn leven is geweest en wat hem blij maakte. Ze herkent de man in het boek, die op het moment dat het verhaal begint net als zij eenendertig jaar oud is.

Jill likt langs haar droge lippen als ze met groeiende verbazing verder leest. Noah heeft niemand meer, zijn moeder is hij toen hij heel jong was al verloren en zijn vader is het jaar ervoor overleden. Hij is alleen.

Als ze het boek laat zakken wisselt Noah van positie met haar vader en met haar. Keer op keer, alsof ze een driemanschap vormen. Het enige grote verschil is dat Noah de kracht van liefde heeft leren kennen. Zij was degene die alles invulde waar hij altijd naar zou zoeken.

Ze was de mooiste vrouw die ik ooit heb ontmoet.

De stem van haar vader klinkt zo duidelijk in haar oren, dat ze haar ogen sluit, omdat ze bang is te ontdekken dat hij er niet is. Als de stem zwijgt en de wind de bladeren zachtjes laat ritselen, pakt ze het boek weer op. Terwijl ze de ene na de andere bladzijde omslaat, begint ze te begrijpen waarom hij dit boek gekoesterd heeft. Net als de Noah uit het boek heeft hij teruggekeken om de mooiste momenten uit zijn leven terug te halen.

Ademloos laat Jill het boek zakken, als ze leest welke dromen de twee jonge mensen hadden. Gaat dit echt over haar vader en haar moeder?

Dan weet ze wat haar al tijden dwars heeft gezeten. Ze staat op en loopt snel naar binnen. In het duister van de cottage blijft ze staan. Haar blik glijdt langs de muur die lijkt op de huid van een bejaarde. Dan blijft haar blik hangen op het schilderij. Net als in het boek.

Haar hele jeugd heeft ze tegen eenzelfde kunstwerk aan moeten kijken. Altijd op dezelfde plaats: prominent tegenover de bank. Net als hier. De stijl is hetzelfde. De kleuren zo herkenbaar.

Het lijkt wel een kopie, zoveel lijkt het op haar vaders schilderij. Met haar vingers volgt ze de penseelstreken alsof haar gedachten mee kunnen bewegen in de emotie van de kunstenaar. Dan zoekt ze naar de handtekening. Slechts een onduidelijk symbool met eronder een jaartal: 1987. Eenzelfde opening aan de onderkant van de acht. Alleen is deze dus gemaakt een jaar voordat ze geboren werd.

Jill doet een stap naar achteren en kijkt peizend naar het beeld. De klif. De wilde zee eronder. Het donkere water. Dezelfde sfeer. Als een tweeling.

'Het klopt niet,' mompelt Jill. Waarom hing er een schilderij van haar tante in hun huis in Nijmegen?

Met heftige bewegingen gum ik de getallen uit. Nee, die zijn te rooskleurig. Opnieuw.

'Realistisch, Barbara,' fluister ik tegen mezelf.

De kleine lichtkegel van de lamp valt op de grote blocnote die op de lederen inleg van het mahoniehouten bureau ligt. Ik trek zeker twintig procent van de verwachte inkomsten af.

Met een tevreden glimlach laat ik mijn blik over de getallen gaan. Het blijft een prachtig idee. Ik heb eindelijk een eigen businessplan ontwikkeld dat niet kan mislukken.

'Santé, Madam Prada!' Ik breng mijn glas omhoog en proost naar de kat die de voor een Maine Coon zo karakteristieke pluimpjes aan haar oren in de lucht steekt.

Met een brede glimlach wend ik me weer naar mijn berekening. Nu moet ik nog een paar pakkende namen hebben voor de verschillende smaken, en dan is het nieuwe theemerk PradaTea geboren.

Alle kosten zijn voor de kat, alle inkomsten voor mij.

Ik activeer mijn iPad en begin te zoeken naar smaken die andere theemerken hebben. Dan net ietsjes anders, een klein snufje van een ander kruidenmengsel, maar natuurlijk wel een gelijkende naam. Meeliften met andere successen. Dan heb ik goud in handen.

'Bij dezen word je een copycat, Prada.' Ik gooi mijn hoofd achterover en schater het uit. Beter goed gejat dan slecht bedacht. Tot nu toe ben ik altijd te goed voor deze wereld geweest. Het is tijd voor verandering.

44

Het is vandaag heerlijk weer, waardoor het lekker druk is in de theetuin. Jill verkoopt met veel gemak de Cream Tea, waarbij de dikke klodder vette room haar inmiddels is gaan tegenstaan. Het is opvallend dat iedereen daarbij speciaal om de rozijnenscones vraagt. Ze is eraan gewend geraakt om de thee in volle theepotten te serveren in plaats van het zuinige glas dat ze altijd in Nederland leveren.

Steeds als ze over het terras loopt, kijkt ze even naar het atelier van Abigail. Haar tante is daar elke dag bezig met haar kunst. De hand van de kunstenaar is als een vingerafdruk. Sinds Jill het schilderij in de cottage beter had bekeken, wist ze dat Abigail het gemaakt had. Net als het schilderij dat haar vader al die jaren gekoesterd had.

Haar geest speelt spelletjes met haar hoofd. Haar geboortejaar duikt regelmatig op. Het stond niet alleen op het schilderij dat ze in Nederland heeft achtergelaten, maar ook op het verdwenen kruis. Als ze meer over haar geboorte wil weten, moet ze bij haar moeder zijn.

'Dit zijn de laatsten,' zegt ze tegen Ruby die het blad van haar aanpakt.

'Iedereen weg?'

Jill knikt en snoept van de jam die overgebleven is.

'Jij een cuppa?' Ruby houdt de ketel omhoog.

'No thanks,' wimpelt Jill haar af. 'Of doe toch maar. Dan breng ik ook een kopje naar mijn moeder.' Dat is een superidee!

Ruby kijkt haar met een brede glimlach aan, terwijl ze het water opzet en een theepotje pakt.

'Heb jij haar nog gesproken?' polst Jill voorzichtig.

'Ze is terug. Met een nieuwe bewoner voor de Rosegarden.'

Met groeiende verbazing hoort Jill het verhaal aan van de kat met de welluidende naam Prada. Dus haar moeder houdt van dieren. 'Een dierenliefhebber kan nooit een slecht mens zijn.'

Als ze de verbaasde blik van Ruby ziet, beseft ze dat ze deze conclusie hardop heeft uitgesproken.

'Ik bedoel...' hakkelt ze, 'mijn moeder had die kat toch ook naar een asiel kunnen brengen?'

'Dat vraag ik me af.' Ruby schuift het dienblad in haar handen. 'Ik zou het gewoon aan je moeder vragen.' Daarna geeft ze Jill een duwtje in de rug.

In de hal leidt een statige trap naar de twee vleugels. Ruby woont aan de ene kant met haar zoontje en haar tante én haar moeder bewonen de andere – de grootste – vleugel van het complex.

Voor de deur waarop met gouden letters BARBARA PEARCE is aangebracht, aarzelt Jill. Aan het eind van de gang valt een strook licht op de houten vloer. Zou haar tante nog aan het werk zijn in haar atelier? Ze wil ook met haar praten. Misschien weet zij nog wat ze die nacht allemaal gezegd heeft. Er was iets wat Jills aandacht trok, maar niet is blijven hangen. De woorden zitten in een mist die maar niet wil optrekken.

Eerst haar moeder. Jill klopt op de deur, wacht op iets wat op 'come in' lijkt en stapt naar binnen. Haar moeder zit achter een immens bureau. Ze veegt haastig de papieren voor haar bij elkaar.

'Ik dacht...' Dan valt Jills blik op een grijze kat die een enorme pluizige staart laat bewegen. 'O, wat een mooi dier. Hoe heet hij?' Ze zet het dienblad op het bureau neer en loopt op de kat af.

'Deur sluiten!'

Door de harde toon deinst Jill terug, gooit de deur dicht en leunt er met haar rug tegenaan. Ze slikt haar irritatie in. Ze had het ook gewoon kunnen vragen!

Het duiveltje dat onrust in haar hoofd blijft pompen duikt weer op. Is je moeder blij je te zien? Of is ze bezorgder om die kat?

'Het is een zij.' Barbara legt de papieren weg en komt dan naar haar toe. Een vlinderkusje landt op haar haren.

'Dag moeder.'

'Ze heet Prada. Het is een raskat.'

Jill ziet vooral een groot uitgevallen poes liggen. 'Chique naam.' Ze loopt naar Prada en kriebelt achter haar oor. De kat duwt haar kopje tegen haar hand en begint spontaan te spinnen. 'Wat een lieverd. Ze is echt heel mooi.'

'Het is een binnenkat. Erg gehecht aan de oude mevrouw, Prada lag altijd bij haar. Op haar eigen bank en later op het voeteneinde van het bed.'

'Dan zal ze haar vrouwtje wel missen. Ik denk dat ze wel een weekje binnen moet blijven.'

'Minstens. Ik moet er niet aan denken dat ze wegloopt,' vervolgt haar moeder.

Jill gaat op de grond zitten en blijft het dier onder haar kopje kriebelen. De kamer ademt een steriele maagdelijkheid uit, waartegen het houten bureau sterk afsteekt. Het idee dat haar moeder deze witte kamer moet delen met een kat is best komisch.

'Ben je gewond?' Haar moeder wijst op het verband om haar linkerarm.

Jill schiet in de lach. 'Zelfmutilatie.' O, dat is te cynisch, aan het gezicht van haar moeder te zien. Snel legt ze uit: 'Ik heb een tattoo gezet.'

'Bij jezelf?'

Ze haalt haar schouders op. 'Er was niemand anders.' Jill laat de dikke pluisstaart door haar vingers glijden en staat dan op. 'Thee?' Ze schenkt twee kopjes vol en zet er één voor haar moeder neer. Jill wijst op de papieren. 'Wat ben je aan het doen?'

'Uh… de boekhouding.'

Jill gaat naast het bureau staan en probeert wijs te worden uit alle getallen. Het is een beetje ongemakkelijk om elkaar zo af te tasten en elkaars bezigheden te benoemen. Naast een bronzen beeldje ligt een doosje. Ze herkent de woorden die erop staan.

'Het is weer net als altijd: veel achterstallige betalingen en facturen die we nog binnen moeten krijgen. Abigail is echt een ramp.'

Jill grinnikt zacht. 'Ik heb daar ook een hekel aan.'

Haar moeder nipt aan de thee. 'Een goede administratie is voor een bedrijf van levensbelang.' Het laatste woord blijft in de lucht hangen.

Wat doe ik hier eigenlijk? denkt Jill. Nu de eerste jubelgevoelens wat zijn weggeëbd, merkt ze hoe moeilijk het is om echt contact te krijgen met haar moeder. Er zitten zoveel jaren tussen hen, die lastig zijn in te halen.

'Waren er eigenlijk dingen die we vroeger samen deden?' Ai, dat klinkt best rot. Ze vult zichzelf aan: 'Wat vond jij leuk samen met mij te doen?'

Het blijft enige tijd stil. Buiten klinkt een onregelmatig getik van een hamer.

Haar moeder drinkt uiterlijk rustig haar thee en zet eerst haar kopje weg voor ze antwoord geeft. 'Herinner je je niet meer dat we elke zondag samen in de keuken stonden? De ene keer bakten we een cake, een andere keer leerde ik je hoe je een hartige taart moest maken.'

Jill graaft in haar herinneringen, maar vindt niets. 'Dat moeten prachtige zondagen geweest zijn,' zegt ze zacht. Ze kan zich alleen de gesprekken met haar vader herinneren, die haar moeder levend probeerde te houden.

In de keuken was de vaatwasser net aan het droogprogramma begonnen. Jill likte aan de lange vinger die ze bij haar thee had gekregen. 'Welk koekje vond mama het lekkerst?'

'Ze was een zoetekauw,' bromde haar vader. Hij had *De Volkskrant* voor zich op de keukentafel uitgespreid.

'Net als ik.'

'Nog erger dan jij.' Haar vader sloeg de pagina om.

Ah, ze leek dus op haar moeder. Dat was een mooi cadeau. 'Zou mama voor mijn tiende verjaardag een taart gebakken hebben?'

Haar vader keek op van zijn krant en staarde in de verte. Dat deed hij vaker als ze het over haar moeder hadden. Ze vond dat best lastig omdat hij dan geen lach meer op zijn gezicht had. Toen zijn ogen zich met tranen vulden, wist ze dat hij ook verdriet om haar had.

'Ja, dat denk ik wel.' Hij zei het zo zacht dat ze niet zeker wist of ze het goed verstaan had.

'Kunnen wij samen misschien iets bakken?' Jill hield haar adem in. Werd hij nu weer blij?

Toen hij haar aankeek, gleed er een glimlach over zijn gezicht. 'Ja, dat kunnen we zeker doen. Wat zullen we maken?'

'Luister je wel, Jill?' Haar moeder kijkt haar onderzoekend aan.

'Sorry, ik dacht...'

'Herinner je het weer?'

'Ja,' liegt ze. 'Ik weet zelfs nog waar je het meeste van hield.'

Er krult een miniem lachje om de lippen van haar moeder. Ze zijn aangezet met roze lippenstift, maar die is inmiddels voor de helft verdwenen.

'Cake met roze glazuur.' Haar smaakpapillen reageren direct.

'Wat fijn dat je dat nog weet.' Haar moeder loopt naar het raam. 'Herinner je je ook nog hoe we de hoeveelheden uitrekenden? We schreven met onze vinger de som in het meel op tafel.'

Jill kijkt naar de rechte rug en kan zich nauwelijks voorstellen dat ze samen lol hebben gehad. Wie is er zo veranderd?

'Ik blijf me steeds wat afvragen.' Jill laat haar blik over de muur glijden waar een landkaart van Engeland hangt.

Haar moeder draait zich om. Er verschijnt een glimlach op haar gezicht. 'Natuurlijk zit je met veel vragen, Jill. We hebben heel wat tijd in te halen.'

'Ik ontdekte in de cottage een schilderij.'

De glimlach verandert niet.

'Van een klif hier in Cornwall met die prachtige azuurblauwe zee eronder.'

'O, die! Dat is mijn zusjes hobby. Die gebruikt de natuur om haar emoties van zich af te schilderen. De ene keer kwaad en de andere keer heel vriendelijk.'

'Ik vind hem prachtig. Zoals de kunstenaar haar penseel heeft gebruikt, de streken die exact aangeven wat de zee met haar doet.'

'Ja, inderdaad.' Barbara draait haar weer de rug toe.

Jill heeft haar moeder secuur geobserveerd. Ze weet ineens dat haar moeder niets met kunst heeft. Ze liet geen enkele emotie zien.

Ze ademt een paar keer diep door en vraagt dan: 'Waarom hing er exact zo'n schilderij in onze woonkamer?'

De rug kijkt haar beschuldigend aan. 'Dat weet ik niet, hoor. Dat is zo lang geleden.'

Jill knijpt haar ogen tot spleetjes. Bijzonder. Waarom laat ze op geen enkele manier blijken dat ze het schilderij heeft meegenomen naar Nederland? Dat het als een dierbare herinnering aan haar zusje in hun woonkamer hing? Best vreemd als je ervan uitgaat dat de band tussen de twee zussen zo sterk is.

'Ik ga weer aan het werk.' Jill zet de kopjes terug op het dienblad. Met het blad in haar handen blijft ze staan. Hun ruggen zijn naar elkaar gericht. Er is geen enkel lijntje dat een moeder-dochterverbinding laat voelen.

'Ik heb vannacht gedroomd.'

Er volgt geen reactie.

'Een terugkerende nachtmerrie.'

Geschuifel achter haar, dan twee handen op haar schouders. 'Vroeger had je dat ook al,' hoort ze de stem van haar moeder dicht bij haar oor. 'Dan kwam ik bij je aan bed zitten om je te troosten.'

'Bij mij aan bed?' Het is niet meer dan een zucht.

'Dat doen moeders.'

Er verstrijken vele seconden waarin Jill nauwelijks lucht krijgt. Er hangt een benauwde stilte om hen heen. Het getik van de hamer is gestopt. 'Ik geloof het niet,' fluistert ze dan.

'Waarom niet? Een moeder zal alles doen om haar kind gerust te stellen.'

'Ik geloof niet dat Abigail een hekel aan me heeft.'

De vingers op haar schouders verkrampen. Dan laten ze haar los. ‘Wat een onzin. Wat haal je je in je hoofd? Ik heb je al die jaren beschermd. Waarom denk je anders dat ik teruggegaan ben naar Cornwall?’

Jill draait zich nu om, het blad als een schild tussen hen in. ‘Dat weet ik niet. Maar wat ik wel weet is dat die bescherming grote bullshit is. Als Abigail mij iets had willen aandoen, dan had ze dat allang kunnen doen.’

Het gezicht voor haar is als een strak masker. Dan verspreidt zich langzaam een lach over haar moeders gezicht. Hij bereikt haar ogen niet. ‘Wat een woorden,’ zegt ze dan afkeurend. ‘Volgens mij kun je nu beter aan je werk gaan. We hebben het er later nog wel over.’

‘Vannacht zat Abigail aan mijn bed. Zij heeft me verteld hoe het allemaal in elkaar steekt.’

45

De deur is achter haar dichtgevallen. Wat Barbara allemaal over Abigail heeft gezegd, weet Jill niet meer. Het moeten leugens zijn. Ze had het medicijndoosje zien liggen, de naam van Abigail op het etiket. Antidepressiva. Een felgekleurde sticker op de voorkant. Ze herkende ze direct.

Al die woorden over de labiliteit van haar tante, dat ze niet tegen veranderingen kon en vooral dat Jill de oorzaak was van alle onrust, sneden diep in haar hart. Het ergste was dat haar moeder niet eens doorhad wat ze deed. Het is niet háár schuld dat haar tante een psychische aandoening heeft. Toch zegt haar moeder dat elke keer. Zij had niet naar Cornwall moeten komen. Het klonk bijna als 'Ga weg!'. Bijna.

In haar jeugd had Jill te vaak gehoord dat ze er niet bij hoorde. Dat ze vreemd was. Dat ze een gekke uitspraak had. Dat het beter was dat ze wegging. Wat ze ook deed, de afstand bleef. Alsof ze op een eiland zat en het Kanaal als een onneembare slotgracht om haar heen lag.

Zelfs nu ze haar moeder heeft teruggevonden, dringt het niet tot haar door. Ondanks de zachte woorden die haar moeder bij het afscheid had uitgesproken, de beloftes om meer tijd samen door te brengen, voelt ze niets.

Ze kijkt naar de kopjes op haar dienblad. Barbara heeft niet eens opgemerkt dat het drie kopjes zijn. Anders had ze haar wel tegengehouden. 'Nee, niet naar je tante. Ze is labiel.'

De deur aan het einde van de gang staat nog steeds op een kier. De band met haar tante is ineens exponentieel versterkt. Door haar geruststellende aanwezigheid die nacht? Of was die er al op het moment dat ze samen schilderden?

Jill laat het blad achter op een sidetable halverwege de gang en loopt op haar tenen naar de kamer van Abigail.

Ze kan het zich wel voorstellen dat haar tante graag rust om zich heen wil en elke inbreuk daarop bot afwijst. Als ze zelf bezig is met nieuwe ontwerpen wil ze ook alleen zijn en verdwijnen in die belangrijke flow die het nadenken stopzet. Maar ze mag haar tante vast wel bezoeken in haar woning. Ze was zo zacht die nacht. Was dat slechts haar verbeelding of heeft haar tante echt bij haar op bed gezeten? Het gevoel was zo intens dat het bijna geen verbeelding kan zijn. Dat zou betekenen dat de grootste schok bij Abigail voorbij is.

Ze is er bijna. Eerst maar eens zachtjes om de hoek van de deur kijken.

Nu weet je hoe het zit, lieve Jill.

Het wordt tijd dat ze dat écht te weten komt.

Er klinkt muziek. De zachte loungemuziek golft om haar heen als een voile sluier. De synthetische tonen raken haar diep vanbinnen.

Voorzichtig duwt ze de deur wat verder open. De muziek klinkt nu luider.

'Tante Abigail?'

Geen reactie.

Ze kijkt de kamer in.

'Wat doe je daar?' Achter haar de schelle stem van haar moeder. 'Ik had je toch gevraagd om haar met rust te laten.' Haar hakken dreunen luid op de houten vloer.

Snel draait ze zich om.

'Waarom luister je niet?' sist haar moeder haar toe.

'Maar moeder...'

'Begrijp je dan niet dat ik je probeer te beschermen? Als je tante...'

Jill heft haar hand op. 'Stop, moeder. Er is niemand.'

'Er is nie...' Haar moeder slikt en duwt haar opzij. Met een paar grote passen stapt ze de verlaten woonkamer binnen. 'Ze is weg!'

Jill kijkt vol verbazing hoe haar moeder door de kamer van haar zusje rent, alle deuren opentrekt die ze kan vinden tot ze tot eenzelfde conclusie komt. 'Ze is gevlucht. We moeten haar vinden. Snel!'

Haar moeder beent met grote stappen naar de trap. Pas als ze haar stem door het trappengat hoort galmen, durft Jill uit te ademen. Waar is ze toch zo bang voor? Die bescherming is echt bullshit. Want waarom laat ze haar dan hier alleen staan?

Dan hoort ze opnieuw het woord dat haar naar adem laat happen. Gevlucht? Waarvoor zou haar tante moeten vluchten?

46

In de hal heerst een enorme paniek. Elliot fladdert als een manke haan rond en haar moeder ziet eruit alsof ze overvallen is. Haar normaal zo keurige kapsel zit in de war. De enige die de rust bewaart is Ruby, die haar direct apart neemt.

'Weet jij waar Abigail is?'

Jill schudt haar hoofd.

'Zorg ervoor dat je Abigail als eerste vindt.' Voor ze iets kan vragen, duwt Ruby haar zoon naar haar toe. 'Luke, ga met Jill mee. Jij weet waar je moet zoeken. Nu. Niets vragen. Gewoon doen. Zorg dat Aunty veilig is.'

Er klinkt zo'n angst in door dat Jill direct begint te lopen. Een hand schuift in de hare. 'Ik ga met je mee,' hoort ze hem zeggen.

Lukes gezicht is als altijd strak, maar in zijn stem klinkt een doortastendheid die ze zelf volledig mist. Als ze buiten zijn, kijkt ze nog even achterom. Achter het raam staat Ruby die even een hand opsteekt en dan in de duisternis van de keuken verdwijnt.

'Waar kan ze zijn?'

'Aunty Abbey is vaak in het atelier.'

Natuurlijk. Haastig lopen ze langs het huis tot ze bij de grote ramen komen waar Jill de vorige keer Abigail zag staan. De ruimte is leeg. De grote schilderijen hangen als stille getuigen tegen de muur.

Luke duwt zijn neus tegen het glas alsof hij een speurhond is. 'Uitgedroogd,' zegt hij dan.

Hij heeft het over de kwasten. 'Dus ze is hier niet geweest. Waar dan wel?'

Luke draait zich om en staart wezenloos voor zich uit. 'Ik ben bang.'

Jill wil haar armen om hem heen slaan. Het is nogal wat voor zo'n jonge knul om hier te wonen, de onrust te voelen maar niet te begrijpen waar het vandaan komt. Eigenlijk weet ze niet veel af van autisme, maar uit de verhalen van Ruby is wel duidelijk dat Luke het niet makkelijk heeft, sowieso niet in contact met anderen.

'Hij pikt andere signalen op,' zei Ruby laatst tegen haar. De diepe zucht erna vertelde het echte verhaal.

'Waarvoor ben je bang?' vraagt ze Luke.

'Ze gaat weg.' Dezelfde boodschap van haar tante, nu met zo'n vlakke stem uitgesproken dat er een siddering door haar lijf gaat.

'Weet jij waar ze heen gaat?'

'Naar James.' Zodra hij dit gezegd heeft, loopt hij bij haar vandaan. 'Nog twee kansen.'

Jill volgt hem zonder vragen te stellen. Zo langzamerhand begrijpt ze dat er hier meer aan de hand is dan zij weet. Maar deze jongen lijkt het goed met haar tante te menen.

Jill tuurt naar de lucht. Wanneer gaat het noodweer losbarsten? De donkere hemel lijkt het noodlot nog heel even tegen te willen houden.

Resoluut loopt Luke voor haar uit. Ze passeren twee hekjes en komen uiteindelijk helemaal achter het landhuis uit. Jill is hier nog niet eerder geweest. Dan weet ze waar Luke haar naartoe brengt. 'Is dit de oude schuur?' Ze staan voor een stenen gebouw.

'De garage,' antwoordt Luke. 'Mijn moeder noemt het de oude schuur.'

Hij gaat op zijn tenen staan en reikt naar de deurkruk. Snel schiet ze te hulp. De roldeur glijdt over het dode punt heen en rolt dan met luid geratel open.

'Nog een atelier?'

'Hier maakt ze de levensbeelden,' zegt Luke. 'Ik mocht vaak bij haar zitten. In de oude Bentley die hier altijd stond.'

'Maar waar is die nu?'

'Dat deed ze vaker.'

'Wat bedoel je?'

'Als ze wilde verdwijnen.'

Weer diezelfde insinuatie dat haar tante de behoefte had om zich terug te trekken uit het leven. Of weg te willen. Zoals ze zelf die nacht aangaf.

Jill loopt door de garage op zoek naar een lichtschakelaar. Ineens baadt de ruimte in een zee van licht.

Wat is dat? Midden in de garage staat een immens beeld. Een vrouwenfiguur. Jill loopt om het beeld heen dat groter is dan de andere in het park. Er zit een enorm gat in de romp. De houten mal ligt als een stel gebroken vleugels naast het gegoten beton.

Dan ontdekt ze de letters die deze keer aan de zijkant van het beeld zijn ingeslepen. 'Unnek warn ugens,' leest ze hardop voor.

'Zo lang is het geleden.'

'Het?'

'Dat James verdween.'

Weer die naam.

Jill draait zich om en ziet de jongen de hamer oppakken die naast de mal op de grond ligt. Ineens herinnert ze zich het geluid. 'Ze was hier net nog.'

'Ik denk dat ze dit moest afmaken.'

'Wacht, ik begrijp het niet. Wie is James, waar is hij heen gegaan en hoe zit het met die vreemde woorden?' Even laait er een onrustige flikkering op in zijn ogen. Heeft ze te veel in één keer gevraagd?

'Haar man, gevallen en eenendertig,' dreunt hij op. Luke legt de hamer netjes naast het andere gereedschap.

Ze slikt moeizaam. De informatie is moeilijk te verwerken. Haar tante was dus getrouwd met ene James.

'Gevallen? Als in verongelukt?'

'Dat klopt.'

'En hoe...'

'Unnek warn ugens.' Luke antwoordt al voordat ze de vraag heeft kunnen stellen. 'Dat betekent elf op twintig. Ze tellen hier per twintig. Keltisch.' Hij grijnst.

‘Dat is eenendertig. Maar…’

‘Maar nu moeten we opschieten. Aunty Abbey zoeken. Er is dus nog één plek waar ze kan zijn voordat…’ Luke rent al weg.

‘Voordat wat?’ roept ze hem achterna, maar hij hoort haar niet meer.

Zo snel mogelijk volgt ze hem. De andere vragen komen later wel. Er hangt een dreiging in de lucht die behoorlijk op haar zenuwen speelt.

Nu is toch gebeurd waar ik al mijn hele leven bang voor geweest ben. Dit was waarom ik mijn zusje heb opgesloten. Ik dacht dat ze dan veilig zou zijn. Maar een gewoon slot houdt haar blijkbaar niet tegen. Ze is te handig met gereedschap geworden. Waarom heb ik daar niet eerder aan gedacht?

Elliot ijsbeert door de keuken. Dat is altijd al zijn reactie geweest. Hoeveel hij ook van Abigail houdt, hij zal haar nooit zo goed kunnen beschermen als ik.

'Waar ga jij zoeken?'

Twee verschrikte ogen staren me aan.

Oké, andere aanpak. 'Jij gaat nu naar de garage. Die stomme beelden zijn haar frustratiedemper.' Misschien is het beter als ik daarheen ga? Nee, er is een andere plek waar ze kan zijn. 'Nu, Elliot. De garage.'

Als hij naar de deur loopt, adem ik hard uit. 'Houd me op de hoogte.' Ik steek mijn mobiel omhoog en zie dat Elliot knikt.

'Kan ik helpen zoeken?' Ruby heeft een tijdlang voor het raam gestaan, maar draait zich nu naar mij.

'Het is beter dat jij hier blijft. Stel dat ze naar het huis komt, dan moet hier iemand zijn.'

'Je maakt je zorgen, hè?'

De tranen duwen ineens achter mijn ogen. 'Ja, grote zorgen. Abigail is de laatste weken compleet uit balans. Ik heb de signalen gezien. Het is net als toen...' Ik staar naar een schilderij dat in vage belijningen een theater weergeeft.

'Dat heb je verteld. Maar zal het echt zo'n vaart lopen?'

'Ik durf het niet te gokken. Ze is in staat om te springen.' Het idee neemt mijn hart in de mangel. 'Net als James toen.'

Ruby schrikt zichtbaar. 'Waar kan ze heen zijn?'

'Ik ga eerst naar het graf van James. Als ze ziet dat het kruis weg is, zal ze helemaal doordraaien.' Nu ik de woorden heb uitgesproken, weet ik dat ik haast moet maken.

47

Scherpe takken striemen haar armen als ze zich een weg baant door de tuin. Luke weet zo te zien precies waar hij heen moet om zijn tante te vinden. Háár tante. De bui die al die tijd al dreigde, komt nu met bakken uit de lucht. Binnen een paar tellen is ze doorweekt.

'Niet te hard, Luke,' roept ze terwijl ze onder de rozenboog door rent.

De jongen stopt ogenblikkelijk en wacht haar met een onwaarschijnlijke rust op.

'Waar gaan we heen?' Zou ze misschien de cottage in zijn gevlucht? Natuurlijk! Net als die nacht dat ze bij haar kwam zitten en zei dat Jill nu alles wist. 'Hij is open.' Ze wijst hijgend naar de voordeur.

'Daar is ze niet.' Luke kijkt haar onbewogen aan.

'Waar dan wel?'

'We zijn er bijna.'

Het grind knerpt onder hun schoenen. Jill herkent de varens die ze nog met de jongen wilde gaan tekenen. Dan weet ze het ineens. Het verdwenen kruis! Er worden connecties in haar hoofd gemaakt. Lijntjes die compleet onzichtbaar waren tot Luke die korte aanwijzingen gaf. Haar geboortejaar. De man van haar tante die verongelukt is. Eenendertig jaar geleden. Maar daar zijn ze nu toch voorbijgelopen?

Ze stopt abrupt. 'We moeten naar het kruis.' Het is ineens zo duidelijk als wat. Dat kruis moet een gedenkplaats zijn voor haar man.

Als ze ziet dat Luke zijn hoofd iets schuin houdt, maar haar duidelijk niet volgt, voegt ze eraan toe: 'Is het houten kruis dan geen gedenkplaats?'

‘Van Aunty?’

‘Nee, van haar man?’

‘Dat klopt. Van James.’

‘Dan moeten we daarnaartoe.’

‘Nee, hij is daar niet.’

De onrust in haar lichaam groeit. Het duurt te lang. ‘Waar is haar man dan verongelukt?’

‘Bij Minack.’

Jill bijt zo hard op haar lip dat ze de zoete bloedsmaak proeft. Ze hebben geen tijd te verspillen.

‘Oké, eerst naar het kruis, daarna naar het theater.’ Ze wil al gaan lopen, als zijn hand haar arm grijpt. Ze krimpt in elkaar. De kleine vingers dringen diep in de nieuwe tattoo.

‘We zijn te laat voor Minack. Dan is ze al weg.’

Het toonloze woord geeft zoveel meer aan. Zelfmoord? Maar waarom?

Is dat de reden dat Ruby haar meteen weggestuurd heeft? *Zorg dat ze veilig is.*

Snel pakt ze haar telefoon en belt John, die belooft direct te komen.

‘Misschien is ze bij de wensboom.’ Luke wijst naar voren naar de open plek waar ze vaak zit te mijmeren.

‘Dan splitsen we op,’ zegt ze direct. Er is te veel informatie.

Luke aarzelt even, maar loopt dan weg.

Was dat slim? Ze neemt niet de tijd om daarover na te denken. Eerst het kruis, dan naar het Minack Theatre. Hopelijk kan John mee. Ze draait zich om en loopt een tiental meters terug. Een straaltje water loopt langs haar ruggengraat. Ze rilt. Wat een rotweer.

Al snel komt ze bij het punt waar het kruis heeft gestaan. Gebukt loopt ze tussen de struiken door maar houdt in. Er is iemand.

Haar ademhaling gaat te snel. Ze veegt de druppels van haar voorhoofd. Voorzichtig sluipt ze dichterbij.

‘Wat heeft ze gedaan?’ Murmelt iemand. Haar moeder. Ze staat gebukt over de omgewoelde aarde waar eerst het kruis stond.

Jill probeert zo oppervlakkig mogelijk te ademen. Duikt nog verder in elkaar en duwt twee takken opzij.

'Zusje, waar ben je?'

De wanhoop die uit die woorden druipt, raakt Jill diep. Het is duidelijk dat haar moeder zich grote zorgen maakt. Ze wil net overeind komen om naar haar moeder toe te gaan, als die haar armen opheft.

'Was Jill maar nooit geboren! Het is allemaal haar schuld.' Een diepe snik, waarna Barbara het uitschreeuwt: 'Ik zal je wreken.'

48 – *Porthcurno 1987*

Ze was dood. Verdwenen. Daarmee was een definitieve streep gezet door alles wat ze nog had willen doen in haar leven.

Bob zat in de woonkamer, waar de kuil in de bank liet zien waar zijn moeder zoveel uren had doorgebracht. Het deed hem meer dan hij had gedacht. Hoe vaak had hij niet gewenst dat ze er niet meer was? Dat hij niet elke dag nieuwe excuses hoefde te bedenken? Dat hij haar weg moest houden van de kritische blikken van de buren. Doen alsof het wel meeviel. Liegen dat zijn moeder goed voor hem zorgde. En vooral verzwijgen dat hij eigenlijk voor háár zorgde. Is zwijgen ook liegen?

Haar dood had hem een enorm gevoel van vrijheid moeten geven, maar het verdriet zat hem in de weg. Hij was liever bij haar weggegaan. Maar haar overlijden liet een leegte na die hem deed realiseren dat er niets meer was om voor terug te keren. Geen roots. *Geen familie. Hij was helemaal alleen, terwijl hij pas drieëntwintig was.*

Met natte ogen wreef hij met zijn vingers over de fles met het reliëf van een vogel. Die vrijheid was zo misleidend. De gin betoverde mensen tot ze verslaafd waren. Daarna zaten ze gevangen. De gouden letters waarin Tarquin's was aangebracht, gaven vooral hun eigen rijkdom aan. Drank was een macht waaraan bijna niet te ontsnappen was.

Klotealcohol! Met een krachtige zwaai mikte hij de fles tegen de muur. Hij stuiterde eerst terug en spatte daarna op de grond alsnog in scherven uiteen.

Toen de telefoon ging, hees hij zich uit de stoel en liep naar het tafeltje in de hoek.

'Hoe gaat het?'

'Klote,' zei hij naar waarheid.

De zucht van Barbara bracht hem terug naar zijn rol in de groep. 'Sorry,' mompelde hij.

'Kan ik helpen?'

Haar vraag bleef stil hangen. Hij keek naar de armoedige troep om hem heen. 'Nee hoor. Het lukt wel,' loog hij.

Zoals altijd was ze er ook nu voor hem. Maar soms werd hij gek van haar. Dan kroop ze zo diep onder zijn huid dat de jeuk ondraaglijk werd. Ooit had ze zelfs gezegd dat ze niet meer zonder hem kon leven. Daar was hij bang van geworden. Elke zin die hij uitsprak, kauwde hij voor zodat hij zeker wist dat zijn woorden niet verkeerd uitgelegd konden worden. De angst dat zij gekke dingen zou doen, zat sindsdien naast de angst voor zijn moeder. Misschien was dit haar liefdesverklaring?

'Wat ga je nu doen?' vroeg Barbara zacht.

Hij haalde zijn schouders op, maar besefte toen pas dat Barbara dat niet kon zien. 'Geef me een maand.' Snel schraapte hij zijn keel en mikte de hoorn erop.

Diezelfde vraag spookte nu al twee weken door zijn hoofd. Sinds zijn moeder overleden was en op de begraafplaats bij het kerkje in Paul haar rust moest zien te vinden, was bij hem de onrust gegroeid. Nu kon hij Cornwall verlaten. Alles wat hij zich altijd had voorgenomen kon hij nu uitvoeren, hij hoefde aan niemand verantwoording af te leggen.

Bijna niemand.

Maar alles was veranderd. Die stomme dood zorgde voor vragen die hem nooit eerder bezig hadden gehouden. Vooral na de begrafenis leek het wel alsof hij zich niet los kon maken van Cornwall. Hoe meer hij over de uitgestrekte velden dwaalde, hoe meer hij ergens diep in zijn ziel voelde dat hij met dit land vergroeid was. Hij verafschuwde het, maar tegelijkertijd had hij het land lief.

Was dat wat hij ook voor Barbara voelde? Of kon hij gewoon niet liefhebben?

Een maand.

Hij had zichzelf dertig dagen gegeven om een beslissing te nemen. Het was tijd voor een afspraak met zijn maten, hij had ze nu harder nodig dan ooit. En dan ging het niet alleen om vertrekken uit Cornwall, er zat een veel lastiger knoop tussen. De keuze voor een eventuele liefde of voor zichzelf. Dat die eerste beslissing nog een dilemma bevatte moest hij ook onder ogen gaan zien. Terwijl Barbara al zoveel jaar aan hem gekoppeld was, riep Abigail heel andere gevoelens bij hem op. Hij hield van haar kwetsbaarheid. Haar schoonheid was puur en niet besmet met beloftes. In de afgelopen jaren was hij erachter gekomen dat Barbara een complex persoon was. En hij was bang voor de consequenties die hij nu steeds scherper voor ogen kreeg. Hoe zou ze een afwijzing oppakken?

49

Jill hangt over haar stuur en rijdt zo hard als ze kan. De wind is in kracht toegenomen en haar motor slingert af en toe gevaarlijk over de weg. Door de hoge heggen kan ze niets zien. Best lastig als je met deze snelheid over de wegen sjeest.

Ze is blij dat John bij haar is. Ze hadden geen tijd om een leren pak aan te trekken, maar ze voelt zich geborgen door de warmte van Johns lijf tegen het hare.

Ze hoort nog die snerpende schreeuw van haar moeder die heel diep uit haar lijf kwam. Nooit eerder had ze zoiets pijnlijks gehoord.

Jill had zich nog een paar minuten schuilgehouden tot ze zeker wist dat Barbara weg was. Verbijsterend, die reactie van haar moeder. Wraak. En alleen maar omdat ze ooit geboren was! Haar liefde was gespeeld. Als er iets met haar tante gebeurde, zou haar moeder haar najagen. Haat doet vreemde dingen met een mens.

Op dat moment was de kou onder haar huid gedoken. Ze moest zich richten op haar tante. Het gaat om haar. In haar hoofd zit die zin die haar tante die bewuste nacht steeds uitsprak. 'Ik moet weg.' Wat maakt dat ze weg moet? Wat speelt er allemaal in haar familie? Komt ze steeds dichter bij het mysterie van haar vader?

'Weet jij iets van James?' Ze draait haar hoofd naar John. Ze wil net vertellen over Luke, als John schreeuwt.

'Pas op!'

Ze kan nog net haar stuur opzij gooien. Keep left! Waar kwam die zo snel vandaan? Wat een rotwegen hier. En die regen maakt het zicht niet beter. Ze duikt wat dieper in elkaar.

Het Minack Theatre is normaal een kwartiertje rijden. Dat moeten nu slechts vijf minuten worden. De beschutting van de hoge heggen geven hun net iets meer balans. Toch raast de wind er op onverwachte momenten tussendoor. Bij elke tegenligger scheert ze rakelings langs de scherpe struiken. Geen inhaalstroken nodig en geen veiligheidshavens. Het gas op vol. Hangen in de bocht. Remmen als ze moet afslaan. Ze weet precies hoe ze moet rijden.

In Trethewey slaat ze af. Boven zee hangen grijze regenschermen. De wind blaast haar nu vol in het gezicht. Ze moet de snelheid iets laten terugzakken. De regen knalt op haar lijf als grote hagelstenen. Ze zijn er bijna. Als haar tante daar maar is. Ze wenst het zo hard dat het pijn doet in haar borstkas. En die etterige vraag blijft maar hangen. Waarvoor is haar tante op de vlucht geslagen?

Eindelijk, daar is de parkeerplaats. Ze laat het gas los. John gaat al rechterop zitten, zodat hij direct kan afstappen.

Er staan maar een paar auto's op de parkeerplaats. Ah gelukkig! Ook de Bentley van haar tante.

'Ze is hier,' zegt ze over haar schouder.

Maar dan ziet ze iets anders. Ze knijpt zo hard in de remmen dat John met een harde klap tegen haar rug aan valt.

'Wat is er?'

Ze zet haar voeten op de grond en wijst. 'Kijk, de Jaguar van mijn moeder.'

Ze zijn te laat. O nee, dat slaat natuurlijk nergens op. Als er één is die haar zusje altijd gesteund heeft is het haar moeder.

Ze zet haar motor op de standaard en volgt John die al naar de rand van het parkeerterrein is gelopen.

'Waar moeten we heen?' Jill kan de paniek niet uit haar stem weren. 'Naar het theater of is ze misschien langs de rotsen naar het strand afgedaald?'

'Mijn moeder heeft verteld dat ze een grot hadden waar ze altijd samen kwamen. Het is halverwege de klif.'

John trekt haar mee langs de kassa van het theater. Ze rennen achter elkaar aan.

De zee ligt als een grijze massa voor hen. Er is geen horizon te ontdekken. Windvlagen trekken zo aan haar dat ze zich achter de brede gestalte van John verschuilt. Ze komen steeds dichter bij het water.

Ze wil gillen dat ze hier niet naartoe kan. Dat de zee haar zal verzwelgen.

'Heb je hoogtevrees?' John blijft staan.

Ze schudt haar hoofd. De regendruppels waaieren in het rond.

'Ik ben bij je.' John geeft haar een kneepje in haar hand.

'Ik ben er klaar voor.' Tot haar verbazing komt het er krachtig uit.

'Dan gaan we.' John streelt haar wang en draait zich dan om.

Met elke stap komt de zee dichterbij. Ze wenkt haar. Golft ongeduldig onder haar als een leeuwin die onder een boom staat te wachten tot haar prooi naar beneden valt.

50

Met haar ogen gericht op de rotsen schuifelt ze trede voor trede naar beneden. De trap is nat en glibberig. Regendruppels druipen in haar ogen. Haar vingers zijn bijna gevoelloos.

'Gaat het?'

John moet voelen hoe verstijfd ze is. Haar knieën trillen onophoudelijk en dat is niet alleen van de kou. De zee ligt ver onder haar te wachten. Witte koppen rollen over het donkergrijze water. Alsof ze kwaad zijn. Maar nog erger zijn de harde dreunen op de rotsen onder haar. Steeds weer krimpt haar maag ervan in.

Ze zou zich wel willen vastklampen aan de rotsen, maar alles is glad en nat.

'Laat mij maar hier!' Ze komt amper boven het geraas uit.

'Natuurlijk niet.' John keert zich om op het smalle pad.

Als hij niet oppast, krijgt de wind hem te pakken.

'Jij kan in je eentje veel sneller. Het gaat om Abigail.' Ze ziet hoe hij twijfelt. Om hem te stimuleren laat ze zich op de grond zakken en duwt zich tegen het koude graniet. 'Kom op! Ga maar gauw.'

Met een paar passen is hij achter de klif verdwenen. Moeiteloos als een berggeit. Waarom kan zij dat niet? Die kloteangst. Ze moet hem de baas worden!

Ze hijst zich weer omhoog en daalt in haar eigen tempo het pad af. Af en toe hangt er een touw langs de rots, waardoor ze zich iets veiliger voelt. Toch durft ze er niet op te vertrouwen. De wind buldert om haar heen en laat de zee hoog opspatten. Ze wil niet kijken, maar kan het niet laten. De drang zit diep in haar.

Een stem huilt in het zeegeweld. Jills spieren verstrakken. Is dat Barbara? Heeft ze Abigail al gevonden? Ineens dringt tot haar door wat voor opdracht haar moeder zichzelf heeft gegeven. De gedrevenheid waarmee ze al haar hele leven op haar zusje past, is onvoorstelbaar. Er stroomt een enorme warmte door Jill heen. Haar moeder lijkt hard en onbewogen, maar ineens voelt ze een voorzichtige liefde voor haar.

'Ik kom eraan!'

Vol met een nieuwe energie loopt ze verder. Ze schudt steeds het water uit haar korte haar. Regen of zee, het maakt niet uit. Ze moet verder. Als ze maar eenmaal bij haar moeder is, dan komt het goed.

Weer een hoge uithaal.

Jill durft niet te denken. Het kan niet, prent ze zichzelf in. Nee, haar tante leeft. Dat moet.

Een windvlaag beneemt haar de adem. Alles smaakt naar zout. Ineens is ze op een stuk van het pad dat beter beschermd is. Rotsen aan beide kanten. Haar spieren schieten los. De kou bijt in haar lijf, maar ze vecht terug.

Als ze de hoek omslaat, ziet ze het strand onder zich. Golven slaan met donderend geraas om en stromen hoog het strand op. De zee spat tegen de kliffen. Waar zijn ze?

Behoedzaam zet ze steeds een nieuwe stap. 'Het gaat goed,' spreekt ze zichzelf moed in. Ooit heeft iemand deze trap gemaakt. Anderen rennen eroverheen. Kom op, trut!

Dan hoort ze weer iemand huilen.

'John? Waar ben je?'

'Ik kom eraan!' hoort ze hem roepen.

Hij is er. Dichtbij.

Ineens duikt hij van achter een rots op. 'Geef me je hand. Het is goed.'

Opluchting dringt door alle kou heen. 'Is alles goed?' Ze pakt zijn hand. Hij wil haar tegen zich aan drukken, maar haar spieren weigeren zich te ontspannen. Eerst een rots in haar rug. Dan pas slaat ze één arm om hem heen.

'Met jou, bedoel ik.' Zijn stem is bij haar oor. Rustig. Kalmerend.

'Met mij? Maar...'

Een hoge stem draait om de klif heen. 'Nee. Het kan nie-hiet.'

Ze wil zich losmaken en zelf gaan kijken, maar John houdt haar tegen. 'Abigail is... Ze is gevallen.'

'Gevallen?' Het gedonder van de zee zakt ineens weg. Ze ziet alleen die twee zeeblauwe ogen, waarvan de lange wimpers aan elkaar kleven. Ze zoekt naar iets waaruit ze kan opmaken of het echt waar is.

Dan slaat hij zijn ogen neer. 'Het spijt me.'

'Abigail dood?' Het water kolkt onder haar. Het idee dat haar tante... 'In de zee? We moeten haar redden.' Ze probeert zich los te maken.

'Je kunt haar niet meer helpen.' De woorden waar ze zo bang voor is geweest waaien in haar gezicht.

'En mijn moeder?' Als in trance maakt ze zich los en schuifelt voetje voor voetje naar de rotspunt waar John vandaan is gekomen. Dan ziet ze haar. In elkaar gedoken.

'Mummy?'

Haar moeders wanhopige blik pakt haar vast en begeleidt haar de laatste meters tot ze naast haar hurkt. Ze houdt Abigail in haar armen en wiegt haar heen en weer als een baby. 'Waarom deed je dat?' snikt ze.

Alle pijn is weg. De kou verdwenen. Jill slaat haar armen om de schouders van haar moeder.

'Hoe kan dat nou,' fluistert haar moeder. 'Al die jaren...' Haar stem breekt.

'Stil maar. Het is niet jouw schuld, mummy.'

Ze voelt dat haar moeder haar hoofd schudt. 'Het was niet mijn schuld. Nee, niet mijn schuld. Ik was vlak bij haar, maar ze viel.'

Het idee dat ze haar zusje vlak voor haar ogen heeft zien vallen, snijdt naar binnen.

Als ze achteromkijkt staat John daar. Hij schraapt zijn keel. 'Ik heb de ambulance gebeld.'

Ineens draait haar moeder haar gezicht naar haar toe. Dan grijpt ze Jill met één hand beet. 'Jill, het was een ongeluk. Jij gelooft me toch?'

51

De begrafenis is veel drukker bezocht dan Jill had verwacht. Verweerde gezichten. Trieste ogen. Gemompel waarin steun wordt uitgesproken. De kerk in het gehucht Paul is maar net groot genoeg. De kist die door Luke van kleurrijke tekeningen voorzien is – 'Aunty Abbey is daar zo gek op' – wordt na de dienst naar haar laatste rustplaats gedragen in de Silent Garden achter de pub. De kleine begraafplaats bij de kerk zelf is allang vol, deze tuin geeft de extra ruimte die de gemeenschap nodig heeft. Het uitzicht is prachtig: uitgestrekte velden met de zee erachter.

Jill houdt zich enigszins afzijdig. Ze slentert achteraan en bekijkt de oude grafstenen. Tot haar verbazing ziet ze een bekende naam. 'Paula Skewes?' Is dat familie? Op dat moment dringt nog dieper tot haar door dat haar leven verankerd is met dit land.

De stilte legt alle wonden bloot. Geen vreemde kreten meer van Abigail. Geen geschreeuw uit het atelier. Geen enkele uitspatting. Iedereen sluit zich op in zijn eigen wereldje.

Het is onmogelijk voor Jill om in de cottage te blijven. Ze heeft ruimte nodig. Bij de grote vijver gaat ze op het bankje zitten en staart naar de betonnen walvisstaart die als een jubelsymbool boven het wateroppervlak uitsteekt. Het is warm. Als sarcastisch trekje van het weer laat de zon zich vandaag uitbundig zien.

Ze is veranderd. Een groot deel van haar leven is ze op zichzelf aangewezen geweest, geen vriendinnen, geen collega's, alleen maar haar vader naast haar. Dat was haar wereld. Ze was alleen, ze wist niet beter. In de afgelopen zes weken is ze in contact gekomen met andere mensen. Ze weet nu hoe fijn het is om met iemand samen te werken. Daardoor is het contact met Ruby verdiept tot een vriendschap. Tuinman Elliot heeft zich ontpopt tot een vaderfiguur, hoewel hij zich na de dood van Abigail teruggetrokken heeft in zijn theetuin. Als ze aan John denkt gloeit er warmte in haar zonder dat ze direct aan een ontlading denkt. Samen. Het woord speelt ineens een rol in haar leven. Ze is samen met haar familie. Was dat wat haar vader haar wilde laten zien?

Jill stroopt haar mouw op en bekijkt de binnenkant van haar pols. De rode randen van de tattoo zijn weggetrokken. Haar geboortedatum staat in zwart op haar arm, omringd door de bloembladeren van de klaproos. Ze is dankbaar dat ze geboren is. Hoewel de start misschien niets met roze wolken te maken had. Bizar eigenlijk dat ze deze nieuwe geboorte al had vastgelegd terwijl ze zich nu pas bewust wordt van haar tweede leven. Ervaar je de waarde van contact pas als het verdwenen is?

En ze heeft haar moeder teruggevonden. Hoe stroef het begin ook was, op dit moment lijkt haar moeder haar langzaam toe te laten.

Met een blad vol lekkers loopt Jill de trap op. Bij de kamerdeur van haar moeder houdt ze even in en werpt een blik op de achterste deur die nu gesloten is. Dan klopt ze aan en stapt naar binnen.

Haar moeder kijkt op. Er ligt iets in haar ogen verscholen wat Jill nog niet eerder gezien heeft. Iets zachts. Kwetsbaar zelfs.

'Ik wilde zien hoe het met je gaat,' zegt Jill. Het klinkt opgewekter dan ze wil.

Prada rekt zich uit en komt naar haar toe.

'Dag snoezepoes,' begroet ze het dier met een hoge stem. Ze schrikt zelf van haar aanstellerige stemmetje en richt zich snel weer tot haar moeder. Ze drukt een kus op haar wang.

'Dat is lief van je.' Haar moeder zit achter haar bureau, maar laat zich nu achteroverzakken.

'Waar ben je mee bezig?'

'Och lieverd, allemaal zaken die afgehandeld moeten worden, nu...' Haar stem stokt.

'Geen leuk werk.'

'Maar wel noodzakelijk. Het is altijd beter om het maar direct op te pakken.' Barbara zucht.

Jill schenkt met een handige vanzelfsprekendheid thee in de rozenkopjes. 'Wat gebeurt er nu met de Rosegarden?'

Haar moeder wijst naar een leren fauteuil en pakt het kopje aan. Dan verschijnt er een glimlach die haar gezicht verzacht. Er glinstert zelfs weer iets in haar ogen. 'Ik zet het werk van mijn zusje voort.'

'Mooi. Dan blijf ik om te helpen.'

Haar moeder knikt haar vriendelijk toe. 'Dat zou ik heel fijn vinden.'

'Natuurlijk blijf ik. Het werk is leuker dan ik had gedacht. Ik leer ongelooflijk veel van Ruby.'

Al die tijd kijkt haar moeder haar goedkeurend aan. De kamer verdwijnt, waarbij de witte muren door het zonlicht een zachtgele tint krijgen. Ze ziet dat de wangen van haar moeder plooien bevatten als elastiek waar de rek uit is. Ze zou het liefst met haar vinger willen voelen hoe zacht haar huid is. En proberen of ze de rimpels weg kan strijken.

'Waar ga je wonen?' vraagt haar moeder.

Jill heeft eindelijk tijd om Prada uitgebreid te bewonderen. De pluizige vacht ziet eruit alsof twee handen er moeiteloos in kunnen wegzakken. Maar het mooiste is de dikke pluimstaart en de oren waaraan pluimpjes omhoogsteken alsof ze zich wil meten aan een lynx. Een kat naar haar hart.

'Gewoon in de cottage, lijkt me,' antwoordt ze uiteindelijk.

'Dat mag, lieverd.' Ze slikt en stuurt een verontschuldigende glimlach naar Jill toe. 'Deze week verhuis ik naar de kamer van Abigail. Dus je mag ook...'

Jill heft haar hand op. 'Ik zit prima in de cottage. Maar misschien...' Zou ze het durven vragen? 'Mag ik misschien gebruikmaken van het atelier?'

Het blijft stil. Haar moeder houdt haar blik op het hoogpolige tapijt gericht en drinkt langzaam haar kopje leeg. Pas als ze het kopje terugplaatst op het schoteltje, dat zichtbaar trilt in haar hand, antwoordt ze dat ze dat een heel goed idee vindt.

'Dat is fijn,' zucht Jill opgelucht.

'Mag ik...?' Haar moeder wijst naar haar arm.

Jill schuift haar mouw omhoog en laat haar pols zien. Heel even lijkt het alsof haar moeder schrikt, maar dan verschijnt de glimlach weer op haar gezicht. 'Mooi, lieverd. Ik vind hem echt mooi. Ik ben blij dat je naar me op zoek bent gegaan.' De eerdere zachtheid is uit haar moeders stem verdwenen.

Er zit een enorme leegte in mijn lijf die zwaarder is dan ooit. Ik ben totaal mislukt in de opdracht die ik mezelf heb gegeven. Niets gaat zoals ik gepland heb. Zelfs het afscheid van Bob, die ik toch met heel mijn hart heb liefgehad, was minder zwaar dan dit verlies.

Abigail is dood.

Ik heb haar niet tegen kunnen houden. Ik was te laat. Ze was verdwenen in die afschuwelijke gedachten die in haar hoofd zaten sinds het fatale ongeluk van James. Al die jaren heb ik met haar meegeleefd. En ik wist precies wat zij had gevoeld toen ik Bob moest verlaten omdat ik het niet aankon dat hij zijn liefde niet aan mij kon geven. Afwijzing is een van de ergste dingen die een mens kunnen overkomen. Op verlies na.

Na James en Bob is nu ook Abigail dood.

En allemaal door háár.

Met mijn handen voor mijn gezicht knijp ik mijn kaken zo hard op elkaar dat er steken door mijn hoofd schieten. Ik mag die immense haat niet toelaten. Geen verdriet voelen. Dat heb ik nooit gedaan en zal ik nu ook niet doen. Dit is de werkelijkheid en ik moet hier sterker uitkomen.

Prada strijkt langs mijn benen.

'Kom eens hier, grote dame.' Ik til haar op en ben me weer bewust van het enorme gewicht van deze Maine Coon. 'Wij blijven elkaar steunen. Jij zal de oude mevrouw ook wel missen. Gelukkig zijn wij aan elkaar verbonden in een businessplan.'

Ik streel de zachte vacht van Prada die het zich gemakkelijk maakt op mijn schoot.

Wat gaat er nu gebeuren met de Rosegarden? Is het werkelijk

de bedoeling dat ik dit ga voortzetten? Het is prettig dat Jill er is om Ruby te helpen. Dat scheelt. Ze lijkt zelfs echt aangedaan door Abigails dood. En zo geeft dit gemeenschappelijke verdriet een verandering die ik niet voorzien heb. Mijn dochter is dichterbij dan ooit. Maar dat betekent ook dat het gevaar nog niet geweken is. Als zij het geheim ontdekt, is alles voor niets geweest.

52

Als Luke het atelier binnenloopt, heeft Jill net al haar spullen naar binnen gebracht. Ze staat met haar handen in de zij te genieten van het zachte licht dat door de grote ramen binnenvalt. Zelfs als de zon op haar hoogst staat en lijnen harder maakt dan nodig, blijft de lichtinval perfect voor een kunstenaar.

Haar tatoeage-instrumenten liggen nog in de cottage. Geen idee wanneer ze die ooit nog oppakt. De drang om nieuwe tekeningen te maken is groter.

'Wat zal ik maken?' Luke volgt elke beweging van haar met argusogen.

'Zeg jij het maar.'

'Een vader.' Zonder enige aarzeling komt het naar buiten.

'Mis jij je vader?'

Ze moet denken aan Ruby, die door Abigail werd opgevangen. Die haar niet alleen woonruimte, maar ook een baan aanbood.

'Ik ken hem niet,' zegt hij.

Het lijkt haar beter om het onderwerp niet verder aan te raken. 'Wil je tekenen of schilderen?'

Hij schokschoudert.

Als ze een paar tubes klaarlegt en hem voordoet hoe hij een palet moet vasthouden, luistert hij aandachtig. Hij steekt zijn duim omhoog, zodat zij het palet eroverheen kan leggen.

'Ik weet hoe het moet,' zegt hij zodra ze de kleurtjes op het palet aanbrengt.

Ze schiet in de lach. 'Waarom laat je het mij dan eerst uitleggen?'

'Ik dacht dat jij dat wilde.'

Ze grinnikt en zet het papier vast op de ezel. 'Dus je bent hier al vaker geweest?'

Hij knikt en pakt een penseel. 'Aunty Abbey en ik waren vrienden.' Met rake streken brengt hij zwarte lijnen aan op het doek.

Zou ze hem vragen of hij haar mist? Hoe ze was als ze samen waren en of ze dan soms ook zo vreemd reageerde? Een brok in haar keel belemmert haar om te praten. Dat komt allemaal wel. Het gemis is te vers, besluit ze.

'Jouw vader is dood.' Luke blijft schilderen alsof hij een muur in de verf zet.

'Ja, dat klopt.'

'Dus jij hebt ook geen vader.'

Terwijl ze hem over zijn rug streelt, vullen haar ogen zich met tranen. 'Nee, niet meer. Maar ik heb wel mijn moeder gevonden.'

Hij houdt zijn kwast even stil, kijkt haar peilend aan en zegt dan: 'Dat heeft Aunty Abbey ook gezegd.'

Er gaat heel wat tijd overheen voor de woorden landen. Wat wil de jongen er eigenlijk mee zeggen?

Ze plakt een stuk papier op haar eigen schildersezel. Hadden zij en haar tante maar meer tijd gehad om samen te schilderen. Wie weet hadden ze ook mooie gesprekken kunnen voeren. Nu voelt het alsof ze de laatste trein gemist heeft.

Ze denkt aan de beelden die haar tante heeft gemaakt, met de vrouwelijke vormen. Waarom zat er zo'n groot gat in dat laatste beeld?

Eenendertig.

Ze weet welke pijn haar tante had om James. Iemand verliezen laat een gat in je achter. En dat gaat nooit over. Ze weet hoe het voelt. Wat een geluk dat zij haar moeder heeft teruggevonden.

Luke beweegt zich geruisloos door het atelier. Er klinkt geritsel.

'Ik heb dit gevonden. Ik denk dat het voor jou is.' Hij houdt een tekening omhoog. Het is hetzelfde dunne papier als ze zelf gebruikt voor haar ontwerpen.

'Hoe kom je hieraan?'

Ze bekijkt de tekening. Geen kleuren. Slechts een paar korte ronde lijnen.

Luke zegt niets. Hij staart naar de deur.

'Wat is er?'

'Ik moet weg,' zegt hij simpel. Hij pakt zijn jas en loopt het atelier uit.

Totaal overrompeld staart Jill hem na. Was er iemand? Of was hij teleurgesteld in de tekensessie?

De tekening in haar handen intrigeert haar. Het is gewoon eng, hoe sterk hij op haar eigen manier van werken lijkt. Toch weet ze zeker dat ze hem zelf niet gemaakt heeft.

De figuur is zo klein. Onbeduidend. Toch geeft hij haar een steek van herkenning.

53

Nu het juni is steekt ze alleen 's avonds de open haard nog aan. Jill zit op de bank in de vlammen te staren. Ze kan het niet uitstaan dat de schilderles mislukt is. Ze had zo graag meer contact met Luke gelegd, maar het is alsof hij het niet toelaat. Zijn monotone stem irriteert haar soms, maar erger vindt ze zijn rake woorden. Er is geen laagje ijs dat gebroken moet worden. Hij dringt direct diep naar binnen.

Dat hij die tekening vond. Weer een raadsel erbij. Waar herkende ze hem toch van? Ergens in haar hoofd blijft het jeuken. Als een woord dat je voelt, maar niet vindt. Ze weet zeker dat zij hem niet zelf getekend heeft. Maar het is wel haar papier!

Haar papier. Haar tekening. Wat wilde haar tante vertellen? Wat heeft deze tekening met haar te maken?

Met een ruk staat ze op. Met twee treden tegelijk rent ze de trap op. Ze gooit de deur van de rommelkamer open. Daar is haar map. Bovenop ligt de tekening die ze zoekt. Ademloos volgt ze met haar ogen de bekende lijnen. De twee vrouwenfiguren die ze expres in een omhelzing heeft neergezet, omdat ze haar tante wilde vertellen dat ze met haar in contact wilde komen.

Ik mis haar.

De stem van haar tante is zacht maar onmiskenbaar. Wie miste ze? Haar woorden moeten met hun gezamenlijke sessie te maken hebben. Of zag ze geen twee vrouwen?

Dan ziet ze het.

Ze spurt naar beneden, struikelt bij de laatste treden bijna over de traproede en kan zich maar net vastklampen aan de leuning. Geschrokken drukt ze de tekening tegen zich aan, alsof ze wil voelen dat die niet gewond is. Ze legt hem op tafel en strijkt de liefdevolle omhelzing glad. Met trillende vingers pakt ze het papier met het onbeduidende figuurtje dat ze van Luke heeft gekregen en legt hem erbovenop. Onvoorstelbaar. Als ze de randen precies op elkaar legt, verschijnt het kleine onbeduidende figuurtje exact tussen de twee ronde figuren in. Als een ongeboren kind.

Ademloos staart ze naar de compositie die ineens compleet is. In haar hoofd klinkt haar tantes overslaande stem: 'Voor mij is ze dood!'

Alsof ze een klap in haar gezicht heeft gekregen, doet ze een stap achteruit. De twee figuren die elkaar blijven vasthouden, het kleine onschuldige wezen ertussen geklemd. Heeft haar tante een baby verloren? Kon ze het daarom niet uitstaan dat haar zus wel moeder geworden is?

54 – *Porthcurno 1987*

De zomer was dit jaar maar een paar weken voelbaar geweest. Het was alsof de zon alweer zwakker werd. Eind augustus. Bobs maand bedenktijd zat er bijna op.

Ze zaten onder de laaghangende takken van de notenboom. Het kwam steeds vaker voor dat ze op het landgoed afspraken, nu James de business runde waar Elliot deel van uitmaakte. Zelf was Bob vooral zoekende. Hij hield het bij geen enkele werkgever uit.

'Wanneer vertrek je?' James leunde tegen het hekje met zijn hand diep in zijn broekzak.

'Geen idee,' zei Bob naar waarheid. 'Ik denk dat ik wacht op een signaal.'

James grinnikt. 'Je gaat te veel met het zweverige zusje om.'

Het viel Bob op dat Elliot niet reageerde. Die was de laatste tijd sowieso rustiger geworden. Sinds hij al zijn passie in zijn struiken kon stoppen, was de band tussen hem en James verbeterd.

'Zullen we dat signaal gewoon afdwingen?' stelde James tot zijn verrassing voor.

Bob had geen idee hoe James dat voor zich zag. Hij had graag zijn worsteling met zijn vrienden gedeeld, maar steeds als hij zijn dilemma wilde delen, wist hij niet waar hij moest beginnen.

Hij wist dat Barbara Elliot steeds vaker opzocht. Hij had in zichzelf gezocht of dat iets bij hem losmaakte, maar hij voelde geen jaloezie. Toch gaf hij om Barbara. Hij kon zich nauwelijks voorstellen dat hij zijn leven zonder haar zou vervolgen.

'Laten we een weddenschap sluiten,' zei James.

Bob schrok. Dat klonk hem iets te serieus in de oren.

Elliot, die tegen de notenboom geleund stond, kwam direct dichterbij. 'Goed plan. Een weddenschap om Barbara.'

'Om Barbara?' vroeg Bob verbaasd.

'Ja, als jij wilt vertrekken, ben je Barbara kwijt. Dus als je Barbara wint, blijf je hier.' James schoof zijn pet iets naar achteren.

'Klopt.' Elliot kwam tussen hen in staan. 'Barbara zal haar zusje nooit achterlaten. Ze vertelde me dat ze zich grote zorgen maakte. Ze heeft het er elke dag met Coleen over, zei ze. Afgelopen weekend heb ik haar zelf nog moeten troosten, omdat ze niet wist voor wie ze moest kiezen.'

Bob keek hiervan op. Hij dacht dat híj een lastige keuze te maken had, maar had zich niet gerealiseerd dat dit ook voor haar grote consequenties zou hebben. 'Maar Abigail is toch volwassen?'

'Die wordt binnenkort eenentwintig,' lepelde Elliot direct op. 'Maar Barbara vraagt zich af of haar zusje zelfstandig genoeg is om hier alleen achter te blijven. Als ze weet dat Abigail goed verzorgd achterblijft, dan…' Hij klikte luid met zijn tong.

'Ze heeft haar ouders,' mompelde Bob, hoewel hij wist dat ze daar niet veel steun van kon verwachten. Hij zag haar weer lopen door de smalle straatjes van Mousehole, waar hij op een zwarte zaterdag nog een baantje in de haven had gehad. Het leek wel of ze over de straten zweefde zo geruisloos bewoog ze zich voort. Altijd gekleed in wijde witte jurken met een roze vest erop. Heel anders dan die mannelijke types in hun spijkerbroeken en stevige boots.

'Laten we dan een weddenschap sluiten om Abigail.' Het was eruit voor hij het wist. Tegelijkertijd voelde hij dat dit de juiste keuze was. Een avond alleen met haar zou hem meer duidelijkheid brengen over de ernst van haar gekte. Won een van de anderen, dan zou hij ongestoord een tijd met Barbara samen kunnen zijn. Zo won hij altijd.

'Onmogelijk,' protesteerde Elliot. 'Dat zal Barbara nooit toestaan.'

'Wat heeft zij daarover te zeggen?' vroeg James.

Bob viel zijn vriend direct bij. 'Dit gaat nu een keer niet over Barbara. De winnaar gaat met Abigail uit, de verliezers ontfermen zich over Barbara.' Als hij verloor zou hij alleen Elliot nog moeten afwimpelen.

Bob strekte direct zijn arm omhoog zoals ze elke keer deden als ze een deal maakten met de brotherhood. James volgde zijn voorbeeld. Elliot sloot zich als laatste aan.

55

John stuurt zijn motor zelfverzekerd over de smalle wegen. De wind raast langs hen heen. Jill laat haar lijf met het zijne meebewegen. Bij elke manoeuvre. En in elke bocht. Ze geniet van het krachtige lichaam voor zich.

Ze had zich op slag lichter gevoeld toen hij vanochtend ineens voor haar stond.

'Het is zondag. Ga je mee?'

Ze hadden helemaal geen afspraak, toch kwam het vaker voor dat hij er ineens was. Toen ze achter hem aan liep naar de parkeerplaats, kon ze haar ogen niet van zijn heerlijke billen afhouden. Vanaf dat moment had ze ineens ongelooflijk behoefte aan hem. *Friends with benefits*. Net als bij Joep. Gewoon kijken hoe het loopt. Dat ze zichzelf er af en toe op betrapte dat ze hem gewoon iets wilde vertellen, was wel een beetje verwarrend.

De motor mindert vaart waardoor ze nog extra tegen John aangedrukt wordt. Superlekker. Het kriebelt al vanaf het moment dat ze zich tegen hem aan vlijde en hij gas gaf. Ze wil het hard vandaag. Ze heeft zelfs moeite om haar handen thuis te houden, maar veiligheid staat op één.

Hand in hand lopen ze langs het beekje de weg af in de richting van de zee. Aan beide kanten drukken popperige huisjes zich tegen de heuvels. In de winter zoeken de woningen bescherming tegen de westerstorm, maar vandaag schijnt de zon uitbundig.

In de baai van Penberth liggen een paar vissersboten op het droge. Naast een cottage ligt een hoop oranje boeien opgestapeld als watermeloenen. De zee kabbelt tegen de rotsen. De dakpannen van leisteen schitteren in het felle licht. Een rustdag. Ook in de natuur. Niets voor haar, ze wil juist vette actie.

'Kom.' John gaat haar voor naar de stapstenen die in een rijtje in de beek liggen.

Ze huppelt bijna over de stenen heen, omdat ze zich met elke stap jonger voelt. Ze heeft zin.

Met grote passen loopt John het smalle paadje op. Ze loopt achter hem aan en staat al snel hijgend naast hem uit te kijken over de zee. Hij doet haar vandaag sterk aan de Middellandse Zeekust denken.

'Wat is het hier toch mooi,' zucht ze.

'Jij ook.' Een kus landt op haar oor.

Voordat ze iets kan zeggen, is hij alweer verdwenen achter de struiken die als droge stekelbossen langs het pad liggen. Ze ademt diep in. Het is prettig om even weg te zijn uit de bedrukte sfeer van de Rosegarden. Rouw graaft gaten in mensen.

'Waar gaan we heen?' roept ze hem na.

'Kom nou maar. Ik...' De rest van zijn woorden wordt door de wind meegenomen.

Wat een geluk dat de zee zich rustig houdt vandaag. Zelfs wedstrijdje speelt met de kleur van de lucht. Het pad draait tussen de rotsen door om op een uitgestrekte granieten vlakte uit te komen. John staat op een rots die door de wind van zijn scherpe punten ontdaan is. Jill blijft even staan om te genieten van zijn lijf dat aan alle kanten kracht uitstraalt. De pet is thuisgebleven. Zijn houthakkersoverhemd gaat zo meteen sneuvelen.

Ze kijkt om zich heen naar een geschikte plek, maar rent dan gewoon op hem af en slaat haar armen om zijn heupen. De riem is al los voordat hij zich heeft omgedraaid.

'Hé stop.' John pakt haar handen beet die al aan de afdaling begonnen waren.

Ze probeert zich los te trekken, maar hij is te sterk. 'Wat is er nou?'

'Kom eens mee.' Hij neemt haar mee naar een verweerde rots waar ze naast elkaar tegenaan gaan zitten. Uitzicht op zee. Uit de wind.

Ze draait zich naar hem toe en begint aan een reeks aan kusjes die vanaf zijn linkerwang naar beneden glijden. De bovenste knoopjes heeft ze zo los.

'Jill...'

Ze bevriest met haar lippen op dat heerlijke holletje in zijn schouderblad. Er ligt geen verlangen in zijn stem.

'Ik wil graag praten.'

Praten! Er woedt een vuur in haar onderlijf en hij wil praten?

'Over jou.'

Ze komt overeind en slaat haar armen om haar knieën. 'Dat klinkt niet erg opwindend.'

'Dat is ook niet waarom ik je kwam ophalen.'

'Niet?'

'Ik begrijp je behoefte aan liefde. Aan warmte.'

Hij begrijpt wat? De icewater challenge wordt zonder pardon uitgevoerd. Ze trekt haar knieën nog dichter naar zich toe.

'Ik heb met mijn moeder gepraat.'

Haar blik glijdt over zee. Ze heeft totaal geen behoefte om te luisteren naar een gesprek over zijn moeder. Ze zal wel belerende praatjes ophangen, dat haar zoon niet met een *meisje zoals zij* moet omgaan. Bullshit. Wat kent die vrouw haar nou?

'Ik wil niets met je, als je dat misschien dacht,' moppert ze.

Zijn smalende lachje snijdt vanbinnen.

'Dat kwam op mij anders over.'

'Ik dacht dat je me begreep.' Ze wil opstaan en weglopen, maar John trekt haar naar beneden.

'Ik begrijp je misschien wel beter dan je denkt.'

Joep begreep me, denkt ze. Het blijft stil naast haar. Heel even is ze bang dat ze het hardop heeft uitgesproken. Ze kijkt naar de overkant van de baai, volgt een eenzaam figuurtje op het strand dat bij de rotsen uit het zicht verdwijnt. Als haar blik naar boven glijdt, herkent ze de ronde vormen van de uitgehakte treden. Het theater. Daar is het gebeurd.

'Mijn moeder heeft ook verdriet,' zegt hij dan zacht. 'Daarover hadden we het. Ze is al sinds haar jonge jeugd bevriend met de twee zusjes. Ze kent ze beter dan wie dan ook.'

Haar spieren verzachten langzaam tot haar voeten weer ontspannen op de rotsen rusten. 'Met allebei?'

'Vooral met Barbara, omdat Abigail jonger was. Maar ze zei me iets wat ik je wel moet vertellen, ook al gaat dit je misschien verdriet doen.'

Jill gaat met haar tong over haar lippen die ineens heel droog zijn. De zoute smaak brengt haar terug bij die vreselijke momenten waarop ze hoopte dat het niet waar zou zijn. Dat haar tante gewoon weer veilig op het strand was aangekomen.

'Barbara kan je moeder niet zijn.'

Jill stopt met ademhalen. Zelfs haar hart stopt even met kloppen. 'Niet?' piept ze uiteindelijk.

'Nee, Barbara is nooit zwanger geweest.'

56

Het is nog heel vroeg. De zon maakt zich ergens achter de horizon op om het land te verwarmen. Na de lange stille uren van de nacht klinkt nu het getjilp van vogels. Zachte ritmes die vrolijk en opgewekt zijn. Een andere wereld dan de hare. Vandaag zou Jill het liefst de zwartheid van de nacht vasthouden. Over een paar uur zal ze de anderen weer onder ogen moeten komen.

Is Barbara echt haar moeder niet? Maar ze heeft haar toch herkend?

Ze gooit het dekbed van haar af en loopt in de schemer naar beneden. De woonkamer voelt als een te kleine jas.

'Nog een van je leugens, daddy?' werpt ze de urn in het voorbijgaan toe.

Op de tafel staan zeker tien lege bierflesjes. Was haar hoofd maar zo leeg...

Ze graait een schone handdoek uit de kast en loopt naar buiten. Ze heeft geen zin om te genieten van de zachte schemering, zoals ze tot nu toe steeds deed. Wat doet ze hier nog?

De vochtige stenen koelen haar voeten snel af. De warmte van de familiedeken is verdwenen. Ze is fucking alleen.

Het duurt lang voor het water warm is. De rozengeur irriteert. Zoetsappige ellende hier.

Ze pakt de roze spons, omdat dit toevallig de enige is die ze tot haar beschikking heeft, en begint hard over haar tattoo te schrobben. Was ze maar nooit geboren. Hadden haar ouders – wie dat dan ook zijn – niet beter kunnen nadenken voor ze met die stomme neukpartij begonnen?

Pijn groeit in haar keel. Het belemmert haar om lucht te krijgen. De benauwdheid breidt zich uit over haar hele lijf, als een lavastroom die zijn gloeiende tentakels om haar heen vlecht.

Het water klettert op haar rug, terwijl Jill haar voorhoofd tegen de koele tegels duwt. Gekromde schouders. Het kan niet. Geen moeder.

'Klootzakken!' Ze beukt hard met haar vuisten op de tegels. Haar schouders schokken wild en oncontroleerbaar. Dan huilt ze voor het eerst sinds lange tijd. Het verdriet is te groot geworden voor haar lichaam dat haar al die jaren overeind heeft kunnen houden.

Iedereen om haar heen liegt! Barbara is haar moeder niet. Maar wie dan wel?

57

De roze kleur van de kamer past helemaal niet bij de boodschap die ze moet brengen. Een onbekende geur laat haar nog wat extra aarzelen. Barbara laat haar binnen in haar nieuwe domein. Zodra Jill haar ziet, blijven de woorden in haar keel steken.

Barbara verwelkomt haar met een zachtmoedige glimlach. '*Good morning love.*' Een luchtkus volgt.

Jill zoekt naar herkenning en vindt die direct. Dit is de vrouw die in haar jonge jeugd voor haar gezorgd heeft.

'Wat is er? Je kijkt me zo raar aan?'

'Ik... Ik heb nogal slecht geslapen.'

Barbara knikt. 'Ik ook, *darling*. Het is niet niks, hè?'

Jill loopt de kamer in en vlucht naar het schapenvel waar mevrouw Prada onverstoorbaar haar schoonheidsslaapje doet. Ze laat zich op de grond zakken en aait automatisch over het hoofd van de poes. Prada kreunt zo hard dat Jill direct ontspant.

Goed dat er dieren zijn.

Ze voelt dat haar moeder naar haar kijkt. Toch kan ze het niet aan om de ogen te zien die haar al die jaren bijgebleven zijn. De moeder die ze zo gemist heeft.

'Zeg het maar, Jill. Ik ben er voor je.'

Haar keel neemt weer belachelijke proporties aan. Kom op, jankerd.

'Ik snap het niet,' zegt ze zacht. 'Ik begrijp er echt helemaal niets meer van.'

Barbara zit in de stoel dicht bij haar. Jill staart naar de schoenen. Onbuigzaam leer met gladde zolen. Hoe kan iemand op dergelijke dingen lopen?

'De dood is ook niet te begrijpen. En al helemaal niet als iemand er zelf voor kiest.'

Jill schudt haar hoofd, maar kan haar niet tegenspreken.

'Het is het beste voor haar. Dat probeer ik me maar voor te houden. Ze heeft nu de rust waar ze altijd naar op zoek was.'

'Dat is het niet.' Jill tilt haar hoofd op en kijkt haar moeder recht aan. 'Iemand heeft me gezegd dat... dat jij mijn moeder niet bent.' Zo het is eruit.

Is er een flonkering, een trekje in haar gezicht, een lachje, wat dan ook, zodat ze weet of het waar is?

Barbara glimlacht echter nog even lief en begrijpend als net. Dan staat ze op en loopt naar haar bureau. Ze schuift een lade open en pakt er een map uit.

'Hier is je geboortebewijs, lieverd.'

Jill plukt aan de schapenvacht. Witte pluishaartjes die te wit zijn. 'Dat hoeft niet, moeder.'

'Kijk dan.' Harder nu. 'Ik heb ook al je kinderfoto's bewaard. Er ging geen dag voorbij zonder dat ik aan je dacht. Je was bij me, alleen op een andere manier.'

Jill staat op. 'Ik geloof je, het is niet belangrijk meer.'

Met een schelle tik knalt de lade dicht. De stem van haar moeder klinkt ineens scherper dan ze ooit eerder heeft gehoord. 'Er is veel kinnesinne hier in Cornwall, darling. Afgunst viert hoogtij, zeker als er mensen doodgaan.'

Haar woorden galmen nog een tijdje in de ruimte rond.

'Kom eens hier.' Haar moeder pakt haar handen vast en trekt haar omhoog. 'Ik ben zo blij dat je opgegroeid bent als een zelfverzekerde jonge vrouw. Ik ben trots op je. Dus ik hoop dat je bij me blijft.'

Heel even denkt Jill dat ze er nog 'voor de rest van je leven' aan toevoegt, maar dat gebeurt niet. Jill knikt automatisch.

Een kneepje in haar vingers is het antwoord.

'We maken van The Rosegarden een nog groter succes dan het al was. Wat vind je van dit idee?' Haar moeder loopt naar haar bureau en pakt een vel papier met ontwerpen voor etiketten. 'Ik hoop dat we dit nieuwe theemerk samen groot kunnen maken.'

Ik had het kunnen weten. Typisch Coleen om zoiets te gaan roepen. Alsof zij precies weet wat er toen gebeurd is. Daar was niemand bij. Misschien wordt het tijd dat ik haar eens een bezoekje breng. Gewoon eens babbelen over vroeger. Kijken wat ze zich echt nog herinnert en wat ze in haar hoofd geprent heeft gekregen van anderen die het niet zo goed met mij menen.

Maar gelukkig dat Jill direct bij mij is gekomen, dat bespaart veel ellende. Nu kon ik het nog in de kiem smoren. Toch moet ik haar niet onderschatten. Ze is slim, die kleine meid van me. Maar ik ben slimmer. Ik zal haar betrekken bij de nieuwe plannen die ik heb met Prada. Het kan zomaar zijn dat ze meer ondernemersbloed in zich heeft dan ik. Samen stuwen we PradaTea op tot grote hoogte.

Elliot heb ik al gevraagd om nieuwe thee te plukken, zodat we de eerste experimenten kunnen uitvoeren. Dat hij niet direct sprankelde van enthousiasme kan ik begrijpen. Ik weet wat hij voor Abigail voelde.

Ik moet Jill in de gaten houden... en ingrijpen als ze gekke dingen gaat doen. Dat ben ik aan Abigail verplicht. Als deze afleidingsmanoeuvre niet werkt, moet ik het anders aanpakken. Rigoureuzer. In Cornwall wordt veel verzwegen. En het verleden mag nooit aan de oppervlakte komen.

58

‘Doe eens wat voorzichtiger met die schalen. Het hoeft niet kapot.’

Jill gromt iets terug tegen Ruby. Ze is kwaad op zichzelf. En op haar moeder. Eigenlijk op iedereen. Ze mikt een nieuwe schaal in het sop en begint als een razende te boenen.

‘Wat is er eigenlijk aan de hand?’ Ruby duwt haar weg bij het aanrecht.

Jill vertelt in korte bewoordingen wat John haar heeft verteld. ‘Barbara ging door het lint. Op haar manier althans,’ besluit ze haar relaas.

‘Dat zegt niets.’

Verbaasd kijkt ze Ruby aan, die haar handen afdroogt aan de theedoek. Werkhanden, heel anders dan die van haar moeder.

‘Barbara heeft soms vreselijke buien. Dan kun je maar beter maken dat je weg bent.’

‘Ach, wie niet. Het ergste vind ik dat ik geen idee meer heb wie ik kan geloven. Iedereen zegt iets anders. John, Barbara, mijn vader...’

‘Je vader heeft je toch juist nooit iets verteld?’

Jill gaat zitten op een van de eetkamerstoelen en pakt een onderzettertje waarop een schaap afgebeeld staat. ‘Niet zoals anderen. Maar hij heeft me wel degelijk iets nagelaten.’ Ze twijfelt slechts kort, maar vertelt daarna over het boek en de raadsels die ze elkaar elke keer hebben gegeven. ‘Hij hield ongelooflijk veel van mijn moeder. We deelden die liefde in onze raadsels.’ Ze glimlacht bij de herinnering. ‘Het is niet voor niks dat hij me hierheen heeft gestuurd. Hij wilde dat ik op zoek ging. Of misschien wilde hij vooral dat ik meer over de start van mijn leven te weten kwam, zodat ik wist waar ik vandaan kwam.’

Een peinzende blik van Ruby. 'Er is vroeger wel degelijk van alles gebeurd. Ik heb weleens iets opgevangen. Gesprekken tussen Elliot en Barbara. Het is natuurlijk niet aan mij om die door te brieven, maar...'

'Maar wat?' Jill legt de onderzettertjes op elkaar en maakt er een torentje van. Het helpt om haar gedachten te ordenen.

'De naam Bob is hier ook weleens gevallen. Er is in het verleden iets voorgevallen dat te maken had met Abigail.'

'Luke vertelde me dat haar man is verongelukt?'

Ruby kijkt verschrikt op. 'Heeft Luke je dat verteld?'

'Ja. James heette hij toch? En het was een vriend van Elliot?'

'Ik weet er het fijne niet van. Dat was ver vóór mijn tijd.' Ze schuift bij Jill aan tafel en buigt naar haar toe. 'Ik heb altijd het gevoel gehad dat er van alles onder de pet is gehouden. Cornwall staat bol van de mysteries, maar de Rosegarden wint het op alle fronten. Het is feitelijk geen mysterie, er is echt iets gebeurd.'

Jill luistert ademloos.

'Het is lastig omdat ik geen feiten ken. Maar ik ben altijd gek geweest op Abigail. Ze is volgens mij veel minder ziek,' haar twee vingers haken in de lucht, 'geweest dan die twee mij altijd hebben laten geloven. Abigail was een ontzettende lieverd. Ze had haar buien, maar elke kunstenaar is toch een beetje vreemd?'

Iets in haar woorden haakt in Jill vast. Het vraagt om haar aandacht, maar ze krijgt het niet te pakken. Misschien valt het haar straks wel in. Daarom vraagt ze: 'Ken jij de moeder van John?'

'Coleen? Kennen is een groot woord, maar ik heb haar weleens ontmoet.'

'Ze schijnt een vriendin van Barbara te zijn.' Het valt haar ineens op dat ze haar nu bij haar voornaam noemt.

'Ga praten met John. Hij heeft je dit vast niet zomaar verteld.'

59

Ze zit met haar rug naar de haven van Mousehole, haar ogen strak op de deuropening van de kruidenierszaak gericht. De zon schijnt krachtig op haar linkerwang.

Can you ever escape your past?

Sinds ze bij de Rosegarden vertrok zit de zin in haar hoofd. Ze is vlak bij een oplossing van het raadsel dat in het boek verborgen ligt. De liefde die ze altijd voor haar vader heeft gevoeld is terug, met een kracht die haar overdonderd heeft. Hoe heeft ze ooit aan hem kunnen twijfelen? Er is vroeger iets gebeurd. En haar vader heeft haar gevraagd om zijn stem te worden, zodat hij eindelijk kan praten.

Haar wang gloeit alsof haar vader zijn ongeschoren wang eroverheen geschuurd heeft. *Denk na, Jill. Zoek naar de verborgen verbindingen. Daar ligt de oplossing op je te wachten.*

Ze staat op en loopt resoluut op de kruidenierszaak af. John kijkt op als ze binnenkomt. Blij. Opgelucht bijna.

'Ik moet met je praten,' zegt ze direct.

'Ik ben aan het werk, zullen we...'

'Nu.' Ze negeert de blikken van de klanten. 'Het is belangrijk.'

'Maar ik kan niet weg.'

'Dan praten we hier.' Met haar schouders duwt ze twee jonge vrouwen opzij die met een mandje vol snoep bij de kassa staan.

'Wacht!'

'Ik heb mijn hele leven gewacht. Ik moet nú antwoorden.'

Achter haar klinken geërgerde uitroepen van de vrouwen. Maar het kan haar allemaal niets schelen.

John gaat op zijn tenen staan en roept naar achteren. Een jonge knul komt direct aanlopen. Hij krijgt instructies en knikt gelaten.

‘Kom mee jij.’ John grijpt haar bij haar elleboog.

‘Laat me los.’ Ze trekt haar arm uit zijn greep.

‘Oké, rustig maar.’ Hij loopt de straat in die vanaf de haven omhoogloopt, weg bij de drukte.

Ze heeft geen zin om te wachten tot het hem uitkomt. ‘Hoe weet Coleen dat Barbara niet mijn moeder is?’

Hij seint met zijn handen dat ze zachter moet praten. ‘Dat vertelde ze.’

‘En jouw moeder weet zoiets,’ spuugt ze naar hem toe alsof het de eerste zoute haring is die ze proeft.

‘Hé, *don’t shoot the messenger*.’ Hij heft zijn handen op.

Ze wil hem zeggen dat ze schiet op iedereen die haar in de weg loopt, maar bindt dan in. ‘Dus volgens jouw moeder is Barbara niet zwanger geweest.’

‘Dat zei ze.’ John heeft haar hand gepakt en leidt haar het dorp uit.

‘Hoe kun je dan verklaren dat ik hier loop?’

Een steelse blik van opzij. ‘Kom op, Jill. Dat hoef ik je toch niet uit te leggen? Je moet een andere moeder hebben. Iemand die jou negen maanden gedragen heeft. Maar dat is niet Barbara.’

Ze zet steeds weer een voet neer, maar heeft geen idee waar ze heen gaat. ‘Maar ik heb foto’s gezien van vroeger? Een geboortebewijs. Hoe kan dat dan?’

De weg is smal, wat het naast elkaar lopen bemoeilijkt. Elke keer als er een auto aankomt, moeten ze aan de kant. Het doorbreekt hun gesprek op een irritante manier.

‘Ze heeft je misschien wel opgevoed, maar dat betekent nog niet dat ze jouw biologische moeder is.’

De grote parkeerplaats ligt voor hen. Zwijgend lopen ze naar het pad dat langs de zee loopt. Het geroezemoes van Mousehole wordt steeds zachter.

Ze draait zich naar hem toe. ‘John, het is belangrijk voor mij.’

‘Dat weet ik, lieverd.’ Hij streelt haar korte haar. ‘Ik wil je geen pijn doen, ik wil je juist helpen.’

Ze durft hem bijna niet aan te kijken. 'Dus je weet dit zeker?'

Het duurt lang voor hij antwoord geeft. Boven zee schreeuwt een stel meeuwen, ze vechten om een stuk brood dat een van hen heeft buitgemaakt. De één duikt steeds opnieuw naar het water, alsof dat hem kan redden.

John staart naar het tafereel en zoekt dan haar ogen. Even ademt hij diep door en zegt uiteindelijk: 'Ik kan niet anders dan mijn moeder geloven. Barbara en zij waren hartsvriendinnen. Iemand anders moet jou op de wereld gezet hebben. Maar Barbara zal er vast alles aan doen om die waarheid af te dekken.'

De zee golft in lange slagen tegen de rotsen. Het is afschuwelijk te weten dat er iets is, maar er niet bij te kunnen. Is Barbara de enige die de waarheid wil verbergen? John heeft een verbeten trek om zijn mond. Niet zijn normaal zo open glimlach.

'John, zou je mij de complete waarheid vertellen, ook als je wist dat het me pijn zou doen?'

60

De notenboom geeft haar de steun die ze nodig heeft. Met haar rug leunt Jill tegen de knoestige stam, de wortels vormen een natuurlijke zitkom.

De vorige keer dat ze hier zat, was ze vol blijdschap omdat ze haar moeder had gevonden. Vandaag knaagt er onrust aan haar maag. Ze heeft even geen behoefte aan contact.

Ze trekt een grasspriet uit de grond en duwt hem tussen haar lippen. De zurige smaak is prettig.

Al dagen heeft ze niets van John gehoord, hoewel hij had aangegeven dat hij met zijn moeder zou praten.

Ze had er niets op gezegd. Ze was omgedraaid en weggelopen. De woede verkrampte haar vuisten die met elke stap langs haar lijf zwaaiden. 'Al die vriendelijkheid hier is gewoon nep,' had ze steeds opnieuw gefluisterd. De harde directheid van de Nederlanders was vele malen beter dan dit sneaky gedoe.

Vandaag heeft ze haar schetsboekje mee. Op het moment dat ze het potlood op het papier zet, verschijnt er een beeldverhaal. Puzzelstukjes die ze moet ordenen.

De tattoo van haar vader tekent ze als eerste. Kronkelende lijnen die een driehoek vormen, waarin de 'b' in één hoek is geplaatst. Ze pakt haar mobiel en zoekt op symbolen uit Cornwall. Waarom heeft ze dat niet eerder gedaan?

Ze komt bij de Keltische symbolen op Pinterest en scrolt met haar vinger het beeld steeds verder naar beneden tot ze hem vindt. Een Celtic Knot, het Celtic Brotherhood Symbol.

'Brotherhood,' fluistert ze. 'Een driehoek, drie vrienden.'

Nu weet ze ook wie nummer twee en drie moeten zijn: Elliot en James, de man van Abigail. Er hangt een sluier aan mysteries om hem heen en vooral om zijn dood. Toch heeft Luke haar veel meer verteld dan hij misschien dacht. Het kruis waarop haar geboortedatum stond was een gedenkplaats van James, een plek waar hij niet begraven lag, maar waar hij wel herdacht werd nadat hij bij het Minack Theatre was verongelukt.

Denk na, Jill.

Met een ruk kijkt ze om. Hoorde ze zijn stem? Niets te zien. Toch zou ze zweren dat haar vader haar toesprak. Na alle raadselachtige gebeurtenissen zou ze er zelfs niet van opkijken als hij hier straks tussen de bomen op haar toe zou stappen. Applaudisserend. *Goed gedaan, Jill. Ik ben trots op je. Zie je wel dat je het kunt!*

Wat zou ze hem graag echt naast zich hebben. Hem alles kunnen vragen om eindelijk zekerheid te krijgen. Haar moeder. De enige moeder die ze heeft gekend is Barbara. Die herkenning is zo levensecht dat het nooit gelogen is. Maar wat John zei heeft haar de ogen geopend.

Barbara zal als enige alle feiten kennen, maar ze zal het nooit vertellen.

Ze voelt haar vader goedkeurend knikken.

Jill strijkt over haar kin. Dan herinnert ze zich de gepijnigde woorden van haar moeder bij het kruis. Van Barbara, corrigeert ze zichzelf. *Was Jill maar nooit geboren.*

Shit, het kan gewoon niet anders. Haar geboorte en de dood van James moeten gekoppeld zijn. Maar wat heeft het dramatische overlijden van James in vredesnaam te maken met zoiets moois als een geboorte? Op diezelfde dag nota bene. Er zijn zoveel stukjes dat ze het verband niet ziet.

Of heeft het toch te maken met die bijzondere band tussen de drie vrienden? Dan is er maar één persoon die daar meer van weet. Ze krabbelt overeind, stopt haar mobiel in haar klamme kontzak en stapt met grote passen over het veld. Op een meter of tien blijft ze staan en draait zich om. Gedurende een aantal seconden lijkt het of er een man tegen de notenboom geleund staat, zijn schouder ontbloot. Dan is de figuur alweer opgelost.

'Brotherhood,' zegt Jill. Ze grinnikt. Het klinkt als een familieband.

61 – *Porthcurno 1987*

Hij zou gelukkig moeten zijn. De lange avond met Barbara had Bob dichter bij haar gebracht. James had de weddenschap gewonnen, maar in feite had hij zelf de grootste winst in de wacht gesleept.

De beslissing die al vele jaren in hem lag te wachten was eindelijk genomen: hij zou in Cornwall blijven. Het was vreemd om zijn droom los te laten. Toch gaf het de vrijheid die hij zocht.

Een roodborstje hipte over een van de takken boven zijn hoofd waarvan de bladeren langzaam hun groene kleur verloren. De herfst kwam eraan. Deze winter zou zomaar eens heel anders kunnen worden dan alle eerdere winters in zijn leven.

Het was bizar dat een weddenschap zo'n immense verandering had gebracht in zijn leven, want er bloeide liefde op tussen de chique James en de kwetsbare Abigail. Dat gaf Barbara de vrijheid om vaker bij hem te zijn. Iedereen blij, zou je zeggen.

Terwijl Bob de bewegingen van het roodborstje volgde, dat inmiddels voor zijn voeten door het gras sprong, vroeg hij zich af waarom zijn hart niet barstte van geluk. Hij leunde tegen de stam van de notenboom en dacht aan vroeger. De lange winteravonden met zijn ouders voor het haardvuur. De spelletjes die ze deden met de halve doppen van de walnoten.

Hij pakte een van de noten op. De bolster was opengebarsten en toonde het kwetsbare binnenste. Het gelobde witte vlees van de noot deed hem denken aan de hersens van een mens.

Bob schudde zijn hoofd. Het bericht dat James en Abigail gingen trouwen had zijn net weer tot rust gekomen hoofd opnieuw in beroering gebracht. Het was alsof er sloten dichtklikten en mogelijkheden afgesloten werden. Had hij écht wel de juiste beslissing genomen?

Denk na!

Was dat waarom Barbara hem de laatste paar dagen op zo'n speciale manier aankeek? Verwachtte ze een aanzoek?

Hij verkruimelde de noot tussen zijn vingers. Wat had je aan hersens als het om hartzaken ging?

Hij mikte de resten weg en veegde zijn handen af aan zijn broek. Het roodborstje vloog weg en verdween in de verte van de weilanden waarachter de zon langzaam rood begon te kleuren.

Hij was eruit. Morgen zou hij haar ten huwelijk vragen.

62

Het hek zit op slot. Jill kijkt tussen de spijlen door naar de waardevolle theestruiken van Elliot. Zo'n zomerdag als deze zou niemand in Engeland verwachten. Tegen de dertig graden, zon en geen zuchtje wind.

Ze duwt het bandje van haar spaghettihemdje terug en kijkt naar het hek. Makkie. Behendig zet ze haar voeten tegen het ijzer en klimt er soepel overheen. Eenmaal op de grond van de theetuin merkt ze dat het anders voelt. Als een indringer in een verboden tuin.

Bullshit.

Ze vindt hem op zijn hurken, met een harkje de grond omwoelend in een perk met jonge struiken, waarvan de stam beschermd wordt door een stuk materiaal. Zijn grote liefde. Ze herinnert zich hoe trots hij over zijn missie praatte. Het kweken van de enige echte pure English blend. Een passie die hem al heel wat jaartjes bezighoudt. Twee gieters staan binnen handbereik.

Toen ze van de theeplannen van Barbara hoorde, begreep ze hoe verstrengeld de levens hier zijn. Ze hebben elkaar nodig. Ieder heeft zijn eigen taak in het geheel. Ze snapt alleen niet waarom die thee de naam van die kat moet hebben.

Een takje kraakt onder haar voeten. Elliot kijkt op.

'Wat doe jij hier?'

'Ik vroeg me af hoe het met je gaat.' Het is het eerste wat haar te binnen schiet.

Elliot gromt. 'Alsof dat iemand interesseert.'

De knokkels van zijn ruggengraat steken door zijn shirt heen. Een gebogen man. Geknakt bijna. Het is nog geen twee weken geleden dat Abigail is overleden, maar daarna heeft ze hem nauwelijks meer gezien.

'Mis je haar?'

Hij komt nu zuchtend overeind, trekt een zakdoek uit zijn zak, strijkt ermee over zijn voorhoofd en knikt dan lijdzaam. 'Natuurlijk.'

'Ik ook. Meer dan ik dacht,' zegt ze zacht. Even kijkt ze naar zijn gezicht om zijn reactie te peilen.

Elliot staart in de verte. 'Ze was een gepassioneerde vrouw. Zo trots en fijnzinnig.'

'Een echte kunstenaar,' geeft Jill aan.

Hij knikt bevestigend. 'Ja, dat was ze zeker. En een goede ook.'

'Was dat altijd al haar droom?'

Elliot leunt tegen een paal. 'Haar hele leven heeft ze daarvan gedroomd. Ze heeft de prachtigste schilderijen gemaakt, die nu...'

'In het atelier hangen, en in de cottage,' onderbreekt ze hem.

Hij knijpt zijn ogen tot spleetjes en bekijkt haar onderzoekend. 'Waar wil je heen?'

Jill schuifelt langzaam dichterbij. 'Ik heb haar schilderijen bewonderd. De streken van haar penseel zijn zo krachtig. En vooral raak! Zoals ze met enkele streken al een beeld kon scheppen dat leeft. Daarin schuilt een echte kunstenaar.'

Zijn blik vlucht naar een plek achter haar.

'Zo is het toch?'

'Wat weet jij daar nou van.'

'Haar schilderij heeft jarenlang bij ons in de woonkamer gehangen. En ik vroeg me af...'

'Bij Bob?' Elliots blik grijpt haar vast.

'Ja, in Nederland. Jarenlang, tot het eind. Natuurlijk had ik geen idee dat het door mijn tante...' ze laat bewust een stilte vallen, '... geschilderd was. Maar het hing wel op een prominente plaats, waardoor Cornwall altijd bij ons was.'

'Bij Bob,' herhaalt Elliot.

De zinnen uit *Het dagboek* galmen in haar hoofd. Pagina vijftig.

Ze had hem voor ze wegging een schilderij gegeven. Het hing boven de haard in de kamer. Het boek kreeg een betekenis die ze ineens had ontdekt. Een document over haar moeder. Haar biologische moeder.

Haar mond is droog en ze heeft nu moeite om hem aan te kijken, omdat ze bang is dat hij haar waarheid zal ontdekken. In de doorwaakte nacht zijn er meer puzzelstukjes op een plaats gevallen die ze niet eerder gezien heeft, maar die ze nu bijna niet meer kan ontkennen.

'Ze droomde van een huis met blauwe luiken,' somt Jill nog een aanwijzing op die ze had gevonden. Door de vragende blik van Elliot begrijpt ze dat ze wartaal voor hem moet spreken. 'Is de cottage eigendom van Abigail?'

'Alles hier is van Abigail.'

'Maar was de cottage háár huis? Het huis waar ze gelukkig was, met...' Ze maakt expres haar zin niet af.

'Met James, ja. De rode luiken. Als een roos die haar kroonbladeren laat zien.' Hij zucht en draait zijn gezicht weg. 'Na zijn dood wilde ze er niet meer wonen.'

'Wat is er gebeurd, Elliot?' Als hij blijft zwijgen, voegt ze eraan toe: 'Ik weet dat de dood van James geen ongeluk was.' Hopelijk heeft hij niet door dat ze bluft.

Met een ruk draait hij zich naar haar toe. 'Dat weet niemand. James is gevallen, verongelukt.'

'Mijn vader heeft me iets heel anders verteld. Daarom is hij naar Nederland vertrokken.'

'Bob komt nog in de problemen als hij heeft gepraat,' gromt hij.

Wat een stomme reactie, alsof dat nog kan na zijn dood. Ze denkt aan de tattoo. 'Mijn vader maakte deel uit van jullie brotherhood en vrienden verraden elkaar niet. Maar na zijn dood heb ik van hem informatie gekregen die hem kon vrijpleiten.'

De groene ogen priemen in de hare. Maar mooi dat hij haar niet van haar stuk brengt. Ze kan hem hebben.

'Onmogelijk,' besluit Elliot.

De val klapt niet dicht, jammer. Maar ze heeft nog een troef. 'Ik weet ook dat het op de dag van mijn geboorte was.'

Zijn blik zakt weg naar de grond, verdriet neemt het over. 'Was je maar nooit geboren.'

Elke keer als die zin wordt uitgesproken, doet het meer pijn. Het verleden ligt verborgen in een hardnekkige mist. Toch weet ze dat ze langzaam maar zeker bij de kern komt.

'Was Abigail maar hier, ik had zo graag met haar gepraat,' ze zucht, om haar woorden een beetje aan te dikken. 'Ik snap nog steeds niet waarom iedereen haar bij me heeft weggehouden. Ik zou haar nooit kwaad gedaan hebben. Het is toch mijn recht om meer te weten over mijn afkomst?'

Langzaam verandert Elliot. Zijn blik glijdt over zijn geliefde theeplanten. De woorden stromen ineens over zijn lippen. 'Abigail was zo ongelukkig na zijn dood. De leegte, het gemis, alles. De vragen die ze kreeg. Het was een vreselijke martelgang. Het verdriet was te groot voor haar om alleen te dragen.'

Ze voelt ineens medelijden met deze gebroken man die overduidelijk van Abigail heeft gehouden. 'En daarom ben jij bij haar gebleven?'

'Natuurlijk,' roept hij uit. 'Ze zakte weg. Verdween in een depressie die dieper was dan welk gangenstelsel dan ook. Ik kon haar toch niet aan haar lot overlaten, zoals...'

'Bob en Barbara,' vult Jill aan.

In zijn ogen zit een diepe pijn als hij haar langdurig aanstaart. 'Waarom ben je teruggekomen, Jill,' bijt hij haar ineens toe. 'Het is alsof iedereen alleen maar bezig is met zichzelf. Als jij maar vindt wat je zoekt. Als mijn thee maar aan die rijke kat gekoppeld kan worden. Als Bob maar vrijgepleit kan worden. Als Barbara zich maar niet schuldig hoeft te voelen.' Zijn gezicht is vertrokken van woede. 'Kijk dan wat de gevolgen zijn van al die zelfverheerlijking! Jullie gaan over lijken. En Abigail...' Hij zoekt naar woorden, zijn vuisten gebald naast zijn lijf. Met een ruk tilt hij zijn hoofd op. 'Jij bent de oorzaak van al deze ellende. En dan durf je hierheen te komen met zoete praatjes over dromen die Abigail zou hebben. Ze hééft geen dromen meer!' Er landen druppels speeksel op haar wang. 'Alles is haar afgenomen. Haar dromen, haar liefde, haar leven en haar...' Met een klap sluit hij zijn mond. Hij draait haar de rug toe en beent kwaad weg. Zijn hoofd tussen de gebogen schouders.

'Haar kind, Elliot?' roept ze hem na.

63

Keer op keer glijdt ze met haar vingers over zijn rug, de olie goed verspreidend. Langzaam komt alle informatie los.

'Dus ze zwijgt,' stelt Jill berustend vast.

'Als het graf.'

Jill snuift licht en schuift iets verder naar beneden. Ze vindt het prettig dat John weer naar haar toe gekomen is alsof er geen enkele irritatie is geweest. Nu zit ze schrijlings op zijn rug. Zijn bruine krullen liggen uitgespreid op het kussen. Ze begint opgewonden te raken. John heeft een prachtig lijf, gemaakt om te beminnen.

'Kun je je moeder niet dwingen om te praten?'

'No no.'

'Smeken?'

'Natuurlijk zal ik nog een keer aandringen, maar mijn moeder is al bijna haar hele leven bevriend met Barbara. En dat wil ze zo houden.'

Jill legt haar handen om zijn middel en laat ze over de zijkanten naar boven glijden.

Het lijf onder haar begint te kronkelen. 'Je kietelt.'

'Je wilt niet weten hoe ik je kan kietelen.'

'Dat weet ik allang, tijger.' Hij legt zijn voorhoofd op zijn armen en zucht diep. 'Hoe heb je nou precies ontdekt dat Abigail je moeder is?'

'Mijn vader heeft me maar een paar dingen nagelaten,' begint Jill. Ze vertelt over het boek en de envelop die ze daarin vond. Hoe haar vader de nadruk legde op haar moeder. 'Ik ontdekte dat tweede briefje pas later.'

'En daar stond op dat jouw moeder het antwoord was?'

'Yep.'

'Maar dat zegt toch niet dat het Abigail is?'

Jill vertraagt haar bewegingen terwijl ze de vraag van John tot zich door laat dringen. Heeft ze het dan toch verkeerd?

'Pas op dat je je niet in een tunnelvisie laat trekken.'

'Maar jij zei...'

'Dat Barbara niet zwanger was geweest.'

Ze duwt nu met haar hele lichaam over zijn rug. Haar borsten raken zijn huid, toch voelt ze het nauwelijks. 'Het kan niet anders. Er zijn zoveel aanwijzingen.'

'In dat dagboek?'

'Ja, daarin staat dat de vrouw kunstenares wil worden, droomt van een huis met blauwe luiken, een schilderij aan hem heeft gegeven dat hij al die jaren in zijn woonkamer had opgehangen, haar schoonheid...'

'Iedere man vindt zijn grote liefde een schoonheid,' bromt John onder haar.

'Hij roemde haar zachte roomhuid en de reebruine ogen.' Jill stopt abrupt, haar handen op zijn schouderbladen. 'Bruine ogen!'

'Ja, en?'

'Shit, zie je wel! Het klopt. Barbara heeft blauwe ogen en die van Abigail waren bruin.'

John komt overeind, waardoor ze bijna van het bed af glijdt. Hij gaat op zijn rug liggen en trekt haar naast zich, zijn arm onder haar hoofd. 'Heeft je vader geen andere dingen over je moeder verteld?'

Jill wil ontkennend antwoorden, maar schiet dan overeind. 'Natuurlijk wel. De raadsels in de Daddydoos. Die gingen bijna allemaal over mijn moeder.' Ze springt van het bed af en begint haar kleren bij elkaar te zoeken die in een spoor liggen van de voordeur naar zijn bed. Het ongeduld druipt eraf.

John steunt op zijn elleboog en bekijkt haar met een zachte glimlach.

'Ga je mee?'

'Wacht, kom eens hier. Je reageert als een stuiterbal op een springkussen.'

'Maar ik moet...'

'We moeten nadenken. Het is niet voor niks dat die Barbara deze leugen blijft volhouden.'

'Díe Barbara.'

Hij pakt haar heupen en trekt haar zo krachtig naar zich toe dat ze niet anders kan dan gehoorzamen. 'Laat ik het zo zeggen. Ze heeft een bepaalde reputatie.'

'En waarom heb je dat niet eerder verteld?'

'Ze was je moeder! Als je één ding leert als man, dan is het wel dat je nooit tussen een moeder en een dochter in moet komen. Vandaar.'

Haar spieren geven de weerstand op, ze zakt tegen hem aan. 'Vertel!'

In korte bewoordingen geeft hij aan wat Barbara voor werk deed. 'Alles in haar leven draaide om geld. Iedereen wist waarom ze oude mensen ging verzorgen, ook al zei ze zelf dat ze om ze gaf.'

'PradaTea.'

'Wat?'

'Dat bedoelde Elliot met "rijke kat".'

John haalt zijn schouders op. 'Hoe dan ook. Het is belangrijk dat je kunt bewijzen dat Abigail je moeder is.'

'Ach, lekker belangrijk. Ik wéét dat Abigail mijn moeder is. Ik lijk veel meer op haar dan op Barbara.' Nu ze het onder woorden brengt voelt ze hoeveel pijn het doet. Ze heeft haar echte moeder verloren nog voordat ze haar echt kon leren kennen.

'Weten is niet genoeg.' Hij gaat naast haar op de rand van het bed zitten en legt zijn beide handen om haar gezicht. Hij duwt een zachte kus op haar mond. En herhaalt dat een aantal keer. 'Die bewijzen zijn niet alleen voor jezelf belangrijk. Het is groter. Heb je er al bij stilgestaan dat jij dan het landgoed erft?'

Ik laat de foto's door mijn vingers glijden. De mooie taart versierd met tumtummetjes waarop één kaars staat. Wat had Bob daar toch een kunstwerk van gemaakt voor onze kleine druif. Jill zit met grote ogen naar het kaarsje te kijken en had geen idee wat blazen was. Een zucht van vertedering verlaat mijn lippen. Wat was ik gek op onze dochter.

Wat lijkt ze op die foto toch op Bob! Nog steeds trouwens. Dat maakt het makkelijk om van haar te houden.

De stapel op mijn bureau groeit met de minuut. Ik was vergeten dat ik al deze foto's bewaard had, maar nu zijn ze goud waard. Kijk eens hoe trots ze daar staat met haar Dombo-rugzak, klaar om voor het eerst naar school te gaan. Bob en ik hadden haar deze Disneyfilm bewust vaak laten zien.

Wanneer was het gezeik eigenlijk begonnen? Vanaf welk moment wist ik dat ik terug moest? De berichten over Abigail gingen me steeds meer verontrusten en de liefde van Bob verplaatste zich naar het kind. Dít kind. Onschuldig, maar toch slachtoffer en dader tegelijkertijd.

Ik prop de kiekjes ongeduldig terug in de grote envelop. Nu ik ze weer zie, dringt het verdriet dieper naar binnen. Om Bob, om Abigail en om alles wat ik door hen gemist heb.

In deze kamer is Abigails sfeer nog overal aanwezig. De kleur van de muren heb ik hetzelfde gehouden, anders had het nog langer geduurd voor ik hier had kunnen intrekken, en de afbeelding van de klaproos hangt nog steeds pontificaal tegenover het bed. Abigail zit in mijn hart en haar kamer is nu van mij. Net als het landgoed.

Het zachte lijf van Prada glijdt langs mijn been. Het valt me mee hoe makkelijk het dier accepteert dat haar vrouwtje er niet meer is. Nooit had ik kunnen bevroeden dat deze kat mij de rijkdom zou brengen die ik al mijn hele leven verdiend heb. Zelfs Elliot vond het een goed plan.

Al een paar uur duwt een zeurende pijn achter mijn ogen. Door de verflucht? Had ik toch langer de tijd moeten nemen om te luchten?

Wat een prachtig uitzicht had mijn zusje vanaf hier over het hele landgoed. De hendel gaat soepel omhoog en zodra het raam opendraait, stroomt er zachte warmte naar binnen. Er klinkt een zachte klik. Ik sluit mijn ogen om de frisse lucht diep in te ademen en de giftige dampen die mijn hoofd bezetten naar buiten te krijgen. De rust, de vogels, de theetuin... Zo zou het leven altijd moeten blijven. Omringd door vrienden en vooral met mijn dochter in de buurt.

Een zacht geluid maakt dat ik er 'en natuurlijk jij, Prada' aan toevoeg. Mijn geluk groeit. Het is nu een zaak van uitzitten. De datum is bekend. Nog tien dagen dan is alles rond. Voor alle zekerheid heb ik het bezoek aan de notaris op de tweeëntwintigste gezet.

Een tochtstroom laat het raam klapperen. Ik zet hem vast met de dranger. Tocht? Als ik me omdraai zie ik de kamerdeur op een kier staan.

O, nee toch?!

'Prada?'

Als een razende scan ik de kamer. De schapenvacht is leeg. Geen grijs monster bij haar gouden eetbakje. Geen Prada. Ze is ontsnapt.

64

Teruglopen naar het landgoed gaat haar niet snel genoeg, hoewel Jill grote behoefte heeft aan tijd om na te denken. Ze loopt vanaf Mousehole omhoog door de smalle straat met aan beide kanten een heg die hoger is dan zij. De zon probeert door de bomen bij haar te komen, maar slaagt daar slechts sporadisch in. Bij een muurtje dat bedekt is met mos en waar planten zich krampachtig vasthouden, blijft ze staan. Zo moet het. Groeien kan ook op minuscule voeding.

Ze besluit langs het *public footpath* te gaan, de straat is zo smal dat auto's elkaar nauwelijks kunnen passeren en voetgangers zich tegen de heg aan moeten drukken om niet geraakt te worden. Het idee dat zij weleens de erfgename kan zijn van The Rosegarden kwam als een complete verrassing.

Bewijs, Jill.

Heeft haar vader deze wending voorzien? Wilde hij haar toch goed verzorgd achterlaten? Ze weet nu dat zijn laatste wil veel meer omvat, dan dat ze alleen haar moeder zou vinden. Toch is nog niet alles helder.

Find the truth but keep this a secret.

De waarheid ontdekken is lastig als mensen liegen.

Het werd haar zelfs een beetje te veel toen John maar bleef aandringen op bewijzen of aanwijzingen. Ze kreeg zelfs het idee dat hij er misschien zélf belang bij zou hebben. Zijn moeder Coleen weet meer, net als Barbara. Maar die twee zijn harstvriendinnen en dus zullen ze nooit uit de school klappen. Ze zal zelf met een plan moeten komen. Er is te vaak tegen haar gelogen.

Bij het hek van het landgoed gaat ze langzamer lopen. Op een of andere manier staat het haar tegen om de tuin binnen te stappen. Er ligt een grauwsluier overheen. Vader verloren. Moeder verloren. Dat is de stand van zaken.

Als ze bij het hek blijft staan, streelt de wind als een zachte sluier over haar huid. De zee weerkaatst het zonlicht in een regen van sterren. Wat is Cornwall prachtig. Toch wilde haar vader nooit terug.

Of kon hij niet terug?

Bob komt nog in de problemen als hij heeft gepraat.

Die woorden van Elliot blijven rondzingen in haar hoofd. Daar is haar vader zijn hele leven bang voor geweest. Daarom is hij waarschijnlijk naar Nederland vertrokken. Het is aan haar om alles nu bloot te leggen.

'Fuck!' zegt ze ineens hard. 'Fuck, fuck!' Het is alsof er een lawine aan dominosteentjes omver gaat. Onaangekondigd. Geratel in haar hoofd.

De dood van James was op de dag van haar geboorte. Het idee dat Abigail aan het bevallen was en op diezelfde dag haar man is verloren, is niet te bevatten. Geluk en verdriet zo dicht bij elkaar.

Abigail en James. Hoe kan het dan dat Bob...?

'Daddy?' Jill knijpt de spijlen van het toegangshek bijna doormidden. Als Abigail haar moeder is dan is James...?

'Heb je ook hierover gelogen, daddy?'

Is haar vader wel haar vader?

65

Trillend laat Jill het hek los en begint te lopen. Over de parkeerplaats. Langs het restaurant waar de theepotjes in de vensterbank haar aanstaren. Het grind knerpt geruststellend. Ze smakt met haar lippen. Een pilsje zou er wel ingaan.

Vanuit haar ooghoek ziet ze Ruby wild naar haar zwaaien. Wat is er toch allemaal aan de hand?

'Heb jij Prada gezien?' roept ze al van verre.

'De kat? Nee,' antwoordt Jill. 'Wat dan?'

'Ze is ontsnapt.' Een mondhoek trekt omhoog tot een scheef lachje. 'Barbara is in alle staten.'

'Dus iedereen is gemobiliseerd?'

'Dikke vette paniek.' Ruby gniffelt.

'Ik breng even mijn tas naar binnen en dan help ik zoeken.' Jill wijst naar de cottage waarvan de deur wagenwijd openstaat. 'Misschien is ze wel binnen?'

'Kom je daarna wat drinken?'

'Tuurlijk. Laten we proosten op een goede afloop.' Ze knipoogt.

Ze laat haar blik ronddwalen. Die kat zou je qua formaat toch direct moeten kunnen spotten.

Eenmaal binnen moeten haar ogen even wennen aan het andere licht. Ze mikt haar rugzakje in de hoek en loopt direct door naar de keuken. Het koude pilsje gaat voor. Sorry Prada. Het sissende geluid van de losschietende dop is toch wel een van haar favoriete geluiden. Ze laat het koude vocht naar binnen klokken en ademt zwaar uit. Dat had ze nodig.

Eenmaal terug in de woonkamer, merkt ze een verandering qua sfeer. Ze kan er niet meteen de vinger op leggen. Met het flesje nog in haar hand draait ze rond. Het schilderij!

Ze ademt met kracht in. Wat is hier gebeurd? Iemand heeft met krachtige uithalen het doek aan stukken gesneden. De kliffen. De zee. Het is volkomen vernield.

Met een klap zet ze het flesje op tafel. Dan rent ze naar de trap, neemt die met twee treden tegelijk en blijft hijgend in de deuropening van haar slaapkamer staan. De lakens zijn van het bed getrokken, het kussen is aan stukken gesneden en zelfs haar kleding ligt verspreid over de vloer. De kastdeuren zitten dicht. Er gloeit een sprankje hoop in haar op. Haastig stapt ze over de spullen heen en trekt de deur open. Shit! De plank is leeg. De Daddydoos is verdwenen.

66

De vissersboten liggen aan lange touwen scheef op het zand. De zee heeft zich teruggetrokken. Bij het muurtje blijft Jill staan. Ze staart naar het water dat steeds verder wegstroomt. Net als de uren die verdwijnen tot de erfenis verdeeld wordt.

Ze denkt aan Abigail, zoals ze bij haar stond in het Minack Theatre: haar lange haren dansend in de wind. Op dat moment had ze een diepe verbinding met haar gevoeld. 'Het is mijn schuld,' had ze gezegd.

De emotie hangt zwaar in haar lijf. Waarom voelde Abigail zich schuldig? Omdat ze haar baby had weggegeven?

'Daar ben je.' John duwt een kus in haar hals. 'Kom, ik heb het mooiste plekje van Mousehole gereserveerd.'

Zodra ze naast elkaar zitten, barst Jill los. 'Ik wil daar niet langer blijven. De kracht waarmee het schilderij is bewerkt heeft me behoorlijk van mijn stuk gebracht. Bovendien zitten ze aan mijn spullen!' De Daddydoos was het enige tastbare dat ze had van haar vader.

'Je mag bij mij intrekken.' Hij kijkt haar daarbij zo hoopvol aan dat ze in de lach schiet.

'Dat is lief van je.' Ze meent het. 'Ik voel me er niet meer veilig.'

'Dat begrijp ik, maar ik zou het niet verstandig vinden als je weggaat,' zegt John.

Ze neemt een hap van de *pasty*, die haar zowaar nog smaakt ook. De pittige uien geven haar hernieuwde kracht. Met een volle mond antwoordt ze: 'Dus jij vindt dat ik beter in het hol van de leeuw kan blijven?' Ze kauwt een paar keer en verbetert zichzelf dan. 'Leeuwin, moet ik waarschijnlijk zeggen.'

De mensen die langs het raam lopen kijken verlekkerd naar binnen. Wat heerlijk dat John tijd had om te lunchen. En hier nog wel. De haven van Mousehole geeft precies voldoende gekrioel van mensen, maar het kleine dorp is toch nooit overvol. Het scheelt dat John goede maatjes is met de eigenaars, hij weet altijd een tafeltje te bemachtigen.

'Ik denk dat het goed is als je daar blijft. Zeker nu we ons richten op de erfenis. Heb jij enig idee hoeveel tijd we nog hebben?'

Het woordje 'we' is lastig te verteren. Ze spoelt de hap weg met een slok bier. 'Barbara is benoemd tot executeur testamentair. Over tien dagen wordt de nalatenschap verdeeld. O nee, al over negen dagen.' Dat ze de dag ervoor jarig is, is vast louter toeval.

'Negen dagen,' herhaalt John afwezig.

Jill was verbaasd dat Barbara zo snel kon schakelen na de dood van haar zusje. Abigail is pas twee weken dood. 'Heeft je moeder al meer verteld?'

'Ze kan er niet over praten.'

Jill kijkt op. 'Niet kunnen? Of niet willen?' Het komt er scherper uit dan ze bedoelt.

John neemt een slok van zijn thee. 'Het is altijd al een *no-go area* geweest. Er is ooit iets gebeurd. Die zes vormden samen een vriendengroep. Mijn moeder en Barbara deelden lief en leed en zijn hun hele leven vriendinnen gebleven. Die band gaat verder dan de dood.'

Er klinken stemmen achter haar. Nederlanders die kreten uiten hoe schattig alles er toch uitziet in dit poppendorpje. Ze haat het.

'Negen dagen.' Ze tikt met haar duim op het tafeltje. Steeds sneller. Nadenken.

'De oplossing ligt voor de hand. We hebben DNA nodig.'

'Van Barbara?'

John strijkt over zijn kin. 'Dat in ieder geval. Zo kunnen we bewijzen dat Barbara niet jouw moeder is.'

'Maar daar gaat het toch niet om?' Ze stopt het laatste stukje van haar lunch in haar mond.

'Het is wel een extra aanwijzing. Maar belangrijker is het DNA van Abigail.'

Zijn ondoordachte opmerking irriteert. 'Dat wordt dan lastig.' Ze zegt nog net niet dat Abigail toch echt dood is.

De Nederlandse toeristen schuiven hun stoelen zo hard over de tegels dat het schrille geluid pijn doet in haar oren. Ze zou willen dat iedereen om hen heen even zou verdwijnen. Even alleen. Geen afleiding.

De woorden van Elliot komen terug: 'Als Barbara zich maar niet schuldig hoeft te voelen.'

Waaraan schuldig?

Ze ziet Barbara weer voor zich, met haar zusje in haar armen. *Jij gelooft me toch?* Jill klemt haar kaken op elkaar. Had Barbara haar eigen zusje...?

'... denk je niet?' hoort ze John naast zich zeggen.

'Sorry, wat zei je?'

'Dat Barbara vast geen toestemming zal geven om haar te laten opgraven.'

Hoe haalt hij het in zijn hoofd? 'Maar dat is vreselijk!'

'Weet jij een andere manier?'

'Ik wil hier weg.' De kirrende stemmen zijn haar te veel.

John pakt haar hand zodat ze zich op hem kan concentreren. 'Weglopen heeft geen zin, darling.'

'Het is geen weglopen.' Ze trekt haar hand terug.

'Hoe noem je het dan? Je wilt niet meer in de Rosegarden blijven. En als het gesprek te moeilijk wordt, draai je me je rug toe.'

'Ik kan haar wel aan,' besluit ze dan.

'Je bedoelt Barbara? Hoe weet je dat zij hierachter zit?'

Ze draait zich met een ruk naar hem toe. 'Wie anders?'

'Ik denk dat er meer is. Er is hier vroeger iets gebeurd, waardoor jouw vader moest vluchten.'

'Hij is niet schuldig!'

'Rustig maar. Dat zeg ik ook niet.'

'Ik ben hier om mijn vader vrij te pleiten,' zegt ze.

'Dus er is wel degelijk iets waarvan hij vrijgepleit moet worden?'

'Jij zegt dat hij moest vluchten,' gooit ze naar hem toe.

'Dat is het enige wat mijn moeder gezegd heeft. Bob nam het niet zo nauw met de regels. Kennelijk heeft hij...'

'Kennelijk? Houd die mening maar lekker voor je. Ik ben hier om dat uit te zoeken. Ik ben hier niet voor een erfenis die wé wel even zullen innen.'

'Rustig maar, Jill. Ik zeg niet dat...'

'Weet je John, ga lekker naar je moeder en leef je rustige leventje waarin geheimen gekoesterd worden als *little baby's*. Ik ga voor de waarheid en het zuiveren van mijn vaders naam. En *kennelijk* kun jij me daar niet bij helpen.' Ze schuift haar stoel expres zo hard naar achteren dat de stemmen van de toeristen verstommen. Dan botst ze nog een keer hard tegen de rug van de dikste van de twee, mompelt duidelijk verstaanbaar: 'Shut up,' en stapt de deur uit.

67

Ze is nog steeds kwaad op John, maar tegelijkertijd wil ze het liefst in zijn armen liggen. Jill staart naar het plafond terwijl de nachtelijke uren langzaam verstrijken. Zo hard als ze overdag wil vechten om alle informatie naar boven te krijgen, zo moeilijk is het om 's nachts lijdzaam af te moeten wachten tot ze verder kan. Nutteloze tijdsverspilling.

Hoort ze iets? Met strakke spieren ligt ze in bed. Ze heeft het kapotgesneden schilderij als een hekwerk aan de binnenkant tegen haar voordeur gezet. Geen slot, toch een vorm van alarm. Ze heeft geen zin in ongenode gasten.

Uit de kastanjeboom naast de cottage klinkt al uren een helder getjirp. Afwisselend blij en melancholisch, een afspiegeling van emoties die ze niet bij een vogel zou verwachten. Sliepen vogels 's nachts niet gewoon? Nou, wel een bijzondere vogel, die haar nu gezelschap houdt.

Toen ze na de verknalde lunch thuiskwam, had ze direct een DNA-test besteld. Elke keer kwam de extra aanwijzing van haar vader bij haar terug: 'Je moeder is het antwoord.' Hoog tijd om daar duidelijkheid in te krijgen. De rest volgt.

Ze had geen idee dat er zoveel verschillende testen waren. Dat ze binnen vier werkdagen de uitslag kon ontvangen was prettig, dat deze test 99,999 procent zekerheid gaf en ook nog rechtsgeldig was, gaf haar een juichmomentje. Als het goed is, krijgt ze morgen een neutrale envelop in de brievenbus.

Alle mogelijkheden om aan het DNA van Barbara te komen, heeft ze al langs laten komen. Er was er nog niet één bij die haar aansprak. Maar dat was ook niet het grootste probleem. Het vergelijken van haar eigen DNA met dat van Barbara zou haar alleen

een bewijs geven dat zij niet haar biologische moeder was. Ze had DNA van Abigail nodig.

Een doffe bons.

Jill houdt haar adem in. Ook de vogel zwijgt. De stilte suist in haar oren. Het alarmsysteem. Ze slaat haar dekbed open en zet haar blote voeten op de koude vloer. Gelukkig liggen er geen planken hierboven, zo kan ze onhoorbaar naar de trap lopen. Haar slaapkamerdeur heeft ze expres al op een kier laten staan.

Op de drempel stopt ze en luistert. Niets.

Of toch?

Een deur piept zacht. Daarna stilte.

Nee, er kan niemand binnen zijn. De houten vloer zou iemand direct verraden. Toch voelt ze iets.

Als ze boven aan de trap staat, ziet ze dat ze gelijk heeft: het schilderij ligt plat op de grond, de voordeur staat op een kier.

Shit.

Ze rilt in haar wijde slaapshirt. Toch is het vuurtje vanbinnen opgepookt nu ze heeft ontdekt dat haar voorzorgsmaatregelen niet voor niets zijn geweest. Zacht sluipt ze naar beneden. Haar handen aan de leuning, bukkend om zo snel mogelijk zicht te krijgen op de woonkamer. Ze weet ondertussen hoe ze over de trap moet lopen om gekraak te vermijden.

Niemand.

In de hal duwt ze behoedzaam de deur dicht en zet opnieuw het schilderij ervoor. Is hij door de wind opengegaan? Het kreng heeft nooit heel stevig dichtgezeten. Waarom weigert Barbara haar een sleutel? Heeft dat een reden?

Ze snelt de trap weer op. Bovenaan springt ze van schrik een meter omhoog als ze iets aan haar been voelt. Haar vuisten schieten direct in verdedigingspositie. Ze heeft een harde leerschool gehad, dat komt haar nu van pas. Snel draait ze om haar as. Niemand.

Een zacht geknor klinkt achter haar.

'Prada? Jeetje, je liet me schrikken.' Ze laat zich op haar hurken zakken en knuffelt het zachte beest. Met de kat in haar armen gaat ze haar slaapkamer weer in, knipt het licht aan en zet haar op het voeteneinde.

Prada is terug. De rijke kat, zoals Elliot haar noemde. Ze grinnikt. Dan snelt ze naar de keuken, vult een bakje met stukjes brood die ze met melk overgiet en loopt terug.

'Hier, kattebeest.'

Morgen zal ze beter voer halen. Hoewel, het dier is niet zo verwend als ze gedacht had. Op de rand van haar bed kijkt ze naar het in- en intevreden geslobber. Als Prada op haar voeteneinde springt en zich uitgebreid begint te wassen, doet ze het licht uit. Haar voeten worden lekker opgewarmd. De bewegingen van Prada geven haar de rust die ze nodig heeft. Ze heeft een waakhond op haar voeteneind.

Al snel zet de vogel weer in.

Elliot is alleen nog maar in zijn theeplantage aan het werk. Teruggetrokken in zijn eigen wereld. Natuurlijk weet ik dat hij al vanaf zijn jeugd gek was op Abigail, maar dat hij zo van de wereld zou zijn door haar dood verbaast me.

Het is vandaag warmer dan anders. Een dunne laag bewolking maakt van de warmte een benauwende deken.

Het hek zit dicht. Ik pak de spijlen, maar zie me er nog niet overheen klimmen. Jammer, ik zal moeten omlopen.

Met de envelop stevig in mijn handen, loop ik naar de andere kant. Het gejaagde gevoel in me zorgt ervoor dat ik buiten adem ben als ik bij hem aankom. Hij zal wel opkijken van dit nieuws.

'Good morning!' Ik slaag erin een mooie combinatie van vrolijkheid en passende ingetogenheid in mijn stem te leggen.

Elliot kijkt op. Naast hem staat een grote mand waarin de jonge toppen van de theeplanten liggen.

'Ik wil je iets laten zien.'

Op zijn ontblote schouder tekent zich de tattoo af die hij als puber heeft laten zetten. Waarvoor hij ongelooflijk op zijn falie heeft gehad van zijn vader.

Elliot knipt gewoon verder.

'Ik heb vandaag prachtig nieuws ontvangen. Het businessplan is goedgekeurd.'

'Dat is fijn voor je. Ik had geen idee dat je een officiële toestemming nodig had?'

Ik heb geen zin om uit te leggen hoeveel geld er in die kat zit. Het is al erg genoeg dat het beest verdwenen is. Al een dag. Als ik haar niet terugvind, sta ik weer met lege handen. Dan heeft zelfs de aanvraag die ik heb neergelegd bij de vereniging van Maine Coon-fokkers geen zin. Die is belangrijk om de toestroom van geld te bestendigen. Van moeder op dochter. Dat zal bij raskatten toch ook gelden?

'Een commissie heeft zich erover gebogen en een positief advies uitgebracht.'

'Je ziet er nogal trots uit.'

Wat is Elliot toch af en toe een hork. Het is dat ik hem nodig heb. 'Dat ben ik ook. We kunnen dus aan de slag.'

'Waarmee?'

Ik houd de zucht tegen. 'Kun je misschien een aantal kruidenmengsels voor me maken?' Ik overhandig hem het briefje met melanges die ik net iets andere benamingen heb gegeven dan de concurrenten.

Hij vouwt het briefje op en stopt het in zijn broekzak. Even lijkt het alsof hij weer aan het werk wil, maar dan schraapt hij zijn keel. 'Zit er voor mij ook nog iets in?'

Ik aarzel. Die kosten staan niet in de balans opgenomen. Dan zeg ik: 'Natuurlijk, dit is toch een project van ons samen?' Ik wil me omdraaien, maar bedenk dan iets. 'Wat vind je ervan als ik Jill vraag om de afbeeldingen op de doosjes te ontwerpen?'

Zijn gezicht verhardt. 'Vraag het aan Luke, die heeft het vak van Abigail geleerd. Met Jill wil ik niets te maken hebben.'

'Ik kan haar onmogelijk vragen om te vertrekken,' zeg ik poeslief.

'Als die thee je heilig is, doe je wat ik je vraag. Voordat die klotedatum langskomt moet ze weg zijn. Ik wil haar niet meer zien! Die meid moet verdwijnen.'

'We zullen het haar niet makkelijk maken, maar verder...'

Elliot ontploft bijna. 'Ze moet weg. Ik wil haar niet meer zien.'

In mijn hoofd begint iets te zoemen.

'Ze weet te veel,' gromt hij nog.

Ik schrik van de angst die ik in zijn ogen zie flonkeren. 'Waarvan? Van de thee?'

'Natuurlijk niet! Ze weet het van Bob.'

Mijn adem stokt. Als ze achter ons geheim komt, is alles verloren. 'Vertel, hoe weet je dat?'

'Ik heb...' Zijn stem breekt. 'Laat ik het er maar op houden dat ik bewijzen heb. Bob heeft een manier gevonden om te zwijgen en het toch aan haar te vertellen.'

'Je praat in raadsels.' Een zweetdruppel glijdt langs mijn voorhoofd.

'Precies, dat bedoel ik.'

Ik heb geen idee wat hij bedoelt, maar ik zie ineens een kans. 'Dus ze moet weg,' herhaal ik zijn eerdere woorden, meer tegen mezelf dan tegen hem. 'Luister, ik kom erop terug. Ik denk dat ik weet hoe ik dat moet aanpakken.'

Zijn hoopvolle blik geeft me het laatste zetje. 'Wij zijn al ons hele leven vrienden, dat neemt niemand ons af.'

68

De jonge vrouw in de spiegel duwt haar korte zwarte haar met ongeduldige bewegingen omhoog. Jill draait haar gezicht van de ene naar de andere kant. Het is zo duidelijk als wat: Bob is haar vader.

Ze draait weg van de spiegel. Wacht eens. Waarom heeft ze dat niet eerder bedacht? Dat moet er gebeurd zijn! Abigail en Bob…

Jill slaat haar handen voor haar gezicht. Ze is een product van een misstap. Bob heeft een getrouwde vrouw verleid. Of was het andersom?

Nu begrijpt ze de afweer van Abigail. Elke keer dat ze haar zag, werd ze geconfronteerd met die fout in het verleden. Ze had er nooit mogen zijn. Zij is het ongelukje… Wat zeg ik? Zij is het grote ongeluk dat haar moeder is overkomen. Nu begrijpt ze ook ineens dat haar vader uit Cornwall vertrokken is en nooit terug kon komen.

'Had het maar verteld,' fluistert ze tegen het kapotgesneden schilderij. 'Ik kan nu begrijpen dat je me hebt afgestaan.'

Ze draait zich om naar de spiegel. Ze heeft haar moeders ogen, ook al staan ze dichter bij elkaar. Ze duwt op haar oren, die direct weer terugveren zodra ze ze loslaat. Die zijn een echte Bob-erfenis.

Erfenis.

Het woord is inmiddels beladen. Het is alsof de geslepen messen liggen te wachten. Jill had vanmorgen de envelop met testbuisjes bij de post verwacht. Niets. Misschien was ze te laat met bestellen?

Nog acht dagen. Het kan nog lukken. Maar dan moeten die buisjes vandaag wel komen. Nu ze begrijpt welk verdriet er achter haar geboorte verborgen heeft gelegen, voelt ze een verbetenheid in zich. Het is alsof ze haar echte moeder moet erkennen. En daarmee naar buiten mag treden.

Niemand hoeft zijn hele leven gestraft te worden voor een misstap. Ze zal aan iedereen vertellen hoe trots ze op haar moeder is. Als ze haar identiteit bewijst, kan ze eindelijk landen op haar geboortegrond. Ze laat zich niet verjagen van de plek waar haar wortels liggen. Door niemand.

69

Het is warm. Jill houdt niet van jurkjes, zelfs op dagen als deze draagt ze haar zwarte broek. Ze heeft vandaag voor een zwart hemdje gekozen dat strakker om haar middel zit dan ze zich herinnerde. Het eten is hier te lekker.

Ze is onderweg naar het landhuis, ze heeft Ruby beloofd te helpen.

Het was prachtig om te zien hoe Luke gisteravond reageerde op haar geheim. Zijn blozende wangen vertelden hoe spannend hij het vond om betrokken te worden bij de verzorging van Prada. Toen ze samen vanaf het bed toekeken hoe het dier bijna grommend de harde brokken naar binnen werkte, besefte Jill dat Barbara vet in de zenuwen moest zitten.

Jill grinnikt zachtjes. 'Je krijgt haar terug, nepmoeder. Maar pas als het mij uitkomt.'

Het grote experiment gaat van start, al moet ze de hele ochtend bij de brievenbus op wacht staan. Ze gaat ervanuit dat Barbara wel wil meewerken, die is zó overtuigd van haar moederschap! En zo niet, dan kan ze altijd Prada in de strijd gooien.

Een stukje verderop staat Elliot, midden op het pad. Shit, daar heeft ze helemaal geen zin in. Hij draagt een bizarre combinatie van een tuinbroek met een wit onderhemd, waar zijn knokige schouders uitsteken. Hoe kan een man zichzelf serieus nemen in zo'n outfit? Ze haalt haar neus op, alsof ze zijn zweet hier al kan ruiken. Toch voelt ze vooral medelijden met hem.

'Morning.' Ze doet haar best vrolijk te klinken.

Hij blijft onbeweeglijk staan, kijkt haar strak aan. 'Wat doe je hier nog, Jill?'

'Antwoorden krijgen.'

'Ik denk dat je genoeg veroorzaakt hebt,' antwoordt hij bars.

'Het is niet mijn schuld dat...'

'Van wie dan wel? Wil je zeggen dat Abigail er zelf voor gekozen heeft?' Zijn ogen flikkeren wild. 'Ik wil dat je verdwijnt. Er is genoeg gebeurd. En jij,' zijn snoeischaar priemt in haar richting, 'bent de oorzaak van al deze ellende!'

Jill doet automatisch een stap naar achteren. 'Waar ben je bang voor, Elliot?'

'Niemand hier heeft je nodig. Ga weg, voordat er nog meer gebeurt!'

'Ben je bang voor je thee? Ik wil je niets afpakken, het is me allang duidelijk wat er vroeger gebeurd is.' Een beetje bluffen kan geen kwaad.

Hij zegt niets, maar ze ziet de spieren op zijn kaken opbollen.

'Ik weet het van mijn vader, jullie geheim en dat alles draait om de dood van James.'

Elliot snuift kwaad, maar reageert nog steeds niet. Jill kijkt naar het raam waarachter een gestalte zichtbaar is.

'Bob is gevlucht en ik ben hier gebleven,' gromt hij.

'Ik weet het allemaal,' antwoordt Jill, terwijl ze zich opnieuw verbaast over het woord 'vluchten'. 'Ik kom steeds een stapje verder; ik heb met Barbara gepraat.' Ze knikt naar het raam.

Hij mompelt iets onverstaanbaars en draait zich dan om naar het landhuis. Dan ziet ze de tattoo. Vreemd gebocheld op zijn schouderblad. Ze staart ernaar. Het is een oudere tattoo, dat ziet ze direct. En ze herkent de lijnen. Haar mond is droog. Ze wil hem van dichterbij zien, maar Elliot heeft zich alweer omgedraaid.

In haar broekzak grijpt ze haar mobiel vast. Ze moet er een foto van maken. Kan ze hem op een of andere manier afleiden? Daar, een roos die prachtig afsteekt tegen de blauwe lucht. Alsof ze gefascineerd is door de pracht van de bloem, activeert ze haar camera en maakt er een paar foto's van.

'Wat is de natuur toch adembenemend mooi. Die kleurencombinatie...' Ze laat haar mobiel opnieuw klikken. 'Dat diepe rood, tegen het harde blauw.' Jill draait rond en fotografeert de bloem van een andere hoek. De verbazing spat uit zijn ogen. Gelukkig blijft hij staan.

'Verdwijn, Jill,' stoot hij naar buiten, zachter dan eerst.

'Ik ben gek op rozen,' zegt ze breed glimlachend. 'Of nee, ik lieg.' Ze houdt haar mobiel in de aanslag en wijst naar het weiland achter hem. 'Die bloemen zijn mooier.'

De triomf als Elliot zich omdraait geeft een heerlijke warmtestoot. Haar mobiel knipt als een razende.

'Die klaprozen zijn eigenlijk mijn lievelingsbloemen,' legt ze uit als hij haar opnieuw kwaad aankijkt. Ze toont een brede glimlach. 'Ik weet niet van wie ik dat heb.'

Dan loopt ze weg naar het landhuis. Ze voelt zijn ogen in haar rug prikken, maar draait zich niet om. Wat denkt hij wel niet. Dat ze zich laat wegsturen? Bij elk gesprek komt ze dichter bij de waarheid.

'Wat ga jij nu doen? Blijf je hier werken?' Jill bestudeert het gezicht van Ruby. Er ligt een verdrietige trek op haar gezicht.

'Ik weet het niet. Als Barbara het roer overneemt zal het allemaal veranderen. Zij is een zakelijk brein, ik ben bang dat het gaat botsen. Luke heeft mijn zorg nodig. Abigail begreep dat.'

Jill rolt het deeg uit tot een dikke plak en pakt de uitsteekring. Ze is er al handig in geworden. Deze keer voegt ze wat rozijnen toe, en een theelepel kaneel.

'Dat was de lievelingssmaak van Abigail.'

'Ik weet het,' antwoordt ze simpel. Ze gaat door met het vormen van de ronde deegplakken. 'Ik lijk meer op haar dan ik dacht.'

Dan deelt ze al haar ontdekkingen en besluit met de conclusie: 'Ik weet zeker dat Abigail mijn moeder is. En ik ga het bewijzen ook.'

'Dat zal niet makkelijk zijn.' Ruby leunt tegen het aanrecht en veegt haar handen af aan haar schort. 'Hoe wil je dat doen?'

Jill vertelt over de aangevraagde test. 'Voor alle zekerheid heb ik er twee besteld, maar ik weet niet hoe ik aan het DNA van Abigail kan komen.'

Ruby kijkt bedenkelijk. 'Ik heb net alles schoongemaakt. Barbara heeft me opgedragen om Abigails kamer leeg te maken.'

'Ik weet het. En daarna is ze gewoon zelf in die kamer getrokken.'

De kookwekker gaat. Ruby opent de oven en haalt er een blad vol pasties uit. 'Kunnen de scones erin?'

'Bijna.' Jill werkt nu vlug door.

Alles is schoongemaakt. Spullen weggegooid. Het bewijsmateriaal vernietigd. Is er dan echt geen mogelijkheid? Dat moet. Het kan hier niet stoppen.

Ruby is in zichzelf gekeerd, schudt haar hoofd.

'Wat is er?'

'Niets.' Ruby bijt op haar lip.

'Vertel.'

Als Ruby haar mond opent, weet Jill dat ze gelijk had. 'Geef mij maar een van die buisjes. Misschien kan ik nog iets vinden. Het is voor mij makkelijker om hier ongestoord rond te kijken.'

Wat fijn zo'n vriendin als Ruby te hebben. 'Het is belangrijk voor mij om te weten.'

'Voor mij ook,' zegt Ruby met een knipoog.

Jill voelt een blos over haar wangen glijden. Ruby begrijpt meer dan ze dacht. 'Hier, de scones kunnen erin.'

Met haar handen onder de kraan staart Jill naar buiten. Barbara loopt langs, luid rammelend met een etensbakje. Haar houterige manier van voortbewegen is zo typerend dat er herinneringen opduiken die ze de laatste dagen heeft weggeduwd. Deze vrouw heeft haar vroeger verzorgd. Toch heeft ze haar ook verlaten.

Als Barbara om de hoek verdwijnt, komt de pijn over haar gelogen dood weer terug. Hoe heeft haar vader zo lang kunnen zwijgen? Het gaat niet alleen om de identiteit van haar moeder.

70 – *Porthcurno 1987*

Het was alsof de natuur haar uiterste best deed om Bob een speciaal cadeau te geven. Het was half september, maar er hing nog een zwoele warmte. Ze konden zelfs nog buiten dineren.

Barbara zoemde zoals altijd rond als een bezige bij. Ze had opgetogen gereageerd op zijn aanzoek en had zich erbij neergelegd dat haar zusje als eerste het ja-woord zou geven aan haar prins.

'Houd je glas eens bij?' James ging voor de zoveelste keer met de fles wijn rond. Hij had de wijnkelder geplunderd en een paar heel bijzondere wijnen op tafel gezet. 'Elliot?'

Bob zag dat zijn vriend wilde weigeren.

'Kom op, je mag best een keer losgaan.' De schaterlach van James galmde over het terras.

Bob keek voorzichtig naar Abigail. Ze zag er in haar lichtroze jurk prachtig uit. Nog twee weken en dan was ze de vrouw van James. Ze kwam in een gespreid bedje en zou gaan wonen in het landhuis. Mooi als jeugdvriendschappen zo lang standhielden.

Bob slenterde naar haar toe. Hij zag dat Barbara hem glimlachend toeknikte voor ze naast Elliot aan tafel schoof. Coleen liet zich door James inwijden in de geheimen van een wijnkurk. Ze rook en knikte. Ze leek onder de indruk. En James bleef maar bijschenken.

'Heb je zin in een wandelingetje?'

Abigail schonk hem haar meest mysterieuze glimlach. Toen ze opstond wankelde ze even. Een kleine hoeveelheid wijn golfde over de rand van haar wijnglas.

'Geef me je arm maar,' zei hij hoffelijk. Zijn hoofd was licht van de te zware wijn.

Ze slenterden samen door de tuin van het landgoed. Hij genoot van de warme avond, hoewel het ook langzaam al wat vochtiger werd. Bij de notenboom stopten ze.

'Wist je...' begon Abigail slissend, 'dat een notenboom het symbool is van de wijsheid?'

Bob knikte en sloeg zijn arm om haar middel. Hij verdronk in haar donkerbruine ogen, waar de lange wimpers als sluiers overheen hingen.

'Ik hou van...' Ze leunde tegen hem aan en wees omhoog. 'Ik hou van het hout,' maakte ze toen haar zin af, waarna ze giechelend herhaalde: 'Hou van hout.'

Ver weg klonk het geroezemoes van stemmen. Veilig op afstand. 'Ik droom soms over jou,' biechtte hij toen op. 'Van ons samen. Je bent zo mooi. Ik... Zou er een kans zijn dat deze droom uit kan komen?'

Abigail gooide haar hoofd in de nek en zuchtte zo diep dat hij heel even verwachtte dat ze langzaam weg zou zakken. Hij zag haar witte hals en liet zijn lippen zacht haar huid raken.

'Je kietelt,' giechelde ze.

Haar mond was slechts een paar centimeter van zijn lippen verwijderd. Hij zoog zijn ogen aan haar vast, kon aan niets anders denken dan aan zijn lippen die om de hare sloten.

'Niet dromen,' lispelde ze.

Dat was de aanmoediging die hij nodig had. Hij trok haar dichter tegen zich aan en zoende haar hartstochtelijk.

'Niet dromen onder een notenboom,' mompelde Abigail. 'Dat geeft ongeluk.'

Langzaam gleden hun lichamen naar het gras. Hij trok haar boven op zich zodat ze geen last zou hebben van de harde bolsters.

Good thinking, Bob.

Het compliment aan zichzelf was het laatste heldere beeld in zijn hoofd. Hij gaf zich over aan de lust. Hij wilde haar bezitten. Helemaal.

Het is nog steeds een verrassing als Jill voor me staat. Hoe kan het leven toch veranderen. De ene dag is het alsof elk geluk me afgepakt werd en de volgende dag heb ik zowel mijn dochter als een lekker besteedbaar bedrag in handen. Als Prada tenminste terugkomt.

'Drink je een kopje thee mee, lieverd. Elliot heeft rozenthee gemaakt.'

'Ik heb niet zoveel tijd, Barbara.'

'Barbara? Sinds wanneer noem je me Barbara?' Ik bekijk de vrouw die ik als kind heb moeten achterlaten. Het zal moeilijk voor haar zijn geweest om dit te accepteren. 'Wat kan ik voor je doen?'

'Ik heb een vraag.'

Haar ogen vluchten weg. Is het zo moeilijk voor haar? Zal ik Elliots wens negeren en haar toch vragen om te blijven? Ze maakt vast mooiere ontwerpen dan Luke. Wie weet komen we zo toch nader tot elkaar. Eerst maar geduldig aanhoren wat ze te zeggen heeft.

'Ik vind het moeilijk om je als moeder te zien. Er zijn zoveel vragen.'

'Je mag me alles vragen, lieverd.'

Jill gaat met haar hand door haar haren. Wat lijkt ze toch op Bob. Ze heeft diezelfde krachtige ogen. Die altijd door me heen leken te kijken en me al naakt deden voelen voordat we samen op bed lagen.

Ik ben niet helemaal eerlijk tegen haar geweest en daar krijg ik nu spijt van. Ik had niet moeten zeggen dat het door mijn zusje kwam dat ik ben vertrokken. Het lag aan mij. Ik kon er niet meer tegen dat hij me steeds minder aanraakte. Dat zijn liefde vertrokken was, zoals wijzelf. Het is vreselijk om te zien dat de enige persoon op aarde die je liefhebt, deze liefde niet kan teruggeven.

Daarom ben ik uiteindelijk weggegaan. En ik kon niet anders dan Jill achterlaten.

'Ik heb een test die kan bewijzen dat jij mijn moeder bent.' Haar ogen drukken zoveel onverzettelijkheid uit dat ik direct opsta en haar in mijn armen wil nemen.

'Daar hebben we toch geen bewijzen voor nodig?'

'Mummy, please?'

In al die jaren dat ik voor haar gezorgd heb, kon ik deze woorden niet weerstaan. De stem, de ogen, alles had ze van Bob. Ook nu kan ik niet anders dan knikken. 'Wat wil je dat ik doe?'

'Het is alleen maar zodat we echt samen verder kunnen, als moeder en dochter. We gaan een thee-imperium opbouwen, mummy.'

'Dat klinkt geweldig.'

Als ik de buisjes zie, weet ik direct dat ze gebruikt worden om onze genetische afkomst vast te stellen. Geen probleem. Nu wordt voor eens en altijd duidelijk dat we bij elkaar horen: mijn dochter en ik.

Zonder aarzelen open ik mijn mond en voel het staafje langs de binnenkant van mijn wang strijken. Ik kijk toe hoe ze secuur het staafje afbreekt en de dop op het buisje schroeft. Pas als haar ogen de mijne ontmoeten, weet ik dat Elliot gelijk heeft. Mijn dochter weet wat er is gebeurd en hoe het is gegaan. Dan is het geheim niet meer veilig.

Als ze weg is, komt de hardheid weer in mijn hart. Mijn dochter heeft een troef in handen. Ik kon niet weigeren, dat zou alles in gevaar brengen. Het is belangrijk dat ik een andere aanpak kies. Nu komt het erop aan om de juiste spelers te selecteren. Zij alleen tegen ons tweeën. Het leven is nu eenmaal nooit eerlijk. Zolang ik vrienden blijf met beide partijen, kan mij niets overkomen. De tijd om stilletjes af te wachten is voorbij.

Ik loop mijn kamer uit en sluit de deur zorgvuldig achter me. Natuurlijk weet ik waar ik Elliot kan vinden, maar ik ga hem opwachten in zijn tuinhuis. Dan weet ik zeker dat we rustig kunnen praten.

Nog een week en dan liggen echt alle kaarten op tafel.

Het is lang geleden dat ik in het tuinhuis ben geweest. Dat was nog in de tijd dat ik bij de oude meneer werkte, die het behoorlijk lang had volgehouden.

De deur klemt. Ik moet zo hard duwen dat ik bijna naar binnen tuimel. Het ruikt opvallend fris. Iets van limoen met rozen. Vanuit een deuropening valt licht de hal in en dus schuifel ik die kant op. Bij de eetkamer gluur ik door de kier naar binnen.

Niemand.

Net als ik zijn naam wil roepen, valt mijn blik op de wand achter de grote eettafel.

'Jij...?' Mijn tong weigert de woorden te vormen.

Het duurt een hele tijd voor ik alle foto's bekeken heb. Vrolijkheid en diep verdriet, het ligt allemaal in die zo bekende trekken. De bruine ogen groot van verbazing en soms samengeknepen in een uiterste concentratie. Schilderend in het atelier en werkend aan het laatste beeld in de garage. Ik voel mijn hart krimpen. Wist mijn zusje van zijn obsessie? Van zijn intense liefde?

Heel even zakt mijn voornemen weg. Het is allang te laat. Mijn zusje is in mijn armen gestorven. Mijn Bob is dood. En mijn dochter wijst me af. Waarom zou ik nog doorgaan?

'Wat doe jij hier?' Elliot staat in de deuropening.

Zijn stem zorgt voor de transformatie. Mijn hele leven heb ik niets anders gedaan dan me aanpassen aan wat anderen wilden zien. Nu voel ik het heel bewust.

'Je hebt gelijk, ze weet alles,' zeg ik. In mijn hoofd begint een stem op me in te praten.

Elliot sjokt de eetkamer in en legt zijn hand op de doos die op tafel staat. Hij zegt niets.

Die doos! Mijn gedachten schieten terug naar vroeger. 'De doos met kunstwerkjes van Jill,' stamel ik.

Met een diepe zucht gaat Elliot aan tafel zitten.

Het is alsof ik naar boven zweef en mezelf in de kamer zie staan. Een vrouw die met stijve spieren naar een oude man toe loopt, haar hand op zijn schouder legt. Ze praat tegen hem. Een te hoge stem, schril snijdend door de stilte die om de man heen hangt. 'Jill was net bij me.'

Zijn ogen gaan naar de muur.

Langzaam beweegt ze door de stilte en dekt de foto's af, zodat hij de mooie vrouw niet meer kan zien.

'Ze heeft het me zelf verteld,' snijdt de stem verder. 'Het geheim van Bob is...'

'Het is niet meer belangrijk,' mompelt de man. Hij heeft zijn ogen nu op haar gericht. Zou hij haar echt zien?

'Er is meer dan jij weet. Ze was er namelijk bij.'

Nu ziet hij me zeker. 'Waarbij?'

Ik knik naar de foto's.

Het blijft stil. Ik ga naast hem zitten. Er ligt pijn in de ogen van mijn vriend. 'Och Elliot, wat is er toch allemaal met ons gebeurd?'

'Waarbij, Barbara?'

'Jill was bij haar dood. Ze is dood,' murmel ik. 'Arme Abigail, mijn zusje is dood.'

Elliot staat op en loopt de eetkamer uit. 'Ik wist het,' hoor ik hem zeggen. Die paar woorden blijft hij herhalen tot de voordeur dichtslaat.

Ik leg mijn armen voor me op tafel en bestudeer de verschillende gezichten van mijn zusje.

'Het was beter voor je.' Dan grinnik ik zachtjes.

71

'Lunchtijd, oké?' John sluit opnieuw zijn lippen om de hare. Dan geeft hij een tikje tegen haar wang. 'Tot straks, lekker ding.'

Ze knikt. Kon ze hem maar met zich meetrekken. Ach, een beetje uitstel is ook niet verkeerd. John loopt de weg af naar de kruidenierswinkel. Elke dag open. Stomme toeristen.

Nu pas kan ze haar vastgezette adem loslaten. Hij was niet eens kwaad op haar. Nooit geweest ook, had hij aangegeven. Dat zij wel boos was geweest op hem, deed niet meer ter zake.

Direct na het gesprek met Barbara had ze hem opgebeld. 'Je had gelijk,' had ze gezegd. 'En ik denk dat ik weet wat er allemaal achter zit.'

'Minack Theatre,' roept ze hem nog na.

Een hand gaat de hoogte in. Hij had geen tijd gehad, maar voor die zoen was hij toch even de winkel uitgekomen. Wat een lekkere vent was het toch. Ze popelt om hem te vertellen hoe ze alles aan elkaar geknoopt heeft. En daarna mikt ze op een potje goedmaakseks op de klif. Spannender kan bijna niet. De lunch zou weleens memorabel kunnen worden.

Met enige moeite draait ze haar motor in de smalle straat. Het kost haar een paar keer heen en weer duwen voordat ze goed staat. Dan start ze de motor die ze even flink laat loeien.

Verstoorde blikken van een passerend stel. 'Lekker dan,' mompelt ze.

Ze hoeft alleen maar gas te geven. Met haar voeten nog naast haar motor stuurt ze haar wilde beest de weg op. Het geluid weerkaatst tegen de muren.

Pas als ze langs de kerk in het dorpje Paul rijdt, houdt ze in. De toren steekt omhoog in de blauwe lucht. De deur van Kings Arms staat uitnodigend open, maar de poort van de Silent Garden is dicht. Daar ligt haar moeder. Of haar tante.

Het testbuisje heeft ze verstuurd. Voor de zoveelste keer rekent ze uit wanneer ze de uitslag kan verwachten. Vier werkdagen. Dan weet ze hoe het zit.

Het is fijn dat Luke en Ruby dit weekend voor Prada zorgen. Dat geeft haar de kans om even afstand te nemen. Ze zit er te dicht op. Vandaar dat ze het liefst bij John wil blijven slapen. 'Groot gelijk,' had Ruby met een vette knipoog gezegd. 'Ik bewaak het fort.'

Het fort. Alsof het oorlog is. Eigenlijk interesseert die hele erfenis haar geen biet. Ze wil rust. En ze wil weten waarom er zoveel leugens verteld worden. Er zijn nog een paar onduidelijkheden, maar ze komt steeds dichter bij de waarheid.

Nergens kan het weer zo tegengesteld zijn als hier. De zon schijnt knoerthard op haar hoofd, terwijl de wind om haar heen loeit. Ze heeft dicht bij de parkeerplaats een plekje gevonden. Uitzicht op Porthcurno Beach aan de ene kant en het ronde theater aan de andere kant. De zee ligt op veilige afstand, zodat ze zich comfortabel genoeg voelt. Een rots in de rug. De rit hiernaartoe was dik genieten. Het rukken aan haar stuur. De controle blijven houden, ook al is het soms vechten. Zo is haar hele leven geweest.

Het is prettig, een dag even iets heel anders. Komt haar hoofd tot rust. Als ze echt een dochter is van Abigail en Bob, kan ze zich voorstellen dat James compleet uit zijn plaat gegaan is. Waarschijnlijk heeft hun verraad hem naar de kliffen gedreven. Misschien was er wel alcohol in het spel? Is hij daarom verongelukt?

'Lekker bezig geweest, daddy,' fluistert ze tegen de wind.

Op haar onderarm heeft ze de levensboom staan die haar vader al jaren op zijn schouder had. Het vreemde was dat die er ingewikkelder uitzag dan de simpele ontwerpen die ze op internet had gezien.

'Het is het symbool voor het leven,' had hij erover gezegd. Best cynisch, als ze er nu op terugkijkt. Toen wist hij nog niet dat een ziekte hem fataal zou worden.

Er is iets aan deze tattoo dat aan een ander beeld doet denken. Ze diept haar mobiel uit haar broekzak op. Ze scrolt door haar foto's, vergroot ze tussen haar vingers en vindt uiteindelijk wat ze zoekt: de knokige schouder van Elliot.

'Een kruis,' fluistert ze. 'Het kruis.'

Ze heeft steeds het idee gehad dat het kruis iets met haar vader te maken heeft. Nu ze het kruis op de schouder van Elliot ziet staan, is ze in verwarring. Waarom heeft hij een tattoo van het kruis laten zetten?

Jill bestudeert opnieuw haar onderarm. Hoewel het twee totaal verschillende afbeeldingen zijn, ziet ze nu ineens een overeenkomst. In de tattoo met de levensboom van haar vader zat hetzelfde kruis verborgen. Bob en Elliot, beiden met eenzelfde tattoo, maar... haar vader heeft er later een levensboom van laten maken.

'Het was een cover-up!'

Kijk niet naar de aanwijzingen die zonneklaar zijn, maar kijk eronder.

'Hij heeft het me gewoon verteld,' zegt Jill zacht.

Ze laat haar mobiel zakken en staart zo lang in de wind dat haar ogen beginnen te tranen. Als ze de uitslag heeft, komt de volgende stap: de erfenis. Ze weet helemaal niet zeker of ze hier wel wil blijven. Er ligt te veel verdriet.

Het gebulder van de zee vraagt continu om haar aandacht. Angst mag je toelaten, probeert ze zichzelf voor te houden. Dus focust ze zich op het geluid. Als ze dat water maar niet hoeft te zien...

Een steentje rolt weg. Stuiterend. Geknerp van voetstappen. Dan is het weer stil.

Ze lacht in zichzelf. John! Ze realiseert zich dat die wens deze keer niet alleen in haar onderbuik ligt. Ze wil hem gewoon naast zich. Zijn aanwezigheid, het samen praten.

Zijn blik prikt in haar rug. Hij is er!

Als ze zich wil omdraaien, landt er iets met kracht op haar

hoofd. Een schaduw schiet over het dorre gras. Ze heft haar hand op, maar krijgt dan de genadeslag. Lichtflitsen. Een snerpende pijn. Het water komt dichterbij. Die zuigende kracht die haar meesleurt de duisternis in.

'Prada. Pradaaa!' De brokjes in het etensbakje rammelen. Die kat moet zo langzamerhand toch honger hebben. Vijf dagen is ze al weg. Mijn angst groeit nu met het uur.

Gelukkig heb ik het bezoek van de Maine Coon-fokkers kunnen uitstellen. Ze wilden de stamboom graag zien, maar de kat zelf natuurlijk ook.

Dat beest zal toch niet ergens opgesloten zitten?

Het is overal maar stil. Zelfs het restaurant is vandaag opvallend rustig. Zou iedereen toch naar de kust gaan met dit mooie weer? Of had Ruby de zaak vandaag gesloten? Ze heeft me iets gezegd, maar ik weet niet meer wat. Dat rothoofd ook.

Hé, de garagedeur staat open. Hij klappert naargeestig heen en weer in de harde wind. Zou die rotkat zich hier hebben verstopt? Daar staat het laatste beeld van mijn zusje. De open holte in de hartstreek doet mij zelfs pijn. Wat een verdriet heeft ze gehad. Dat heeft ze in dit beeld wel erg zichtbaar gemaakt. Al die jaren heb ik haar zorgen gedragen. Ze had wel een standbeeld voor mij mogen oprichten!

Ik gniffel.

Met een schok denk ik aan het verdriet. Niet om te lachen! Zij is verdwenen. Weg. Uit mijn leven. Nu heb ik alleen mijn dochter nog om voor te zorgen. Ik zal haar pamperen. En ook opvoeden, want Bob heeft er een potje van gemaakt. Wat een harde tante is mijn dochter geworden. Bob had zich aan de afspraken moeten houden. Alle afspraken! Dan was dit allemaal nooit gebeurd.

Lief zusje, ik had je willen beschermen. Maar ik wist het niet. Niet dat zij zou komen. Maar het is nog niet te laat. In de zak van mijn vest voel ik de strip met mijn pillen. De medicijnen zijn niet afdoende gebleken. Ik wil ze niet slikken, heb ze niet nodig. Toch?

Die kat is hier niet. Ik loop verder nadat ik de deur stevig heb dichtgeduwd. Ik roep de naam van mijn dochter die ik nu als eerste wil vinden. Elliot heeft gelijk: ze moet hier weg. Het etensbakje rammelt. 'Jill, ik wil je spreken.'

Maar net als die kat luistert mijn dochter ook niet.

Met mijn vrije hand strijk ik door mijn stugge haar. Ik mis de lange krullen van mijn zusje die ik zo vaak mocht borstelen. De jaloezie klauwt scherp in mijn hart. Dat prachtige haar. Daar viel iedereen op.

Het geluid van een motor. Ik sla het op, maar ik denk dat het Jill niet kan zijn. Ze is weggegaan. Ruby staat er helemaal alleen voor. Of is de zaak gesloten? Ik weet het niet meer. Straks maar even vragen. De verwarde gedachten veeg ik van mijn voorhoofd.

'Heb je Jill gezien?'

Er staat een jongeman voor me. Ik bekijk hem van top tot teen, waarbij ik hem doordringend probeer aan te kijken. 'Kan ik u helpen?' Het is alsof ik tegen plastic praat.

Dan zet hij zijn helm af. 'Waar is Jill? Ze was niet op de afgesproken plaats.' Zijn ogen schieten alle kanten op.

'Jeetje John. Ik herkende je niet. Jill heeft vrij vandaag.' Ik wil verder lopen, maar zijn hand grijpt mijn schouder.

'We hadden een afspraak.'

Ik grinnik en merk dat ik me gemeen voel. 'Ze is nogal vrijgevochten, hè? Zeker een blauwtje gelopen?'

'Doe niet zo!' Hij herpakt zich snel. 'Ze was bij het Minack Theatre.'

Die naam laat me schrikken. 'Jill? Daar?'

'Ja, en ze is verdwenen.'

'Is ze niet in de cottage?' Ik denk aan Elliot.

'Dan zou ze lopend terug zijn gekomen. Daar hoopte ik eigenlijk op. Haar motor stond namelijk nog op de parkeerplaats bij het theater. Maar zij is verdwenen.'

De paniek schiet toe. Niet ook nog Jill?

72

Er is iets wat haar continu prikt. Scherp. Op haar achterhoofd. Tik-tik. Alsof iemand haar wakker probeert te maken. Prikkend in een blauwe plek. Haar hoofd. Eén beurs geheel.

Met een zachte kreun probeert ze zich om te draaien. Fuck. Een bliksemschicht schiet naar haar ogen. Het lukt haar niet om haar hand op te tillen. Zwaar. Alsof alle spieren zijn opgelost. Het tikkende geluid verdwijnt naar de zijkant. Naast haar hoofd.

Voorzichtig opent ze haar ogen. Eerst op smalle spleetjes. Dan wagenwijd.

Niets.

Een compleet zwarte wereld om haar heen. Er is niets. Zelfs geen smal strookje licht. Niets.

De pijn maakt de rest van haar lichaam wakker. Ze voelt vochtige stenen onder zich. Koud en scherp. Moeizaam komt ze overeind en ademt diep in. De klamme lucht is bijna tastbaar, de wanden niet. *What the fuck*! Met haar handen voor zich uitgestrekt probeert ze uit te vinden waar ze is.

Langzaam begint het te dagen. Neergeslagen. Geen sensuele lunch met John, maar iemand die haar te grazen heeft genomen.

Behoedzaam begint zc haar lichaam af te tasten om te ontdekken hoe erg haar verwondingen zijn. Alles is vochtig of kleeft. Geen idee of het bloed of water is. Tikkende druppels.

Water!

Dat is wat ze hoort. Naast zich. Maar ook in de verte. Het gebeuk van de zee, als een continue dreiging die grommend op haar ligt te wachten. Ze duwt zich overeind tot hurkzit, geeft haar hoofd de tijd om te wennen aan de bewegingen van de ondergrond en gaat dan voorzichtig staan. Ze ziet nog steeds helemaal niets, wat haar een knijpende benauwdheid bezorgt. Het idee blind te zijn laat ze niet toe. Dat kan niet. Of was die klap op haar hoofd zo hard geweest?

Haar linkerhand stoot tegen een wand. Stenen. Koud en vochtig. Een grot? Ze moet ergens in die granieten kliffen zitten. Maar als ze erin gekomen is, kan ze er ook weer uit. Dat houdt haar op de been.

Ze strompelt voorzichtig vooruit, haar beide handen tastend langs de wand, tergend langzaam. Haar ogen wijd open. Steeds verder. De ondergrond lijkt iets omhoog te gaan. Daar moet ze heen. Weg bij het water.

73 – Porthcurno 1987

Geïrriteerd hees Bob zijn broek op. Er ging geen dag voorbij dat Barbara zich met hem bemoeide. 'Je wordt te mager, darling.' *Alsof hij dat zelf niet voelde. Maar het eten smaakte hem niet.*

Morgen ging Abigail trouwen. James had hem als best man *gevraagd. Best man, James moest eens weten. Dan zou hij de brotherhood tattoo eigenhandig uit zijn lijf gesneden hebben. Maten bedrogen elkaar niet.*

Hij duwde de sleutel met kracht in het oude hangslot, maar hij kreeg het slot niet meteen los. Zout water en metaal, geen goede combinatie. Na wat heen en weer wrikken schoot de oude deur ineens los. De geur van laag water drong in zijn neus. Hij snoof de lucht diep in. Hij hield ervan. De zee, in elke omstandigheid een waardige vijand.

Hij had moeite gehad om de ingang weer te vinden. Het was zeker vijf jaar geleden dat hij hier geweest was. Hij had die week op zolder een doos gevonden waarin zijn moeder alle persoonlijke spullen van zijn vader had gestopt. Alles zat door elkaar. Geen stapeltjes, geen kleine bakjes met snuisterijen. Het was alsof ze de laden van zijn bureau zo omgekieperd had in de eerste de beste doos die ze tegenkwam. Ergens onder in die doos lag deze sleutel. Het had Bob meer dan een halfjaar gekost om erachter te komen van welke mijningang de sleutel was.

Een ondoordringbare duisternis staarde hem aan. Behoedzaam liep hij de grot in, waarvan hij inmiddels wist dat deze nooit als mijn gebruikt was. De vochtige muur was zijn leidraad en algauw kwam hij bij de plek waar hij vroeger veel tijd had doorgebracht; het gekabbel van de zee voor zich en de doodse stilte achter zich. Alleen met de zee.

Hij had pech. Het was vloed, het water steeg met het uur. Hij liet zich op zijn hurken zakken en zag een lichte gloed in het water. Water was altijd in beweging en dat gaf hem het idee dat hij zelf ook niet stilstond. Op dit moment had hij dat laatste eigenlijk hard nodig. Zeker nu hij een toekomst voor zich zag in de streek waar hij was opgegroeid, met zijn jeugdliefde naast zich. Dat was zo anders dan waar hij altijd van gedroomd had. Hij wilde de wereld zien, altijd in beweging blijven. Zoals het water.

Sinds hij samen was geweest met Abigail had hij geproefd van een ander leven. Een andere vrouw. Vanaf die avond kon hij aan niemand anders meer denken dan aan haar. En hij kon er met niemand over praten.

Terwijl het water over zijn voeten spoelde, dacht hij aan Abigails blik vanmorgen toen hij haar tegenkwam bij de oude garage. Er stonden geen lichtjes in haar ogen. Er lag geen glimlach om die heerlijke lippen. Ze was als bevroren, alleen haar vingers bewogen onrustig. En net voordat ze zich omdraaide om weg te lopen, zag hij het. Die flonkering van intense woede in haar ogen.

Op dat moment wist hij dat hij zich moest terugtrekken uit het leven van Abigail. Alleen al omdat hij die blik nooit meer wilde zien. De rest van zijn leven moest hij zijn eigen gevoel verzwijgen. Hij had verloren.

Met zijn vingers beroerde hij de zee en even overwoog hij om zich in het water te laten zakken en weg te drijven. Langs de rotsen waar hij vroeger met Barbara speelde en waar ze om de beurt in de golven doken, oplettend dat ze de scherpe punten niet zouden raken. Het water steeg met de minuut. Nog even en hij zou de afstand onder water naar de open zee niet meer kunnen overbruggen, terwijl hij de beste zwemmer van het stel was. Hij liet zich in het water glijden.

Als hij die verzengende haat maar nooit meer hoefde te zien.

De salon is stiller dan ooit. Er zijn slechts vier personen. Natuurlijk heeft iedereen thee nodig. Ruby kan wel zeggen dat het nu niet belangrijk is, maar ik ben mijn goede manieren niet vergeten. Zoals sommigen van ons.

'De thee, kan iemand inschenken?' Ik zet het dienblad neer waarop ik alvast twee van de vier theepotjes heb gezet. 'Ik haal de rest even op.'

'Ga liever zitten,' bromt Elliot.

'Kom Barbara, we hebben geen tijd om thee te drinken,' valt Ruby hem bij.

John schraapt zijn keel. 'Zoals ik al zei: ik had met haar afgesproken. We zouden samen lunchen op de kliffen.'

'Minack Theatre toch?' Ruby zit voorovergebogen met haar onderarmen op haar knieën.

'Dat was het idee van Jill. Ze wilde...' Hij werpt mij een snelle blik toe. Geen idee waarom. 'Ze wilde daar graag heen, omdat haar... omdat Abigail daar verongelukt is.'

'Ik vind het een gek verhaal.' Ik kijk iedereen even aan. 'Mijn dochter is volgens mij goed in staat zichzelf te redden.'

'Daar gaat het niet om!' bijt John me toe. 'We moeten haar zien te vinden. Het liefst zo gauw mogelijk.'

'Ik heb de Rosegarden gesloten,' begint Ruby.

Dus toch, ik had al zo'n idee. Mijn hoofd is helderder dan ik dacht.

'Ik stel voor dat John en ik naar de kliffen gaan om te zoeken,' gaat Ruby onverstoorbaar verder.

Elliot schraapt zijn keel. 'Ik snap al die poeha niet. Jill is volwassen. Misschien is ze gewoon...'

Ik knik hem bemoedigend toe. 'Ik ben het helemaal eens met Elliot.'

'Misschien is ze gewoon even toeren?' valt Elliot haar bij.

'Zonder motor?' vraagt John.

'Of wandelen,' vervolgt Elliot. 'Jill is een eigengereide tante die misschien gewoon een stuk is gaan lopen en toen verdwaald is?'

De ogen van Elliot zijn op mij gericht. Het maakt me onrustig.

'Daar moeten we dus achter zien te komen,' zegt Ruby. 'Maar ik ben het met John eens: we moeten zoeken. Het is inmiddels zes uur, die lunchafspraak is al uren geleden. Misschien is ze gestruikeld en ligt ze ergens met een gebroken enkel of zo.'

De potjes thee staan nog onaangeroerd. Ik buig me naar voren om iedereen in te schenken. Achter me hoor ik de piepende scharnieren van de tuindeur. Iemand komt de salon binnen. Terwijl ik met mijn vinger de deksel van theepot tegenhoud, schenk ik het eerste kopje vol. Ik zie de hoofden naar de deur toe draaien. Verbaasde blikken.

Met de theepot nog in mijn handen, draai ik me om. Compleet overdonderd kijk ik haar aan.

74

De duizeligheid is het ergste. De diepe duisternis om haar heen versterkt dat gevoel alleen maar. Geen houvast wat boven of onder is, of waar een horizon loopt. Ze zou zelfs wensen dat ze nu de zee kon zien. Iets.

Ze vordert slechts langzaam. Het risico om te struikelen is groot. Ze weet inmiddels dat ze in een grot moet zijn. Geen hoge afgronden, geen risico om een diepe tuimeling te maken. Daardoor durft ze iets sneller te lopen.

Daar is licht! Een spleet, heel smal maar toch. Ze begint sneller te lopen. Eindelijk heeft ze de uitgang gevonden. Nu komt het goed.

De hoestbui overvalt haar. De pijnscheut die erop volgt maakt dat ze zich inhoudt. Niet hoesten. Ze klemt haar kaken op elkaar. Alles doet zeer. Gedurende een kort moment focust ze zich op haar ademhaling, schraapt haar keel en laat de irritatie wegebben. Dan richt ze zich weer op.

Haar vingers zijn ijskoud en bijna gevoelloos. Ze rilt. Het streepje licht houdt haar op de been. Als ze daar maar eenmaal is, kan ze naar buiten. Het is bizar hoe alleen die gedachte de wereld al makkelijker maakt, het richten, een doel. Met hernieuwde energie schuifelt ze voetje voor voetje verder tot ze voor een deur staat. Metaal, volgens haar verkleumde handen. Een oude deurkruk die onder haar druk knarsend beweegt. Een hangslot met een ketting die vastzit in de rotswand. Afgesloten.

Ze bonst met haar vuisten op de deur. Gilt zo hard als de pijn haar toestaat. Maar er gebeurt niets.

'Wat doe jij hier?' Ik klem me vast aan de theepot tot Ruby die uit mijn handen neemt.

John schiet overeind en staat al naast haar voordat ik mijn mond heb kunnen sluiten.

'Ga maar op mijn stoel zitten, moeder.'

'Wat bijzonder dat je langskomt, Coleen.' Ik duw een glimlach op mijn gezicht. 'Wat brengt jou hier?'

John is achter de stoel van zijn moeder gaan staan. Wat een baasje is die vent.

'Ik heb haar uitgenodigd. Ik denk dat we alle hulp kunnen gebruiken om Jill te vinden.' John kijkt de kring rond.

Iedereen knikt braaf. Ik denk aan Prada die nog steeds zoek is.

'Nog gecondoleerd met Abigail.' De stem van Coleen is zacht. Ze had gewoon naar de begrafenis kunnen komen, maar ik heb al weken niets van haar gehoord. 'Dat zal wel een grote schok voor je zijn geweest.'

'Natuurlijk, ik mis haar nog elke dag.' Ik buig mijn hoofd.

'Ik heb me wekenlang afgevraagd hoe het zo mis kon gaan.' De vingers van Coleen liggen in haar schoot. Net zo verstrengeld als mijn gedachten.

Het is lastig om mijn hoofd scherp te houden nu ze over Abigail begint.

'We zijn al zo lang bevriend. Ons zestal. Al onze plannen.'

Ik kijk op. 'Dat klopt, Coleen. Plannen en verliefdheden.'

Coleen kijkt mij aan. Die doordringende blik kon ik vroeger ook al niet weerstaan. 'We hebben altijd goed voor elkaar gezorgd.'

'Ik heb Abigail altijd in de gaten gehouden, dat weet je. Ik heb tot het laatst aan toe voor haar gezorgd. Het is goed dat ze nu rust heeft.'

De stilte zoemt rond.

'Dat snappen jullie toch?' Ik kijk de kring rond. 'Alles was onder controle en rustig. Tot Jill terugkwam.' Mijn handen liggen heel rustig in mijn schoot. Steels bestudeer ik mijn beste vriendin. Er trilt een spiertje in haar mondhoek.

'We moeten Jill zien te vinden, voordat het nog verder misgaat.' Ze kijkt schuin omhoog naar haar zoon. 'Het gaat niet alleen meer over oude beloftes. Het gaat nu om onze kinderen.'

'Mijn Jill.' Ik snuif zachtjes.

John loopt om de kring heen en heft zijn hand op. 'Zullen we de taken verdelen?'

'Wacht even, lieverd,' zegt Coleen. 'Voordat we op pad gaan, moet ik iets weten.'

Haar glimlach verwarmt me. Coleen is de enige vriendin die ik heb. Ik vertrouw haar volledig. Ze is de enige die me nooit in de steek heeft gelaten, zoals Bob. Ik ben blij dat ze hier is. Zo dichtbij. Het geeft me rust in al die chaos die ontstaan is sinds Jills aankomst.

Dan richt ze zich tot mij: 'Barbara, heb jij je medicijnen de laatste tijd wel ingenomen? Je klinkt zo verward.'

75

Ze moet even geslapen hebben. Als ze overeind komt, merkt Jill dat de duizelingen weg zijn. Ze zit met haar rug tegen de metalen deur. Haar tong is net een ruwe handdoek.

Stilzitten is nooit haar sterkste punt geweest. Maar voordat ze weer op onderzoek uitgaat, wil ze haar situatie helder krijgen. Deze grot is door mensen gebruikt. Misschien is het wel een oude mijngang. Het hangslot, dat zo te voelen bijna nieuw is, geeft aan dat deze gang door iemand beheerd wordt.

Ze heeft geen benul van tijd. Haar mobiel is verdwenen. Maar hoe eerder ze weet welke mogelijkheden deze mijngang biedt om te ontsnappen, hoe beter.

Enigszins versuft krabbelt ze overeind en schuifelt terug de donkere diepte in. Haar handen langs de wand. Tastend. Struikelend. Meter voor meter. Bocht na bocht. Om haar heen hoort ze getik. Druppels die meestal naast haar op de vochtige grond vallen. Soms raken ze haar. Het houdt haar scherp.

Sinds ze met een bocht naar links afgebogen is, klinkt het geluid van de zee sterker. Dat kan geen verbeelding zijn. Ook al suizen haar oren.

Ineens ziet ze een zacht schijnsel. Vaag licht dat grijs als de ochtendschemering voor haar opduikt. Ze bukt en tast de grond af. Dan verdwijnt haar hand in het koude water. Ze likt aan haar vingers. Zout. De grot verdwijnt dus in zee. De moed zakt haar in de schoenen. Dan is er geen ontsnappen mogelijk.

Ze zijn allemaal weggesneld. Op zoek. Hoezeer ik ook protesteerde, ik mocht niet mee.

Het weer is inmiddels helemaal omgeslagen, zoals de aanwakkerende wind al aankondigde. Met de storm, weet ik, nadert ook het einde.

Medicijnen, wat een stomme vergissing van Coleen. Mijn hand klemt zich om de pillenstrip in mijn vestzak. Van wie zijn die pillen? De zorg voor anderen drukt zwaar. Ik geef iedereen de zorg die hij nodig heeft, maar niemand lijkt het te zien. Of zouden ze het allemaal wel doorhebben? Ik doe zo mijn best! Eerst Bob, toen Abigail en nu Jill. En dan is ook mijn Prada nog verdwenen.

Terwijl ik door de tuin loop en nog eens rammel met het bakje kattenbrokjes, kan ik een glimlach niet onderdrukken. Het duurt niet lang meer voor dit landgoed van mij is. En van mijn dochter natuurlijk. Nu gaat het grote genieten beginnen. Dat moet.

'Prada!' Zij is mijn toekomst. Die grote grijze pluizenbol. Ik had haar moeten opsluiten. Ik heb geleerd dat je dat moet doen met zaken die waardevol zijn. Anders raak je het kwijt. Zo werkt het als je te lief bent voor iedereen. Ik heb altijd voor anderen gezorgd, maar nu is het mijn beurt.

Ik roep de naam van de grijze poes die mij daarbij gaat helpen nog een keer.

'Aunty Barbara?'

Als ik me omdraai staat Luke daar. 'Moet je niet naar school?'

'Mijn moeder heeft me gevraagd om hier te blijven.'

'Wil je me helpen zoeken?'

Hij knikt, maar blijft stokstijf staan. Het blijft een vreemd jong. Zoals hij me altijd aanstaart met die helblauwe ogen. Ik krijg geen hoogte van hem. Hoe heeft Abigail dat gedaan? Die twee waren vaak samen bezig in haar atelier.

'Prada zal wel honger hebben.' Ik wil hem het eetbakje geven, maar hij pakt het niet aan.

'Ben je niet bang dat zij honger heeft?'

Ik schud mijn hoofd om zoveel onbegrip. Mijn haren worden heen en weer geduwd door de harde windvlagen. Als het straks begint te plenzen, wil ik binnen zijn.

'Aunty Barbara, ik ben een beetje bang.' Op zijn voorhoofd verschijnt een frons.

'Ja, ik ook, lieverd.' Ik kan niet meer in die ogen kijken. Waar is die kat gebleven?

Luke komt nu voor me staan en wijst naar me. 'Ik wil je iets geven, maar ik ben bang voor jou. Je ogen doen zo raar.'

In mijn keel groeit een brok dat nauwelijks meer weg te slikken is. 'Dat komt omdat ik verdrietig ben.'

'Mijn moeder is altijd ongerust als ik niet direct thuiskom.'

Ik hoor zachte ademstootjes. Luchtstootjes. Ben ik dat?

'Jill is mijn vriendin.'

'Natuurlijk lieverd.' O, bedoelt hij dat! 'Ze is mijn dochter, ik ben haar aan het zoeken.'

Hij stopt iets in zijn broekzak. 'Dan ga ik je helpen.' Zijn handje schuift in de mijne. Mijn ogen beginnen te branden als ik het gevoel herken. Al die keren dat ze vol vertrouwen mijn hand pakte.

Het bakje van Prada valt op de grond, maar het kan me niet schelen. Mijn dochter heeft me nodig.

76

Jill schuift haar rug heen en weer tegen de rotsen om de houding te vinden waarin ze zo min mogelijk pijn heeft. De scherpe randen snijden haar hele rug kapot. Met haar hand tast ze de bodem af, tot ze een plek vindt die veel vlakker is. Daar krult ze zich op, warmte zoekend bij haar eigen lijf. Ze is zo vreselijk moe.

Haar vader zit in haar hoofd. *Denk na, Jill!*

'Ga weg, daddy,' murmelt ze.

Ze heeft alles gedaan wat hij vroeg. Is op onderzoek uitgegaan, heeft de Rosegarden gevonden, de tattoos en uiteindelijk zelfs haar moeder.

'Ze is dood, net als jij.' De woorden zijn niet meer dan een zacht gebrom dat door de zee overstemd wordt. Het gebeuk van de golven op de kliffen is harder geworden. Zou het kwaad kunnen? Ach, wat maakt het uit. Er is niets meer om bang voor te zijn.

De buisjes zijn opgestuurd, de uitslag komt in Barbara's brievenbus terecht. Gaat zij de brief lezen? Zou ze ongerust zijn, nu? Of leeft ze gewoon door, net zoals iedereen deed voordat Jill hier was? Iedereen wist van haar bestaan, maar niemand interesseerde het een biet of ze gelukkig was, of ze een fijne jeugd had en of ze nog leefde.

'Lekkere moeder ben je,' kreunt ze.

Haar nepmoeder had vooral haar eigen zusje gesteund. Jill moest het maar alleen zien te redden.

De *story of my life*. Maar ja, dat is wel het gevaar als je jezelf sterk en onafhankelijk opstelt: niemand verwacht dat je ook hulp en liefde nodig hebt. Zoals ieder mens.

Wie heeft haar eigenlijk hier opgesloten? John is de enige die wist dat ze hier was. Nee, niet John. Of heeft hij een spelletje gespeeld met dat slappe gezwets over zijn moeder? Barbara kan het ook niet op haar geweten hebben. Te zwak. Toch? Of kon het zicht op rijkdom iemand extra kracht geven? Barbara wist dat de DNA-test haar ondergang zou worden. Weg erfenis. En volgens Ruby was dat niet de eerste keer. Haat laat spieren groeien.

Elliot had gewoon gelijk: iedereen draagt zijn eigen masker. Een diepgeworteld eigenbelang. En ze deed zelf net zo hard mee.

Jullie gaan over lijken. De woorden razen mee met het gedonder van de golven, steeds luider en sterker. *Bob is gevlucht en ik ben hier gebleven.* De woorden van Elliot. De woede was onmiskenbaar.

Elliot.

Weer komt dat woord 'vluchten' terug. Ook John had het daar al over.

Waaraan ben je schuldig, daddy?

Aan de dood van James? Dat stomme kruis zat ook in haar vaders tattoo, alleen daar was het afgedekt. Maar als het een ongeluk was, waarom zou Elliot dan kwaad zijn op haar vader?

Ineens is het alsof het licht aangaat. Elliots leven draait om Abigail.

Haar lichaam verstart, haar spieren spannen zich aan als het heldere moment zich uitbreidt in haar brein... Dat is het! Abigail. Elliot denkt dat zij schuldig is aan de dood van Abigail. En die gedachte is uitgegroeid tot een obsessieve zekerheid. Daarom zit ze hier. Door Elliot.

Jill verschuift haar heup een beetje. Wat is ze stijf en verkleumd.

Ze ziet Barbara weer voor zich, haar zusje in haar armen.

Het was niet mijn schuld. Nee, niet mijn schuld. Het was een ongeluk. Jij gelooft me toch?

Was Barbara misschien toch schuldig aan de dood van haar zusje?

Jill gaat behoedzaam overeind zitten.

Dat is het. En dan met haar vinger naar háár wijzen? En is ditzelfde in het verleden misschien gebeurd met haar vader: vals beschuldigd voor iets wat hij niet gedaan had? Hij was gevlucht omdat hij zijn dochter moest beschermen. Nu is het haar beurt om haar vader vrij te pleiten. En zichzelf ook. Bizar hoe ineens alles duidelijk wordt.

Ze strekt haar benen. Als ze ergens van overtuigd is, is het dat ze nu moet doorgaan. De mooiste ontdekking van de afgelopen weken is dat ze vanuit liefde geboren is. Ineens weet ze ook dat haar vader het altijd over Abigail heeft gehad als hij vol liefde over de schoonheid van haar moeder praatte.

Jill strekt haar arm uit. Ze beweegt haar vingers die steeds kouder aanvoelen. Het kabbelt. Vloeibaar.

Met een ruk schiet ze achteruit. Water. Ze zit half in het water. Hoe kan dat? Ze is toch niet naar beneden gerold?

Mijn vingers verdwijnen keer op keer in het witte wolletje op mijn schoot. Zacht en poezelig. Natuurlijk weet ik dat het een schapenvacht is, ik ben niet gek!

Dat mevrouw Prada nog steeds niet is opgedoken mag geen reden tot paniek zijn. Ze komt terug. Ze moet ergens uithangen. Opgesloten zitten, ergens. In een schuur of een diepe onderaardse gang. Hier in Cornwall weet je nooit waar je wegzakt. De hele westelijke punt is één grote gatenkaas.

Het is prettig dat ik mijn zusje voel. Ze is hier nog. Zowat haar hele leven heeft ze hier gesleten. Dat kan niet begraven zijn in een withouten kist, ook al was die nóg zo mooi opgefleurd met tekeningen van Luke. Gelukkig heeft ze nu rust.

Het kleine oogappeltje ligt op de bank te slapen onder een fleecedekentje. Het duurde even voordat hij de brief aan me wilde geven. Maar toen ik die gelezen had, wist ik wat me te doen stond.

Vanzelfsprekend heb ik de zorg over de slapende jongen overgenomen nu iedereen zo driftig op zoek is naar mijn dochter. Jill loopt niet in zeven sloten tegelijk. Zíj niet. Nooit. Zelfs niet in één waterig slootje. Ik grinnik zacht. Arme, lieve Jill.

Er slaat ergens een deur dicht. Ik werp de schapenvacht van me af en loop naar de gang. Het duurt niet lang voordat Ruby opduikt. Wat ziet ze eruit! Haar rode krullen zitten als een stralenkrans om haar gezicht. Ze heeft roodomrande ogen en haar lippenstift is uitgelopen. Als ze zo in het restaurant opdook, zou iedereen wegrennen.

'Heb jij Luke gezien?'

'Dag Ruby. Is de zoekactie gestaakt?' Ik wijs achter me. 'Jouw prinsje ligt hier te slapen.'

'Goddank.' Ruby zucht. 'Nadat ik thuiskwam, kon ik hem nergens vinden.'

'Hij heeft me helpen zoeken.' Ik kan een cynisch lachje niet onderdrukken als ze naast de bank knielt. 'Daarna heeft hij mij gezelschap gehouden.'

De blik van Ruby haakt in de mijne. 'De hele avond?'

'We hebben een spelletje gedaan.'

Ruby komt overeind en loopt door de kamer heen. Bij mijn bureau buigt ze zich over mijn spullen. Ze pakt het pillendoosje op en kijkt me aan. 'Wat voor spelletje?'

'Gewoon vier op een rij. Hij was goed.'

Ruby is in een paar passen bij Luke en tilt hem op. Als een lappenpop hangt hij tegen haar aan. Ze strijkt zijn haren uit zijn gezicht en voelt aan zijn voorhoofd. 'Heb jij hem... Heeft hij wat gehad?'

'Natuurlijk, Ruby. Niemand kan van mij zeggen dat ik een slechte verzorger ben. Zoals je weet heb ik jarenlang...'

'Bespaar me je verhalen,' onderbreekt Ruby me. Wat een brutaal nest is het toch. 'Als ik erachter kom dat je Luke iets gegeven heb, dan...' Ze drukt hem steviger tegen zich aan.

'Er lagen nog wat kippenpootjes. We hebben samen zitten kluiven.' Ik loop naar de vensterbank en kijk de donkere nacht in. Wat een rare reactie, terwijl ik toch zo goed ben geweest me over het jong te ontfermen. Zo is het altijd al geweest. Niemand ziet het. 'Hebben jullie haar gevonden?'

'Nee, niets. Alleen haar motor. En John heeft haar mobiele telefoon gevonden. Dat maakt het allemaal alarmerender.'

Ruby loopt met haar mannetje naar de deur.

'En nu?' Het schapenvachtje ligt op de grond te wachten.

Ze draait zich om, haar ogen staan nu wat rustiger. 'We gaan bij zonsopgang weer verder met zoeken.'

'Dan ga ik mee,' zeg ik gedecideerd. Ik moet mijn dochter als eerste vinden. Deze keer zal ik mijn erfenis niet meer mislopen.

77

Jill heeft moeite om zichzelf wakker te houden. Steeds opnieuw valt haar hoofd opzij. Dan knijpt ze zichzelf weer in haar bovenarm. Pijn helpt.

Sinds ze ontdekt heeft dat het water in de mijngang daalt, houdt ze bij hoe ver het komt. Ze heeft een hoopje stenen verzameld waarmee ze in de afgelopen uren al diverse rijtjes heeft neergelegd. De rand van het water is de leidraad. Het peil zakt nog steeds.

Om zichzelf bezig te houden meet ze de stukken die tussen de rijen stenen liggen. Ze probeert systematisch te werk te gaan. Complete onzin natuurlijk, maar het geeft hoop. Het getijdeverschil in Cornwall is groot. Stel dat ze straks toch op deze manier weg kan komen.

De kwade tronie van het water negeert ze. 'Ik kan je aan!' heeft ze al diverse keren tegen dat zeebeest geroepen. Iemand anders hoort haar hier niet. Het geeft haar wel een gevoel van triomf dat de zee zich laat intimideren en zich terugtrekt.

'Kom maar op!' gilt ze hard. De klanken galmen om haar heen. Als ze maar wakker blijft.

Een rilling trekt over haar rug. Ze begint heen en weer te lopen. Inmiddels kan ze de weg in de beperkte omgeving feilloos vinden. Ze tilt haar voeten op bij een scherpe punt en draait om een steen die ze met geen mogelijkheid aan de kant kon rollen. Het helpt weinig. De kou zit diep in haar botten.

Het grauwe licht dat na uren wachten weer zichtbaar wordt in het water, is de mooiste zonsopgang uit haar leven. Ze ziet zelfs de rijen stenen die als zwarte strepen langs de wand van de gang liggen. Wat is het water al een eind gezakt!

Haar hart bonst in haar keel. Straks moet ze misschien het risico nemen en onder water proberen om naar de andere kant te komen. Daar is licht. Daar moet ze heen.

Ze blijft secuur de afstanden tussen de rijen stenen meten, waarbij ze probeert om de tijd ertussen hetzelfde te houden. Totaal subjectief. Toch is dat het enige wat ze kan doen, zodat ze weet wanneer de kentering is. Het moment waarop de stroomrichting van het water omdraait.

Op haar knieën ligt ze bij het water. De zee bonkt en er is steeds meer beweging zichtbaar in het water. De afstand tot het licht kan nooit meer dan tien meter zijn.

Tien meter onder water.

Ze hapt naar adem. Onmogelijk. Aan de rand van het water loopt ze heen en weer. Stampend.

Je bent een schijterd. Kom op, het gaat om je leven.

Inderdaad: haar leven. Het water gaat haar leven nemen, daar is ze al van overtuigd vanaf het moment dat die klotevijver haar opgeslokt had. Het gezicht dat ze toen door het water had gezien heeft haar heel lang achtervolgd. Die mond die haar happend naar lucht uitlachte. Die handen die haar naar beneden duwden.

Ik kan het niet.

Ze slaat haar handen voor haar gezicht. Ze knijpt ze tot vuisten en mept zichzelf in haar buik, op haar borstkas en uiteindelijk slaat ze tegen de wanden van haar keiharde granieten gevangenis.

Het water kolkt steeds onrustiger. Dat betekent dat de uitgang dichtbij is. Ze hoort zelfs gekabbel tegen de bovenwand. Stel dat het maar vijf meter is, dat moet ze kunnen halen. Daar is haar vrijheid. Ze moet het water in.

Geef de angst geen gelegenheid om te groeien. Concentreer je. Angst is niet erg. Laat los en ga zwemmen.

Jill stapt het koude water in. Langzaam maar zeker gaat ze steeds dieper totdat ze tot haar borst nat is. De zee trekt aan haar. De stroming zal haar helpen. Ze moet loslaten om te ontsnappen. De paniek geen kans geven.

Ze ademt een paar keer diep in en uit en duikt dan onder. Met fikse slagen zwemt ze de diepte in. Na een paar seconden opent ze haar ogen. Het zout prikt, maar ze moet zich blijven focussen op het licht. Boven haar zijn de donkere rotsen en voor haar die helblauwe kleur van haar vaders ogen. Daar gaat ze heen.

78

Complete onrust, draaiende waterkolken. Het geluid van borrelende luchtbellen. Maar het maakt Jill niet meer bang. Integendeel, het geeft haar kracht. Lucht. Ze moet er nu heel dichtbij zijn.

Met haar ogen weer stijf dicht focust ze zich op haar lijf dat met grote kracht het water wegduwt. Weg met dat beeld van een hoofd met dansende haren. Geen stem meer, alleen haar eigen bloedstroom die in haar oren ruist. Hier is niemand, dus ze doet het alleen.

Maar hoe hard ze ook zwemt, het lijkt wel alsof ze tegengehouden wordt. Het lukt haar niet de grot uit te komen. Kan ze zich aan de zijkant voorttrekken? Ze graait om zich heen, maar voelt geen rotsen. Nu is het afgelopen met haar! Was ze maar blijven zitten, dan had ze nog een kans gehad. John zal haar toch wel aan het zoeken zijn? En haar nepmoeder? Of is die blij dat ze opgerot is?

Daar, daar is licht, boven haar hoofd!

Met kleine hoeveelheden laat ze de lucht uit haar longen ontsnappen en drijft naar boven.

Lucht!

Ze breekt door het wateroppervlak heen. Met grote halen zuigt ze de frisse zeewind in haar longen. Het is haar gelukt!

Dan beukt een golf op haar lijf en duwt haar tegen de harde rotsen. Een felle klap in haar zij. Ze trekt haar knieën in en duwt zich af.

Lucht happen en zwemmen.

In de verte ligt het strand. Mijlen van haar verwijderd. Dat gaat ze niet redden. Naast haar een hoge klif, verder is er alleen maar zee.

Haar vingers zijn gevoelloos, haar spieren stijf van de kou. Ze moet zorgen dat ze op het land komt. Dat ze een plek zoekt waar ze beschutting kan vinden en warmte.

Ze houdt de golven in de gaten en scant de klif. Ze moet naar boven, weg bij het water.

Opnieuw een golf. Het zoute water dringt haar neus binnen. Proestend komt ze weer boven.

Is dat een richel waar ze bij kan komen? Ze peilt de golven en laat haar armen rustig hangen. Ze kan dit! Langzaam zwemt ze in de richting van de rotsen. Wegblijven bij de scherpe uitsteeksels en toch zo dicht mogelijk bij de klif komen. Het water gaat haar helpen, daar is ze van overtuigd. Het hangt nu af van de juiste timing.

Daar komt een golf die langzaam aan hoogte wint. Jill kijkt naar de klif, een paar slagen dichterbij. Dan zet ze zich schrap en draait haar rug naar de golf toe.

Ze heeft maar één kans.

De golf tilt haar langzaam op en ze crawlt zo snel ze kan naar de granieten rotsen. De scherpe punten zijn binnen handbereik.

'Elliot is onvindbaar.' Ik kijk de groep rond die zich in het restaurant heeft verzameld. 'Misschien in de theeplantage?'

'Geen tijd. Laat hem maar. We moeten weg.' Johns lichaam steekt donker af tegen het raam waarachter de ochtend gloort.

'Ik ga mee.' Als ze maar niet denken dat ik hier blijf wachten.

Geen reactie. Dan stamelt Ruby dat ze thuisblijft, haar blik gericht op de grond.

'Waarom?' vraagt John meteen.

'Ik kan Luke niet alleen laten.' Haar ogen raken me slechts licht aan.

'Laten we gaan.' We moeten nu niet te lang meer wachten.

'Moet de politie niet ingeschakeld worden?' vraagt Ruby.

Waar bemoeit ze zich mee? Ik open mijn mond al om te antwoorden, maar John is me voor.

'Ik wil zo snel mogelijk beginnen met zoeken,' geeft hij aan. 'Bel jij? Kom we gaan.'

De auto rijdt met een enorme vaart door het ochtendlicht dat nu rap in sterkte toeneemt. Moeder en zoon zitten voorin, ik zit op de achterbank, wat voelt alsof ik weggestopt ben.

Ze overleggen op zachte toon.

Geen idee waar ze het over hebben. Ik pulk wat pluisjes van mijn vest. Eigenlijk vreemd hoe snel ongerustheid kan toeslaan bij een moeder. Gisteren dacht ik echt dat mijn dochter even niemand wilde zien. Een wandeling wilde maken, op zichzelf zijn, mijmeren, of al deze onzintermen tegelijkertijd. Zo is Jill. Maar toen ik vanmorgen de bijna zwarte wallen onder Ruby's ogen zag, besefte ik dat Jill echt verdwenen was. Voor zover iets echt is in dit leven.

Inwendig moet ik glimlachen. Ik heb niet gelogen. Elliot was onvindbaar en ik weet ook waarom. Mijn plannetje is gelukt. Tijd voor stap twee.

'Het is wel jammer dat Jill nu haar verjaardag niet meer kan vieren,' zeg ik tegen de twee ruggen.

Coleen kijkt direct om. 'Haar verjaardag? Is dat waar jij je druk om maakt?'

'Nou ja, ik was van plan om een groot feest te geven. Ik heb haar zo lang moeten missen, dus nu ze terug is...'

'Barbara, *cut the crap*. Ik weet hoe het zit, dus mij houd je niet voor de gek.' Coleen draait zich weer om.

Ik duw mijn rug tegen de leuning. 'Jij weet hoe het zit?' Ik weet dat het pinnig klinkt. Ze heeft geen idee.

'We moeten Jill vinden. Als ze gevallen is of zich verwond heeft, hoop ik maar dat ze ergens heeft kunnen schuilen. En niet dat ze... Nou ja, wat de anderen overkomen is.'

Ik wauwel haar zachtjes na, terwijl ik de beschuldiging in haar woorden met kracht wegdruk. Jeetje, ik herken mijn vriendin niet meer. Zo heeft ze nog nooit tegen me gepraat. Alsof ik een keuze heb.

Door de snelheid waarmee John de Bentley over de wegen stuurt, word ik heen en weer geslingerd. Ik pak het handvat van het portier beet. Dit is Abigails auto. Haar geur ligt nog verstopt in de kieren.

'We zijn er.' John laat de auto piepend tot stilstand komen.

Ik stap uit en loop naar het strand. Ondanks het vroege uur is de zon al aan haar zegetocht langs de hemel begonnen. In vrolijk oranje stuurt ze de warmte naar ons toe. Dat is goed. Verwarming voor mijn dochter.

John heeft zijn moeder net instructies gegeven. Hij pakt een rugzak uit de achterbak en stopt er een lang touw in.

Er glijdt een rilling over mijn rug. Ik moet de regie weer terugnemen.

'Gaan jullie het klifpad op? Ik zal langs het strand zoeken. Misschien zit ze ergens op de rotsen?'

Natuurlijk zie ik de blik die ze wisselen, maar ik kan niet inschatten of het opluchting of verbazing is. Als John inderdaad achter Coleen aan loopt, voel ik het allebei. Ik sta even stil om ze na te kijken.

Goed dat Coleen weg is. Ik hou niet van die vreemde insinuaties. Daar had ze vroeger ook al een handje van. Ze heeft geen idee hoe zwaar mijn leven is. Dan schud ik de onrust van me af. Jill is nu het belangrijkste.

'Jill darling. Waar zit je?'

Boven me klinkt de echo. Of zijn het John en Coleen?

'Jill, where are you!'

Het strand ligt breed en vochtig voor me. Het is laag water. Vroeger klommen we als jonge geiten de rotsen op om daar truth or dare te spelen. De waarheid is inmiddels allang anders. James ging als eerste en nu is ook Bob dood. Het is jammer dat Abigail de volgende moest zijn.

Daar is het steile pad dat langs de klif omhoogvoert naar het theater in de rotsen. Ik zie elke bocht die ik nam op die vreselijke dag toen ik Abigail gevolgd ben. De continue regen. Het radeloze geschreeuw van mijn zusje. Haar woede, haar verdriet. De glibberige stenen. Het was een ongelijke strijd.

'Ik kom eraan!' roep ik tegen de beelden in mijn hoofd en ik loop naar de rotsen waar de zee met een donderend geweld tegenaan geslagen wordt.

Wat zal Jill bang zijn. Heel even knijpt mijn hart samen. Ze is toch mijn dochter, ook al beweren anderen het tegendeel.

Tweeëndertig wordt ze. Morgen. Wat gaat de tijd toch snel. Soms zou je willen dat je de klok tijdelijk kon stilzetten. Of misschien wel terugdraaien. Als dat mogelijk was dan had mijn zusje nog geleefd.

'Ik kom eraan, Jill. Je moeder zal je helpen.'

Het pad ligt voor me. De rotsen ongenaakbaar scherp. Daar moet ze zijn. Ze is mijn dochter. En laat niemand iets anders beweren.

79 – *Porthcurno 1987*

Bob had een hekel aan Kerstmis. Sinds zijn vaders dood waren die dagen kaal en troosteloos. Als hij zelf niet iets te eten kon regelen, zakte zijn moeder helemaal weg. De laatste jaren zaten ze in ieder geval nog samen aan tafel.

Het idee dat hij straks een feestmaal moest zien te nuttigen in de nabijheid van Abigail, ontnam hem elke eetlust.

'Doe je het overhemd aan dat je ook tijdens hun huwelijk aanhad?' Barbara hing al de hele ochtend irritant om hem heen en keek hem nu afkeurend aan.

'Ik heb niets anders.'

Ze was al weg. Er zat een onrust in haar die hij nooit eerder gevoeld had. Ze hield altijd al van strakke regels, maar vandaag leek er niets goed te zijn.

Bob was ineens blij dat ze hun huwelijk had uitgesteld, hoewel hij geen idee had wat de reden daarvan was. Ze had hem de boodschap in de schoot geworpen en er met geen woord over willen praten. Als Barbara iets besloten had, dan was dat de regel. Geen discussie mogelijk.

'Zullen we gaan?' klonk het uit de gang.

Bob hees zijn broek op en zette zijn riem een gaatje strakker. Elke uitvlucht die hij in de afgelopen weken had bedacht, had ze afgekeurd. Hij kon niet wegblijven, behalve als hij op dit moment dood neer zou vallen. Zijn maag vertelde hem dat hij daar niet ver vanaf zat, dus er was nog hoop. Hij grinnikte om zichzelf.

Barbara wierp hem een misprijzende blik toe. 'Voor het geval je het nog niet doorhad: Ik heb er net zo weinig zin in als jij. Maar volgens James was het al veel te lang geleden dat we met ons groepje hadden afgesproken. En vrienden stel je niet teleur, toch?'

Barbara stapte kordaat naar buiten en wachtte bij de auto tot hij voor haar het portier open zou houden.

Vanaf het moment dat hij het landhuis binnenstapte, was hij waakzaam. Hij keek steeds weg als hij ook maar een flits van Abigail zag. Zelfs bij de begroeting. Hij had vooral ontdekt dat de punten van zijn schoenen wit uitgeslagen waren van het zout. Daarna trok Barbara hem gelukkig meteen mee.

Opgelucht ontdekte hij dat Abigail en hij aan dezelfde kant van de tafel zaten met Elliot als een bliksemafleider tussen hen in.

Er stond een schaal met oesters op tafel, naast een bord vol minipasties. Nadat James iedereen ingeschonken had – alleen Abigail had tot Bobs verbazing water gekregen – tikte hij tegen zijn glas.

Er begon iets in Bobs maag te knijpen.

'Lieve vrienden,' begon James. 'Welkom op deze feestelijke dag waarop we graag een nieuwtje met jullie willen delen.' Hij liet zijn blik over de tafel glijden. 'Abigail en ik verwachten een baby.'

De woorden schoten in een noodvaart door Bobs hoofd. Een baby?

'Ik wist het al,' mompelde Barbara tegenover hem.

'Is het niet wat vroeg om dat te melden?' reageerde Coleen koel als altijd.

'Het is inderdaad nog heel pril, maar we willen ons grote geluk natuurlijk heel graag delen met onze beste vrienden.' James keek trots naar Abigail.

In zijn hoofd begon het te ratelen. Twaalf weken na hun huwelijk. Veertien weken na...

'Hopelijk wordt het een meisje.' Barbara zuchtte en zette het glas neer zonder ervan gedronken te hebben. Bob was verbaasd dat Barbara niet eens jubelend door de kamer stuiterde, maar het nieuws opnam als...

Ze wist het al, schoot toen door hem heen. Natuurlijk, zo werkte het bij zusjes. Die delen al hun geheimen. Zou ze jaloers zijn?

'Het wordt vast een jongen,' schalde James over tafel. 'We zijn heel gelukkig, nietwaar schat?'

Bobs hoofd draaide in een dom automatisme opzij. Abigail zat zwijgend voor zich uit te staren, haar armen voor haar buik geslagen. Haar bleke lippen prevelden een antwoord.

Barbara pakte de schaal met oesters en begon ze rond te delen. 'Jij krijgt wat anders, zusje. Ik zorg voor je, het komt helemaal goed.'

Ineens stond James achter hem, sloeg hem op de schouder en schonk zijn glas bij. Hij begon enthousiast te vertellen over hoe gelukkig hij was. Bob knikte.

Aan het hoofdeinde van de tafel stond Barbara die hen van een afstandje opnam. Smalle ogen, strakke mond. Wat had ze toch?

Tijdens het afruimen wilde Abigail opstaan, maar haar zus duwde haar resoluut terug. 'Blijf jij maar lekker zitten. Elliot, wil jij misschien die zware schalen naar de keuken brengen?'

Midden in al het rumoer bleven hij en Abigail zitten. Een niemandsland tussen hen in. Bob probeerde zich te focussen op zijn damasten servet, maar het prikken van Abigails ogen was sterker.

De omgeving verdween compleet naar de achtergrond. Ze waren daar alleen. Hij en Abigail. Twee verloren zielen in de strijd om de liefde.

Bob zond alle vragen naar haar toe. Hun ogen vonden elkaar. Kort maar intens. Zoals de enige echte ontmoeting drie maanden geleden. God, wat hield hij van haar.

De gedaantewisseling voltrok zich in een oogwenk. Er lag een gemene grijns rond Abigails lippen, ze wierp een snelle blik op haar oudere zus en toen die voldane glimlach.

'Revenge, Bob Skewes,' fluisterde ze voordat ze met een poeslieve stem haar zus riep.

Het was niet alleen de baby, wist Bob toen. Ze had Barbara verteld wat er in die septembernacht gebeurd was. En die was daar helemaal niet blij mee.

80

Jills lijf rilt onbeheersbaar. De richel is zo smal dat ze elke keer belaagd wordt door de golven. Maar ze is uit die vreselijke zee. Dat is het belangrijkste voor nu.

Ze weet dat ze hier niet te lang kan blijven zitten. Het water zal in de komende uren verder stijgen. Dus ze moet omhoog.

Hoestend probeert ze het vocht uit haar longen te krijgen. Het zout bijt op haar lippen. De huid van haar handen is week en wit uitgeslagen, haar vingers zitten vol snijwonden van de scherpe rotsen.

Boven haar speelt een stel meeuwen in de luchtstromen. Schaterend scheren ze over de toppen van de golven, die ze net met hun vleugeltip raken, alsof ze tikkertje doen.

Een geruststellende, helderblauwe kleur omringt haar. De tegenstrijdigheid dringt nauwelijks tot haar door. Vanaf haar plekje lijkt de zee tot rust gekomen. Toch vertellen de aanrollende golven haar een ander verhaal. Langzaam stijgt de zon naar een weldadige hoogte en verdrijft de nachtelijke kou uit de lucht.

Nog heel even. Ze slaat haar armen een paar keer om zichzelf heen om haar bloed te laten stromen. Er klapt een enorme golf tegen de klif aan die haar doorweekt achterlaat. Terug bij af. Koud, intens koud. Ze moet omhoog voor ze opnieuw de zee in spoelt.

De smalle strook die haar het leven gered heeft, is nauwelijks een halve meter breed. Normaal ruim genoeg om te balanceren, maar haar benen zijn compleet onbetrouwbaar. Op haar knieën schuift ze naar de uitstekende rots die ze vanuit haar netelige zitplaats gezien heeft. Die biedt haar misschien een kans om iets verder omhoog te klimmen.

Wat is dat? Door het geraas van de zee heen vangt ze iets op. Ze zet haar adem vast en luistert ingespannen.

'Jill...'

De immense blijdschap overvalt haar zo plotseling dat ze bijna opzij valt. Snel klauwt ze zich vast, haalt daarbij een paar vingertoppen verder open. Wat raar, er stroomt bloed uit zonder dat het pijn doet. Het maakt niet uit. Er is iemand.

'Hier. Ik ben hier.' Wat klinkt dat zacht. Ze schraapt haar keel en roept opnieuw, harder nu. Terwijl Jill haar lichaam tegen de wand aan drukt, probeert ze omhoog te kijken, tegen de zon in. Ze ziet niets.

'Jill? Ben je daar?'

'Ja, ik ben hier.' Kan iemand haar wel horen boven het geraas van de golven uit? Ze zegt het opnieuw. En nog een keer, totdat haar keel rauw aanvoelt.

Ineens ziet ze iets bewegen. Een gezicht duikt om de hoek van de rotsen.

'Oh my God, daar ben je.'

'Barbara!' Jill probeert haar spieren te ontspannen, maar het lukt niet. 'Ik ben hier,' fluistert ze zacht.

'Ik kom naar je toe.'

Jill legt haar hoofd tegen de rotsen aan. Haar hoofd gonst.

De woorden van Barbara klinken vreemd. Er ligt iets in wat ze nog niet eerder bij haar tante heeft gehoord.

Het maakt niet uit. Ze is gevonden. Nu komt het goed.

Daar zit ze. Zie je wel, ik wist dat ze hier ergens moest zijn, in de buurt van de mijngang waar we altijd speelden.

Het wordt al warmer. Ik heb de zon altijd als vijand gezien. Als hij scheen, voelde ik nooit dat dat voor mij was. Waarom? Ik heb geen idee. Maar ik ben er vaak ongelukkig over geweest.

Terwijl mijn blik over de zee dwaalt, klinkt de stem van de man die ik vanaf mijn jonge jaren liefhad in mijn oren. Zelfs de intonatie is hetzelfde. Ze roept mijn naam. Het 'mummy' van vroeger is verdwenen.

Eens was ik bereid alles op te geven wat ik had, zelfs de liefde van mijn zusje. Maar dat is nu anders. Te weten dat ze in orde is, is voldoende. Even focussen. Wat moet mijn volgende stap zijn?

Ik kan me geen dag herinneren dat Bob niet in mijn gedachten was. Ik hield van zijn opmerkzaamheid en zijn krachtige uiterlijk, maar ook van de pijn in zijn ogen waarvan hij dacht dat ik die niet zag. Het maakte dat ik bij hem wilde zijn, dat ik zijn leven lichter wilde maken en hem wilde omringen met alle liefde die hij vroeger tekort was gekomen. Ik vergaf hem zelfs zijn bedrog.

'Ik hield meer van hem dan iemand ooit heeft geweten,' zeg ik zacht tegen de zon die net op dat moment wegduikt achter een wolk. Ik veeg een traan weg. 'En jij, lieve Jill, was het cadeautje dat ik met hem mocht delen.'

Bob deed zijn best om van me te houden. Maar er veranderde iets op het moment dat ik hem tegen Jill hoorde praten over Abigail. Haar mooie bruine ogen had ze van haar gekregen. De creativiteit die hij in Jill zag groeien had ze van háár overgenomen. Uit alles bleek zijn grote liefde voor de vrouw die hij in zijn dochter gespiegeld zag. Toen wist ik dat hij van háár hield en dat hij mij alleen maar gedoogde.

Ik begraaf mijn vingers in mijn buik. De pijn neemt immense vormen aan. Al die jaren waarin Bob zijn dochter verafgoodde, omdat hij in haar Abigail zag.... Maar mij zag hij niet. Ik mocht haar kind verzorgen, maar ik kreeg er niets voor terug.

Het is tijd om mijn eigen grenzen te stellen. Bob en Abigail zijn er niet meer, alleen Jill is nog over.

Ik kom overeind en kijk rond. Waar kan ik langs?

In de verte roepen John en Coleen.

Ik moet voortmaken. Beneden me golft het water dat Jill zo verafschuwt. En ik weet waarom.

Het was een warme dag. De kleine Jill speelde in de zandbak, terwijl ik de was uit de machine haalde. Bob had me die ochtend geen blik waardig gegund. Geen woord. Geen kus. Geen vriendelijk goedemorgen. Tot hij bij zijn oogappeltje, dat ik in alle vroegte al fris gewassen en aangekleed had, aanschoof aan de ontbijttafel. Hij boog zich over haar heen, drukte een kus op haar kruin en mompelde een hele reeks lieve woordjes.

Ik luisterde niet bewust, maar de klank in haar naam kon me niet ontgaan.

'Wat ben je toch mooi, lieve Abbey.'

Pas een kwartier later, toen Bob zonder te groeten naar zijn werk was gegaan, kwam ik los uit mijn bevroren toestand. We hebben niet eens ruzie gemaakt. Niet naar elkaar geschreeuwd. Niets. Het grote negeren deed meer pijn dan welk mes dan ook.

'Wat ben je toch mooi, lieve Abbey,' knauwde ik tegen de dekbedhoezen die in elkaar gedraaid uit de wasmachine kwamen. Ik kwakte ze in de wasmand en liep naar buiten.

Toen ik de grote lappen katoen uit de knoop probeerde te halen, overviel me een immens verdriet. Ik was diep gekwetst! Bob was vreemdgegaan en het bewijs daarvan zat elke dag bij mij aan tafel. Op dat moment wist ik dat ik het gevecht om zijn liefde nooit zou winnen. Het was onmogelijk om te vergeten wat er gebeurd was, omdat Abigail altijd aanwezig was in de kleine Jill.

Al scheldend hing ik de eerste hoes op. Het zweet liep in straaltjes van mijn rug. Ik mepte een wesp opzij en zag hem wegvliegen in de richting van de zandbak waar ik Jill nog geen tien minuten geleden had gezien.

De zandbak was leeg.

Geen Jill.

Ondanks mijn woede, vloog de paniek me aan. Waar was Jill?

Een rimpeling in de vijver trok mijn aandacht. Het lijfje dat onder het oppervlak lag, vormde een bedreiging voor de enige liefde die ik had gekend.

Nu ik langs het pad naar beneden loop, wordt de stem van Jill steeds duidelijker.

Ik had haar verdronken als Bob niet opeens opgedoken was. Op dat moment in de tuin zag ik de ogen van mijn zusje in dat water. Reebruine ogen met een rustige blik.

Ineens word ik overvallen door een duizeling. Ik kan me nog net vastgrijpen aan een rotspunt. De herinnering is al zo vaak opgedoken dat ik niet meer zeker weet wie ik zag.

Er zat niets meer van de normale onrust in de ogen van mijn zusje, die altijd bang was om in een zwart gat te verdwijnen. Dit was de manier waarop ik haar kon helpen. Hier voelde ze zich rustig. Het was zo vanzelfsprekend dat ik haar zou helpen die rust vast te houden.

En toen werd ik opzij geduwd door Bob.

Ik zucht diep. Die tijd is voorbij. Mijn zusje heeft eindelijk haar rust gekregen. Nu is mijn dochter aan de beurt.

Het kost me maar vijf minuten om de plek te bereiken die ik nog ken uit onze jeugd. Het is al zoveel jaar geleden dat Bob en ik hier op de rotsen krijgertje speelden. Ik weet het nog precies. We hadden maar een halfuurtje de tijd om de zee te snel af te zijn.

Jammer genoeg ben ik nu te laat. De oversteek is weer onder water. Tussen ons in schuimt de zee.

Nu liggen er vijf meter tussen mij en mijn dochter. Ja, mijn dochter!

'Ik ben degene die jou gevoed heeft, verschoond, verzorgd en gewassen. Ik ben je moeder! Niet degene die je via leugens en bedrog het leven heeft geschonken.' De jonge vrouw die als een hoopje ellende tegen de rotsen geplakt zit, kan me natuurlijk helemaal niet horen. 'Ik ben er, lieverd. Ik kom je helpen,' schreeuw ik naar haar.

Jills bruine ogen staan flets en even lijkt het alsof mijn zusje me aankijkt. Hulpeloos. Kwetsbaar. Ogen die me steeds opnieuw vertellen dat ik de enige ben die ze kan vertrouwen.

Heel even richt ik mijn gezicht naar de zon die als een waakhond op de loer ligt en met de minuut krachtiger wordt.

'Ik... Ik heb het zo koud.'

Ik lees de woorden van haar lippen. Haar korte zwarte haar zit in vochtige pieken tegen haar gezicht geplakt. Ze heeft me nodig. Mijn dochter.

'Je moet springen, Jill.'

Het hoofd van Jill schudt heftig heen en weer. Angst spat uit haar ogen.

'Je moet, lieverd.'

Er ligt ineens iets in die blik wat ik herken van dat allerlaatste moment van Abigail. Bittere angst vermengd met wantrouwen.

'Ik vang je op! Ik zorg dat je veilig bent.'

Jill blijft haar hoofd schudden.

Mijn hele leven heb ik voor iedereen gezorgd, maar niemand heeft mij er ooit voor bedankt. Ik bleef altijd met lege handen achter.

In mijn ooghoek zie ik een golf aankomen. Mijn blik flitst heen en weer tussen de richel waar Jill op zit en de groeiende watermassa. Vroeger was ik in twee slagen bij haar geweest. Zonder enige moeite. Dat was de uitdaging. Elke keer weer.

'Ik kom je halen!' Ik weet dat het mijn enige kans is. Als moeder gaat het leven van je kind voor alles. 'Ik kom eraan,' schreeuw ik om boven de loeiende wind uit te komen. Veel tijd heb ik niet meer. John en Coleen zijn in de buurt.

Ik ga rechtop staan. Een fikse windvlaag probeert me uit mijn evenwicht te brengen. De golf schatert luid om mijn onhandige gedoe. Er waaien spetters naar me toe. Ik moet nu gaan, voordat ik te laat ben.

Dan zet ik af.

Het water is ijzig koud. Ik proest en sla wild om me heen. Mijn ogen prikken. 'Jill, waar ben je?'

Ik probeer te zwemmen zoals Bob me geleerd heeft. 'Barbara, kom hierheen. Ik ben hier.' Het is alsof ik Bobs stem hoor boven het lawaai van de zee uit.

Niet luisteren! Bob heeft tegen je gelogen. Geloof hem niet! Hij lokt je weg bij je dochter, zoals hij altijd gedaan heeft. De smerige leugenaar.

Ik schop wild om me heen. Hij moet weg. Mijn dochter is in gevaar. Ik moet...

Een golf spoelt over me heen. Als ik bovenkom, hap ik naar lucht, maar er is alleen maar water. Ik hoest. Spuug het uit. En probeer mijn ogen te openen.

'Barbara, ik kom.' Ik ken die stem.

Nee, ik wil niet naar hem luisteren. De stem golft mijn hoofd binnen. Verbeelding? Nee, het is zijn stem. Ik weet het zeker. Bob.

Dan voel ik iets zachts. Een arm? Een hand.

81

Zonder zich te veel te bewegen, kijkt Jill in de richting waar Barbara zit. De vermoeidheid is zo hevig dat zelfs de scherpe rotsen haar als bed kunnen dienen. Liggen. Rusten.

'Ik kom je halen!' De stem van Barbara waait naar haar toe.

'Nee, niet doen. De zee is te wild.' Ze wil vragen waar John is. Die zal toch bij haar zijn?

Maar dan steekt Barbara haar armen omhoog en springt resoluut in zee. Nee! Jill houdt haar adem in als ze ziet dat haar tante compleet onder water verdwijnt. Het duurt een eeuwigheid voordat ze weer boven water komt. Dan pas stoot Jill de vastgehouden lucht naar buiten. Ze zit op haar knieën en duwt haar lijf tegen de doorweekte rotsen. Steeds opnieuw verdwijnt Barbara in de kolkende golven.

'Hierheen, Barbara.' Ze denkt het. Zegt het. Uiteindelijk schreeuwt ze de woorden in de richting van het ruwe water. Vanaf zee rolt een stel hoge golven naar Barbara toe. Ze draait haar hoofd en kijkt om zich heen. Af en toe verdwijnt ze totaal uit zicht.

'Ik ben hier!' Jill buigt zich naar voren. Haar spieren trillen niet meer. Haar blik is als een zoeklicht op de spartelende figuur gericht.

Dit gaat niet goed. Barbara verdrinkt voor haar ogen.

Jills eigen angst vermengt zich met de vechtlust van Barbara die steeds opnieuw boven het water uit komt en als een briesende stier naar het water spuugt.

'Hierheen. Je moet hierheen,' fluistert Jill voor zich uit. Dan gaat ze op de rand zitten en sluit haar ogen. Ze moet Barbara helpen. Ze kan niet machteloos afwachten.

'Ga weg,' hoort ze haar roepen.

Dat doet het. Jill roept naar Barbara dat ze eraan komt. Een golf tilt haar moeiteloos de zee in. Ze duwt het water krachtig met beide handen naar beneden. Slag na slag. Ze komt steeds dichter bij de plek waar ze Barbara voor het laatst heeft gezien.

Wat voelt de zee warm aan. Ze zou nu toch ongeveer bij Barbara moeten zijn? Waar is ze?

Jill probeert haar hoofd boven water te houden. Maar de zee trekt aan haar. Steeds harder. Ze zuigt de lucht naar binnen en perst haar lippen op elkaar. Het water sluit boven haar hoofd.

Als het geluid achterblijft is er slechts een stille wereld om haar heen. Gesuis van haar bloed. Ze is alleen. Als ze haar ogen opent is de wereld gehuld in satijn. Vage contouren van licht en donker. Jill probeert te zwemmen zoals ze vroeger geleerd heeft tijdens die gehate zwemlessen. Haar vader die haar bleef aanmoedigen. *Gebruik de draagkracht van het water. Vecht niet. Maak je groot.*

Ze strekt haar lijf en voelt dat ze opgetild wordt. Ineens is er weer lucht. Ze haalt met fikse teugen adem, terwijl ze haar armen wijd houdt.

Daar is Barbara, vlak voor haar!

Jill is met een paar slagen bij haar.

'Samen redden we het.' Ze wil Barbara's arm pakken.

Barbara proest het water naar buiten en zegt iets wat ze niet verstaat.

'Duw het water weg, Barbara.'

'Je bent van mij!' Barbara spuugt de woorden naar haar toe. 'Net als...' Haar hoofd verdwijnt onder water.

Het duurt een eeuwigheid voor Jill weer bij haar in de buurt is. Niet denken aan die vermoeidheid. Ze moet Barbara op de rotsen krijgen.

'Abigail.'

Wat bedoelt ze toch?

'Ik heb het gedaan.'

Jill schudt haar hoofd om het water uit haar oren te werken. 'Wat...?'

'Mijn zusje moest rust hebben. Ik... voor haar zorgen.' Barbara tilt haar kin hoog op. 'Ik heb haar altijd geholpen. Dus...'

Jill stopt met zwemmen. Ze wist het. Barbara heeft Abigail... Shit. Ze moet wegwezen hier.

Ineens is daar weer de vermoeidheid. Jill draait Barbara haar rug toe en zwemt een paar slagen bij haar vandaan. Er slaat een golf in haar gezicht. Ze spuugt het zoute water naar buiten en koerst naar de rotswand waar Barbara eerder was. Daar moet ze heen. Ze hijgt. Spuugt. Maar met elke slag komt ze dichter bij de rotsen.

'Wacht, Jill.'

Nee. Ze wil niet meer luisteren naar de stem die ze haar halve leven gemist heeft. Ze moet zichzelf redden.

'Jill. Barbara!'

Is dat John?

'Hier ben ik.' Het kost haar moeite om haar arm omhoog te steken. Als ze ook nog wil roepen, verslikt ze zich in de zee. Er zijn overal druppels in plaats van lucht. Haar spieren willen niet meer.

Dan klauwt een hand zich om haar schouder. 'Blijf hier.'

Jill rukt en trapt, maar kan zich niet loswerken.

'Nu jij.'

Voor ze het weet is Jill onder water verdwenen. Ze vecht zich weer naar het oppervlak, maar Barbara is vlakbij. Met ijzeren vingers grijpt ze Jill bij de schouders en stort zich boven op haar. Het water sluit zich boven Jills hoofd. Het laatste wat ze ziet zijn toegeknepen ogen en een monsterlijke grijns. Dan zoemt de zee in haar oren.

'Nu weet je hoe het zit, lieve Jill,' hoort ze Abigail zeggen.

Ze kan het water niet meer tegenhouden. Ze is te moe om te vechten.

'Ik kom eraan,' fluistert ze in gedachten tegen haar echte moeder.

Dan is ze terug in de vijver. De geluiden van de golven wijken. De greep van de vingers vermengt zich met de hand die op haar borstkas duwde. Haar onder water hield. De mond die maar tegen haar bleef praten, terwijl ze geen idee had welke woorden ze zei. De luchtbellen in de blauwe lucht. De haren als een stralenkrans om het vrouwengezicht. Een kunstwerk dat haar altijd bijgebleven is.

Ze sluit haar ogen. Barbara wilde haar toen verdrinken. Net als nu. Ze heeft weer een raadsel ontsluierd, op de grens van het leven. Hoe geruststellend streelt het water haar haren. Ze hoeft niet meer bang te zijn. Straks zullen de handen van haar vader haar komen redden. Net als toen.

82 – *Porthcurno 1988*

De golven klotsten wild in de inktzwarte zee die zich schuilhield achter de rotsen. Boven zich wist Bob het uitgehouwen theater waar nog geen enkele activiteit te bespeuren was. Hij was alleen. En dat was precies wat hij wilde.

Het was 21 juni, de langste dag. En dat het een lange dag ging worden was hem al duidelijk vanaf het moment dat Barbara hem vanmorgen belde met de mededeling dat Abigail ging bevallen.

Dat betekende dat hij antwoord zou krijgen op de vraag die hem sinds het kerstdiner beziggehouden had. Of zou het raadsel voor altijd in de liefde van het jonge ouderpaar gesmoord worden? Hij en Barbara hadden er nooit over gesproken. Maar hij wist dat het een bom was die ooit tot ontploffing zou komen.

De vlagerige wind trok aan zijn haren en duwde hem heen en weer op het smalle pad. Nog nooit had hij zich hier onveilig gevoeld, maar vandaag was het anders.

De geboorte van Abigails baby zou zijn leven veranderen. Of alles zou met een sisser aflopen, waarna hij de verwaterde vriendschap met zijn maten weer kon oppakken. Of hij werd vandaag vader. In dat laatste geval zou er een eind komen aan zijn relatie met Barbara.

'Dus hier ben je.' James stond plotseling naast hem. Door het geraas van de wind had hij hem niet horen aankomen.

Het antwoord op Bobs allesverterende vraag lag besloten in diens blik.

'Is Abigail...?' Bob struikelde over zijn woorden.

'Wat wil je weten over mijn vrouw?' snauwde James tegen hem. 'Of ze in orde is? Of wil je misschien weten of ze moeder is geworden?'

Een stalen vuist kneep zijn maag tot gruis. Wat lag er een pijn in de ogen van zijn maat.

'In beide gevallen is het antwoord nee,' vervolgde James. 'Zodra ze de baby zag, draaide ze haar hoofd weg. Ze wilde het kind niet eens aanraken.'

Hij was vader. Een kind, hij had een kind, dreunde het door zijn hoofd.

'Ik maakte me al die tijd grote zorgen om haar, was bang dat ze door de pijn die ze moest doorstaan in een shock zou raken, maar toen zag ik het.' De wind duwde de tranen in James' ogen naar zijn wangen.

'Is het een jongen?'

'Gore klootzak,' brieste James. 'Je hebt me bedrogen. Als dit jouw vertaling is van een brotherhood dan kun je verrekken.' Hij dook in elkaar en kwam op hem af.

Bob had nauwelijks tijd om de onverwachte aanval op te vangen. Hij wankelde op het smalle pad en kon zich nog net aan een rotspunt vasthouden.

'Wacht, James. Ik kan het uitleggen.' Hij hief zijn beide handen op, maar zijn vriend was compleet over de rooie.

'Uitleggen? Hoe...?' James hief zijn vuist op en liet hem met veel kracht op Bobs schouder landen. 'Kun je ooit...'

De rest hoorde Bob niet, omdat hij een enorme knal tegen de zijkant van zijn gezicht kreeg.

Wat moest hij doen? Hij kon zijn vriend met gemak aan, maar hij wilde hem niet te lijf gaan. En dus beschermde hij zijn gezicht en zorgde ervoor dat hij de berg in de rug had. Naast het pad lag een afgrond van zeker vijftig meter, waaronder de zee als een woedend roofdier lag te grommen.

'Ik beloof je dat ik wegga.' Bob zocht naar mogelijkheden om James te kalmeren. 'Wegga uit Cornwall. Dat was ik toch al van plan, alleen...'

Met een oerkreet beukte James zijn schouder in Bobs maag, waardoor alle lucht uit zijn lijf gestoten werd.

'Fuck, wacht James, ik...'

Weer landde er een vuist op zijn hoofd, gevolgd door een dreun op zijn oog. De pijn sneed naar binnen en bezette zijn hersens. Dit moest stoppen.

Een warme straal droop over zijn gezicht. Nauwelijks zicht. Pijn. Hij moest hier weg voor er een ongeluk gebeurde. Maar James stond nog steeds in elkaar gedoken op de enige uitweg die er was. Geen ruimte voor twee personen.

Weer een regen aan vuistslagen. Zijn pijnlijke schouder kraakte.

'Ik ga je aangeven. Je hebt haar verkracht, smerige klootzak!' James' woorden kwamen harder aan dan welke vuistslag ook.

'Nee, echt niet.' Een enorme windvlaag bracht hem bijna uit zijn evenwicht.

'Verkracht!' James streek met zijn bebloede vuist langs zijn neus.

'Nee! Dat heb ik niet gedaan.' Bob vloog op James af die maar bleef herhalen dat hij hem zou aangeven.

'Je zal rotten in de cel, Bob.'

Hij duwde de armen van James opzij en begon te meppen.

'Aangifte... Jij... Verkracht!'

Bob richtte zich op de mond die al die leugens verspreidde. Hij tastte om zich heen en vond iets hards dat hij vastgreep.

'Ze is door jou...'

Met zijn hoofd tussen zijn schouders dook hij op hem af. Heel kort hing zijn vuist boven James' hoofd, tot hij de steen hard liet neerkomen. Zijn vuisten bleven slaan, tot er alleen maar lucht was.

83

Een lichtstraal priemt in haar ogen. Zo'n irritant scherpe straal die ze het liefst zou negeren, omdat alleen slaap het teveel aan alcohol van de vorige nacht kan neutraliseren. Jill draait haar hoofd af. Wat gek. Er is helemaal geen stekend prikkeldraad in haar brein. Het is eerder alsof haar voorhoofd is gevuld met duizenden wattenbolletjes.

Het duurt nog enkele minuten voordat ze haar ogen helemaal durft te openen, bang om alsnog verrast te worden. Er hangt een serene stilte in de kamer. De spiegel van de kaptafel weerspiegelt het gordijn dat langzaam opbolt in een windvlaag. Ze is alleen.

Ze is in de witte kamer die Barbara had voordat Abigail was overleden. Het grote mahoniehouten bureau is verdwenen, alleen haar kaptafel staat nog op de oude plek. In deze kamer heeft ze de eerste gesprekken met haar moeder gevoerd. Haar moeder, dacht ze toen nog…

Wat doet ze hier eigenlijk? Jill probeert terug te halen wat er gebeurd is, maar blijft steken in het gevecht in zee. De gemene grijns op Barbara's gezicht, haar klauwende vingers in haar schouders en hoe ze zich afzette om haar naar beneden te duwen.

Er klopt iets niet. Het kan toch niet waar zijn dat Barbara haar eerst kwam redden en daarna probeerde te verdrinken? Zonder Barbara had ze waarschijnlijk nog op die vreselijke klif gezeten. Of was ze weggespoeld met de eerste golf die haar te pakken had gekregen. Vloed. Een stijgend waterpeil. En haar totaal verkleumde spieren die haar op geen enkele manier in veiligheid hadden kunnen brengen. Toch voelt ze in haar schouders de furieuze kracht waarmee Barbara haar vastgreep en naar beneden sleurde. Dat kan geen verbeelding zijn.

Een zacht geknars. Langzaam gaat de slaapkamerdeur open. Ze houdt haar adem in. Gelukkig, het is Ruby.

'Je bent wakker.' Achter haar aan schiet Luke de kamer binnen. Hij zit al op het voeteneind voordat Ruby halverwege de kamer is.

'Hoe was het?' Zijn van opwinding glanzende ogen kijken haar aan.

Jill gaat rustig zitten. Ze heeft geen idee waar de jongen het over heeft, maar ze heeft hem in haar hart gesloten.

'Je bent verdronken. Hoe was dat?' Zijn gezicht verstrakt ineens en zijn blik vlucht naar het raam. 'Aunty Abbey zei altijd dat dood hetzelfde was, of je nou verdronk of dat je viel.'

'Luke!' roept Ruby haar zoon tot de orde.

'Laat hem maar. Ik begrijp dat hij die vragen stelt.' Jill lacht even naar Ruby.

'Hoe voel je je?'

'Vreemd,' zegt ze direct.

'Het was op het nippertje, begreep ik van John.'

Jill slaat haar ogen neer en plukt wat pluisjes van de oude deken. Dan heft ze haar gezicht op. 'Heeft John me gered?'

Ruby knikt. 'Hij is er zelfs in geslaagd om daarna ook Barbara uit het water te halen.'

Een diepe zucht ontsnapt. Dat deel van haar herinnering klopt dus: Barbara lag ook in het water. 'Hoe is het met haar?'

'Ze ligt in het ziekenhuis en is nog niet bij kennis geweest.'

De stilte hangt zwaar tussen hen in.

De hand van Luke opent en sluit zich onrustig. Steeds opnieuw. Als een bloem die niet kan besluiten of ze wil gaan bloeien. Jill legt haar hand over de zijne en buigt zich naar hem toe. 'Heb je goed voor Prada gezorgd?'

'Natuurlijk.' Hij knikt, te snel en te heftig.

'Toe maar. Wat wil je me vertellen?'

Luke kruipt verder het bed op en gaat in kleermakerszit naast haar zitten. Zijn gezicht bleek en strak als normaal. Ze zou hem naar zich toe willen trekken, maar dat zou hij niet begrijpen.

'Ik kon niet anders.' Zijn stem verraadt geen enkele emotie.

Jill wisselt een blik met Ruby, die haar schouders ophaalt.

'Wil je erover praten?'

'Ik had de brief voor je uit de brievenbus gehaald. Voor...' Hij recht zijn rug en legt zijn handen op zijn knieën. 'Voor als je terug zou komen. Ik kon niet helpen zoeken, dus toen dacht ik dat ik je zo kon helpen. Maar toen ik jou nergens zag, kwam ik Aunty Barbara tegen. Haar ogen flitsten vreemd heen en weer. Dat maakte me bang. Voor jou. En ook wel voor haar. Daarom ben ik bij haar gebleven.'

Ruby zucht diep en strijkt hem door zijn haren. 'Barbara had hem meegenomen naar haar kamer. Daar vond ik hem uiteindelijk. Gelukkig ongedeerd.'

Jill sluit haar ogen. Het kost haar moeite om alles te volgen, maar de ongerustheid van Ruby begrijpt ze direct. Dan bedenkt ze iets. 'En die brief?'

'Barbara wilde hem zien.' Een klein trekje van Lukes mondhoek verraadt wat hij daarvan vindt.

'De uitslag,' mompelt Jill.

'Klopt,' bevestigt Ruby haar vermoeden. 'De brief lag open op haar bureau.'

Dus Barbara wist de uitslag al.

Ruby haalt de envelop uit haar broekzak. 'Zodra iedereen weg was heb ik de brief direct opgehaald. Hier is-tie.'

Het papier leidt een eigen leven in haar trillende vingers.

Uit de DNA-test is gebleken dat Barbara Pearce niet de biologische moeder is van Jill Skewes.

Langzaam laat Jill het papier zakken tot op het laken. Dus Barbara wist dit toen ze bij haar was. Mijn dochter, had ze gezegd. En nog iets anders...

'En deze kwam vanmorgen.' Ruby overhandigt haar een tweede envelop.

'Een tweede brief?'

'Ik had ook een buisje opgestuurd, weet je nog? Maak maar open.'

De envelop zit nog dicht. Met gehaaste bewegingen scheurt Jill hem open. Ze aarzelt. Kijkt op naar Ruby die haar geruststellend toeknikt. Dan vouwt ze de brief open. Eenzelfde aanhef, eenzelfde logo. Zelfs eenzelfde aantal zinnen, alleen is de inhoud totaal verschillend.

De letters beginnen te bewegen als haar ogen vol tranen stromen. De woorden 'biologische moeder' worden gecombineerd met 'zonder enige twijfel'.

'Maar hoe...?' Jill haalt haar neus op.

'Ik vond een keer een prachtig bewerkte haarborstel van Abigail in de prullenbak. Natuurlijk wilde ik die teruggeven, maar...' Ruby buigt haar hoofd. 'Ik was te laat. Pas veel later herinnerde ik me dat ik haar borstel in een laatje had weggeborgen.'

'En toen had je dus DNA van Abigail.'

Ruby knikt naar de brief die Jill nog steeds tussen haar vingers klemt. 'Staat erin wat je al vermoedde?'

'Ja, Abigail is mijn echte moeder.'

84

Na tientallen keren opnieuw lezen realiseert Jill zich dat er geen andere uitleg mogelijk is. Eindelijk weet ze wie haar moeder is. Ze schudt voor de zoveelste keer haar hoofd, dat met de minuut helderder wordt. Die vader van haar. Vreemdgegaan. En met dit bewijs in handen, zal zij het landgoed erven.

Ze masseert haar voorhoofd. Alle informatie is nu beschikbaar, toch kan ze het belangrijkste detail niet ontdekken. Waaraan is haar vader schuldig?

Jill snuift zacht. Ze moet dicht bij een oplossing zijn, anders was ze niet neergeslagen. De enige die dit op zijn geweten kan hebben is Elliot. Wat heeft ze tegen hem gezegd waardoor hij zich in het nauw gedreven voelde? Ze probeert het terug te halen. Elke keer komt ze terug op James, hij lijkt de spil te zijn van dit hele raadsel. Een kruis. Zijn dood. Haar geboorte.

Het draait in haar hoofd. Ze is zo moe. Even haar ogen dicht, even wegdrijven.

In het water drijft overal wrakhout. Boomstammen waarin takken allerlei letters vormen. Stevige planken waar iets in gekerfd staat. Het water golft zachtjes om haar heen. Het fluistert. Ze graait om zich heen en krijgt een stuk hout te pakken. Met moeite duwt ze haar lijf op de plank. Daarop staan letters. Symbolen. Tattoos die voor haar ogen veranderen. De plank blijkt een onderdeel van een kruis te zijn. Vol afschuw duwt ze zich af en verdwijnt onder water.

Ze schiet overeind. Om haar heen het geruststellende wit van de slaapkamer. Ze kreunt. Die klotedromen ook. Als ze die toch eens kwijt was. In plaats van rust te vinden, is ze verward geraakt in een geheim. Dat kan haar vader nooit gewild hebben.

Hij is gevlucht. Maar waarvoor? Is James niet gewoon door een vreselijk ongeluk van de klif af gevallen? Net als Abigail...

'Nee.' Ze schrikt van haar eigen stem. 'Dat was geen ongeluk. Barbara heeft haar zusje echt vermoord. Dat zei ze zelf.' Het klinkt nog erger dan het is. Hoe wanhopig moet je zijn om je eigen zusje om te brengen?

Ze balt haar handen tot vuisten. Alles komt terug. De bekentenis van Barbara over Abigail. De vijver. Nu weet ze ook dat Barbara haar toen al geprobeerd heeft te verdrinken. Haar tante was degene die echt ziek was. Niet Abigail. Of allebei?

'Abigail is dus altijd een bedreiging voor Barbara geweest.' Ze staart naar de witte gordijnen. Barbara heeft nauwelijks liefde gekregen, ze moest toezien hoe iedereen van Abigail en van haar evenbeeld hield.

Barbara zit dus overal achter. Op het moment dat het DNA bewees dat ze niet Jills moeder was, flipte ze. Ze was helemaal gefixeerd op de erfenis van Abigail. De enige nalatenschap die haar neus niet voorbij kon gaan. Haar hele leven had ze gejaagd op erfenissen. Maar als Jill Ruby goed begrepen heeft, is Barbara elke geldelijke beloning misgelopen.

Jill kreunt zacht. Het idee dat Barbara het erven van het landgoed belangrijker vond dan het leven van Jill doet pijn. Toch wijst alles erop dat het zo gegaan is. Waarom heeft niemand die afgunst van haar nepmoeder gezien? Ze moet naar Ruby om dit te gaan vertellen, zodat Barbara aangehouden kan worden.

'Ook al ligt ze in het ziekenhuis, het is tijd dat iemand de waarheid weet,' zegt ze om zichzelf moed in te spreken. Behoedzaam komt ze overeind.

Dan ziet ze hem. Hij zit in de oudroze leunstoel in de hoek bij de openhaard, zijn hoofd weggedoken tussen zijn knokige schouders. Zijn ogen dicht. Bleke wangen. Roerloos.

Haar hart bonkt in haar borstkas. Jill slikt krampachtig. Wat doet Elliot hier? Weet iemand dat hij hier is?

Ze duwt zich overeind, de pijn in haar hoofd negerend. Ze moet hier weg.

Als ze op de rand van het bed zit, schraapt hij zijn keel. 'Dus zo is het gegaan,' zegt hij schor.

Ze draait zich voorzichtig naar hem toe. 'Hoelang zit je al hier?'

'Lang genoeg om alles te horen.' Hij komt overeind en loopt op haar af. 'Zij is de echte psychisch zieke,' sist hij met toegeknepen ogen.

Jill zit gespannen als een veer op de bedrand. 'Barbara heeft me altijd voorgehouden dat Abigail gevaarlijk was.'

'Mijn Abigail was niet gek. Ze was zwak.'

Jill ademt diep door. Was hij daarom altijd in de buurt van Abigail? Hij was degene die de hele nacht naar haar had lopen zoeken. Die zijn hele leven bij haar in de buurt is gebleven.

'Maar dat zij...' Hij knijpt zijn ogen dicht. 'Waarom heb ik dat niet gezien? Ik had haar kunnen stoppen.'

Jill ontspant. Het lijkt erop dat hij eindelijk inziet dat zij geen schuld heeft.

Elliot loopt naar het raam. 'Na haar terugkeer uit Nederland hing Barbara als een irritante vlieg om Abigail heen. Zij wilde Abigail verzorgen, zei ze steeds. Maar we hadden haar niet nodig. Gelukkig vond ze uiteindelijk haar *baantjes*.' Zijn stem geeft exact weer wat hij daarvan vindt. 'Het was vreselijk voor Abigail dat haar zorgzame zus terugkwam.'

'Voor mij ook,' zegt Jill zacht.

Hij negeert haar opmerking totaal, het lijkt zelfs alsof hij helemaal niet meer in de gaten heeft dat hij tegen haar praat. Hij staart in de verte en praat op monotone toon door. 'Barbara hield veel van haar kleine zusje, totdat ze merkte wat haar natuurlijke schoonheid bij mannen losmaakte. Iedereen was gek op Abigail. Je moet gewoon van haar houden!'

Hij begint heen en weer te lopen. De houten planken van het oude huis kraken onder zijn gewicht. 'Ik ben altijd bang geweest dat er iets met Abigail zou gebeuren,' fluistert hij. 'Maar niet dit.

Alles komt door die ziekelijke jaloezie van Barbara. Terwijl het leven van haar zusje helemaal niet zo rooskleurig was. Abigail is alles kwijtgeraakt. Alles,' voegt hij er nog een keer aan toe. 'Haar man, haar vrienden...' Zijn stem stokt, alsof hij wacht op de aanvulling die Jill eerder gaf. Maar als ze blijft zwijgen, vervolgt hij: 'Zelfs haar leven.'

'Het is maar goed dat mijn vader dit niet mee hoeft te maken. Ik denk dat hij echt heel veel van Abigail gehouden heeft.'

'Bob?' Elliot gooit zijn hoofd in zijn nek en schatert het uit. 'Je hebt geen idee. Geen idee!'

'Maar ik weet zeker...' begint ze. 'James en Abigail.'

Zijn lach stopt abrupt. De pijn in zijn ogen is terug. 'James? Ik ben de enige die echt van Abigail heeft gehouden. Dus wat weet jij daarvan? Helemaal niets. Niemand kan dat weten. Niemand was er die dag bij.' Zijn stem schiet omhoog.

Hoe weet hij dat niemand er die dag bij was? Dat betekent... De tattoo van het kruis. Dat was de allerbelangrijkste aanwijzing. James' dood op de dag van haar geboorte. *Jouw moeder is het antwoord.* Dat ging om haar échte moeder. De dood van James was geen ongeluk. Iemand heeft James moedwillig omgebracht. Iemand die daar belang bij had. Er was wel degelijk iemand bij James op dat fatale moment.

'Dat is niet waar.'

Een snik verstikt in zijn keel. 'Wat is niet waar?'

'Jij was erbij.' Jill fluistert het. Ineens ziet ze voor zich hoe het gegaan is.

85 – *Porthcurno 1988*

'Stop! Zo vermoord je hem nog.'

Bob liet hijgend zijn vuisten hangen. Voor hem op het pad lag James, zijn ene arm bungelde vrij in de lucht, alsof hij zwaaide naar de diepe afgrond. De andere arm lag gekromd onder zijn lijf.

'Hij zei dat ik...'

'Ik heb het gehoord,' zei Elliot scherp. Hij stond achter James, zijn smalle armen over elkaar geslagen.

Bob veegde met zijn arm over zijn gezicht. 'Hij heeft me behoorlijk geraakt,' stootte hij naar buiten. Zijn lip voelde aan alsof die zeker drie keer zo dik was.

'Jij hem ook.' Elliot liep naar James toe en ging op zijn hurken naast hem zitten. 'Wist je al dat je een dochter hebt?'

'Een dochter.'

'Barbara heeft zich over haar ontfermd.'

Bob schudde zijn hoofd. Het was dus waar wat James had gezegd. Abigail had de baby verstoten. Hij leunde tegen de rotswand en staarde naar de grijze wolken die over de zee raasden.

'Ik ga weg.' Zijn stem klonk vreemd.

Elliot kwam overeind. 'Uit Cornwall?'

Hij knikte, maar stopte daar snel mee omdat hij het gevoel had dat zijn hersens los in zijn schedel lagen.

'Wanneer?'

Bob haalde zijn schouders op. 'Ik wil haar eerst zien.'

'Besef je dat hij zijn dreigement zal uitvoeren?'

Het duurde even voor het tot Bob doordrong. 'Gaat hij aangifte doen van verkrachting? Maar zo is het niet gegaan.'

'Het is de vraag naar wie ze zullen luisteren, Bob.'

'Macht.' Hij stootte het naar James toe die nog steeds stil op het pad lag. 'Shit, niemand zal mij geloven.'

Bob draaide zich af van zijn twee vrienden. Zelfs als hij vandaag nog uit Cornwall vertrok, zouden ze hem weten te vinden. Het bewijs was er. Een dochter, die vast veel op hem zou lijken.

'Ik heb een oplossing.'

Elliots woorden drongen nauwelijks tot hem door. Maar het geschuif en de doffe geluiden die erop volgden wel. Met een ruk draaide Bob zich om. Het pad was leeg.

'What the fuck...' Hij liet zijn blik heen en weer flitsen en eindigde op het onbewogen gelaat van Elliot. 'Wat heb je gedaan? Waar is James?'

Daarna drong de vreselijke waarheid tot hem door.

Het regende warme druppels. Ze zaten tegenover elkaar op de plek waar ze in hun jeugd altijd truth or dare speelden. Op het gras. Bob zag de kale grond in het midden waar ze de fles draaiden. Hij nam elke keer een volle mee, als een onuitgesproken afspraak.

Het leek eeuwen geleden. Zijn jeugd was verdwenen in de stilte van de moors die als zompige heidevelden in het binnenland van Cornwall lagen. Voor eeuwig opgeslokt.

'Zoals ik al zei...'

'Noem je dat een oplossing? Jij hebt hem vermoord!'

'Dat weet niemand, dus iedereen zal jou als de schuldige aanwijzen.'

'Maar ik heb het gezien.'

Elliot schudde irritant langzaam met zijn hoofd. 'Jij hebt dat helemaal niet gezien. Iedereen zal denken dat jij het gedaan hebt.'

Bob streek door zijn haren, wat hem een pijnlijke steek opleverde. 'Shit, nu zit ik in nog grotere problemen.'

'Dat klopt.'

Bob moest gaan verzitten om zijn pijnlijke spieren wat ruimte te geven.

'Ik kan je inderdaad aangeven. Dan word je niet alleen beschuldigd van verkrachting, maar ook van moord.'

Bob liet zijn hoofd hangen. Druppels vielen van zijn haren op zijn broek. Wat moest hij doen? Eerst de leugens van James en nu Elliot. Zou hij opstaan en de sprong maken die al vele jaren op hem wachtte? Nu kon het. Het maakte geen moer uit of hij het zou overleven. De dood zou alles verzachten. En dan nam hij in ieder geval zelf het heft in handen in plaats van lijdzaam af te wachten en te vertrouwen op een eerlijk proces.

'Maar dat hoeft niet,' voegde Elliot eraan toe.

Bob keek hem aan. Elliot zat heel rustig voor hem, terwijl hij zonet toch hun vriend het laatste zetje had gegeven. 'Vertel,' zei hij.

'Het gaat bij bewijzen altijd om verschillende zaken. Ten eerste moet er een lijk zijn, en het is natuurlijk de vraag of ze die ooit zullen vinden. En daarnaast gaat het om getuigen. Dat zijn wij.'

Heel langzaam voelde Bob dat er een gewicht van zijn schouders getild werd. 'Ga verder.'

'Als wij hetzelfde verhaal hebben, kunnen ze daar nooit omheen. En ik weet niet hoe het met jou zit, maar ik heb gezien dat James er compleet doorheen zat. Het idee dat zijn vrouw hem bedrogen had en dat hij nu een kind van een ander moest opvoeden, was te veel voor hem. Hij zag geen andere uitweg meer.'

In de verte trok de regenbui weg. Bob merkte nu pas dat het droog was. 'Zelfmoord,' fluisterde hij.

'Dat ligt voor de hand, toch? Bovendien ben ik blij dat ik die rijke kwast kwijt ben.'

Bob keek zijn vriend eens goed aan. De rimpels die altijd op Elliots voorhoofd lagen, waren verdwenen. 'Je wilt een deal?'

'Ja, een deal.'

Hij knikte langzaam. 'Ik begrijp het,' zei hij traag. Het was hem zelfs duidelijk wat Elliot voor zichzelf zou opeisen.

86

'Jij was daar bij James op de klif,' herhaalt Jill.

Elliot draait zich naar haar toe met priemende blik. Met een paar passen staat hij naast haar. Het smalle benige gelaat hangt ineens vlak voor het hare. 'Het is allemaal Bobs schuld.'

'Nee, mijn vader is niet schuldig.'

'Hij had moeten zwijgen.'

'Dat heeft hij gedaan. Hij heeft zijn hele leven met een geheim gelopen. Pas na zijn dood heeft hij mij gevraagd om het te ontrafelen, zodat hij vrijgepleit kon worden.'

Elliot draait zich abrupt van haar af. 'Alles was onder controle.' Hij balt en strekt zijn vuisten. Steeds opnieuw.

Ze moet oppassen. Toch is dit het moment om voor haar vader op te komen, zoals ze zich in de grot had voorgenomen.

'Was de dood van James een ongeluk?'

Hij snuift. 'Die rijkeluiszoon zat al zijn hele leven onder mijn huid. Macht is een grotere rijkdom dan geld. Het maakt dat je alles voor elkaar krijgt. Dat moest stoppen. En dat heb ik gedaan.'

Jill valt compleet stil nu het geheim onthuld wordt. 'En mijn vader?'

'Hij zou zwijgen, omdat hij de oorzaak van alles was. En dus maakten we een deal, die we heel toepasselijk bestendigden.'

'Met de tattoo,' fluistert ze.

'Slimme meid.' Die vreemde trilling in Elliots stem geeft aan hoe emotioneel hij is.

Jill glijdt voorzichtig met haar voeten op de grond. Als ze maar bij de deur kan komen. 'En wat was de deal?' De vraag is eruit.

Elliot kijkt peilend in haar richting. Hij buigt zijn hoofd, alsof hij weet dat de strijd geleverd is. 'Mijn hele leven was ik al verliefd op Abigail. Maar ze zag meer in een verbintenis met die rijkeluiszoon. Door jouw geboorte stond alles zomaar op losse schroeven.'

Ze probeert of haar benen haar gewicht kunnen dragen. Haar spieren zijn week, toch komt de kracht langzaam terug. Ze moet Elliot afleiden.

'Dus...?' Ze houdt zijn gebogen rug in de gaten.

'Het was allemaal zo logisch. Als Bob samen met Barbara en de baby zou vertrekken, kon ik bij Abigail blijven. Die zou namelijk het landgoed erven. Zo kon ik ook mijn thee blijven telen.'

'Dus mijn vader vertrok...'

'Ja.'

'Omdat hij niet anders kon.'

'Het was voor hem de enige mogelijkheid om aan alle ellende te ontvluchten.'

Weer die term. Jill staat nu naast het bed. Ze schat de afstand tot de deur. Het moet lukken. 'Dus hij vluchtte eigenlijk voor Abigail. Die zou het hem waarschijnlijk nooit vergeven.'

'Abigail was razend en diepverdrietig tegelijk. Bob zou zijn dochter kunnen zien opgroeien. Het was voor hem de enige manier om niet compleet met lege handen achter te blijven. We beloofden elkaar om te zwijgen. Tot de dood deze belofte overbodig zou maken.'

Jill zakt langzaam terug op het matras. Haar vader heeft dus een deal gemaakt met een moordenaar, zodat hij haar kon meenemen en een rustige jeugd kon geven. De omvang van zijn geheim dringt langzaam tot haar door. 'Mijn vaders dood.'

'Inderdaad, daar had het kunnen stoppen! Maar toen kwam jij terug in Cornwall, waardoor Abigail vragen begon te stellen. Natuurlijk wist ze direct wie je was, maar ze zag ook wat ze allemaal gemist had. De pijnlijke wond uit het verleden sprong open. En ik...' Hij draaide zijn gezicht van haar af. 'Niemand zag mijn pijn!' roept hij uit.

'Je hield echt van Abigail, hè?'

Hij draait zich van haar af en kijkt naar buiten. 'Het was zo ziek!

James won haar bij een weddenschap. En toen werd jij geboren. Niemand had het zien aankomen, maar je uiterlijk verraadde direct wie de vader was. Na Bobs vertrek troostte iedereen Abigail, en we herdachten James. Bob en Barbara hadden elkaar. Ik had gedacht dat Abigail naar mij toe zou groeien. Maar er veranderde niets.' Speekselbelletjes spatten uiteen op het raam. 'Tot er praatjes kwamen.'

'Waarover?'

'Over de misstap! Iedereen sprak er schande van. Het is haar altijd nagedragen. Bob kneep ertussenuit en wij moesten met de roddels leven. En nu wil jij haar landgoed?' Zijn woorden komen fel tussen zijn toegeknepen kaken door. Hij komt op haar af en zet zijn handen aan weerszijden van haar lijf. 'Is het nog niet genoeg? Wil je nog meer?'

Jill probeert naar achter te schuiven, maar ze kan geen kant op. 'Ik...' begint ze.

De haartjes in haar nek richten zich op. Ze rilt. Als hij haar nu iets wil aandoen, is ze verloren. Ze moet zien weg te komen, maar ze heeft het moment voorbij laten gaan. Zijn armen staan als tralies om haar heen.

'Laat me gaan, Elliot,' zegt ze schor. 'Ik wil het landgoed helemaal niet.'

Hij knippert heftig met zijn ogen. Maar besluit dan: 'Ik geloof je niet. Ooit heb ik een Skewes vertrouwd en dat heeft me alleen maar ellende opgeleverd.' Hij buigt zich nog verder naar haar toe. Zijn adem ruikt verrassend fris. Met zijn benige vinger streelt hij over haar kaaklijn. 'Je lijkt op haar,' zegt hij zacht.

Nu.

Ze knalt met kracht zijn arm weg, laat zich achterovervallen en rolt naar de andere kant van het bed. Met een klap belandt ze op de vloer. Ze grijpt met haar blik de deur vast. Daar moet ze heen. Weg.

Maar voordat ze op kan krabbelen, grijpt hij haar pols in een klemmende greep.

‘Au, verdomme. Laat me los!’ Ze begint te gillen in de hoop dat iemand beneden het hoort. Ondertussen draait ze haar arm in de richting van zijn duim. Hij is sterker dan ze dacht. Ze kan zich niet losmaken. Maar mooi dat ze zich niet laat kisten.

Elliot weet echter van geen wijken. Hij grijpt haar korte haar beet en trekt haar omhoog. ‘Schreeuw maar meisje, niemand kan je horen.’ Hij smijt haar tegen het bed.

Beduusd blijft ze liggen. De pijn verbijt ze.

‘Dit is voor alle ellende die je hebt veroorzaakt.’ Een vuist raakt haar hard op haar kaak.

De kamer draait om haar heen en ze proeft bloed. ‘Ik heb niets gedaan. Het was…’

Een nieuwe vuistslag. ‘Door jouw schuld is Abigail dood.’ Elliot rukt een van de kussens van het bed.

‘Nee, dat was Barbara. Ik heb…’

‘Houd je mond!’ Elliot spuugt de woorden naar haar toe en drukt het kussen op haar gezicht.

Ze slaat om zich heen. Grijpt de rand van het kussen om lucht te krijgen. Haar ademhaling stokt. Ze probeert te gillen, maar verder dan een gesmoord gekreun komt ze niet. Ze trapt hard om zich heen, en voelt dat ze iets raakt. Een dof geluid boven haar. Maar de druk wordt nog niet minder.

Pak zijn armen. Vecht!

Ze krabt, knijpt en zet zelfs haar tanden in het kussen. Maar haar krachten nemen af. De druk op haar hoofd is immens. Er flitsen kleuren door haar hoofd. Het tekort aan zuurstof verzuurt haar spieren. Heel even denkt ze aan de woorden van haar vader. Laat je meedrijven, maak je groot. Zo werkte dat in het water. Maar nu niet. Lucht!

Ze rukt aan het kussen, zet haar nagels in zijn armen, maar haar kracht lekt steeds verder weg. Een grauwe duisternis begint haar te overspoelen, als water dat zich boven haar sluit.

Ergens boven haar klinkt een oerkreet. De druk op haar hoofd valt ineens weg.

Dan is ook het kussen verdwenen. Licht glijdt over haar gezicht, lucht stroomt vrijelijk naar haar longen.

'O, darling!' John hangt boven haar. Zijn blauwe ogen staan bezorgd.

Ze ademt alleen maar diep in en uit, schudt haar hoofd. Is ze echt gered?

Dan hoort ze rennende voetstappen.

'Hier blijven,' roept John.

Ze zou hetzelfde tegen hem willen zeggen. 'Laat hem maar,' stoot ze uit.

Gelukkig, hij laat haar niet alleen.

'Au, wat...?' gilt Ruby's stem op de gang. Daarna een hoop lawaai en een dichtslaande deur.

Ruby is bij hen in de kamer. 'Jeetje, Jill. Is alles in orde?'

Het lukt niet om te antwoorden, dus probeert ze een glimlach.

'Dus het was Elliot,' zegt John. 'Ik zal de politie waarschuwen.'

87

Jill gaat verzitten en neemt een slok van haar thee. Een druppel glijdt langs haar kin. Met haar gezwollen lip zou drinken uit een flesje makkelijker zijn. En lekkerder. Ze kijkt naar de koelkast. Zou daar wel bier in staan? Ruby heeft haar net wat pijnstillers gegeven, maar die werken nog niet.

'Lukt het?' Weer die bezorgde blik van John.

'Je hebt me weer het leven gered.'

'Ik had bij je moeten blijven,' zegt hij schuldbewust.

Jill vouwt haar handen om de warme theekop. Het is voorbij. Ze is achter het geheim dat haar vader zijn hele leven met zich mee gedragen heeft. Maar ze heeft geen idee wat ze ermee moet. Elliot aanklagen? Hij heeft de zwaarste prijs moeten betalen.

'Die Barbara,' mompelt Ruby al voor de zoveelste keer. 'Die Barbara.'

Zou Ruby iets voorvoeld hebben? Zij had haar direct weggestuurd om Abigail te zoeken. *Zorg dat je haar als eerste vindt. Zorg dat ze veilig is.* Jill wil haar wel vragen of ze meer wist, maar die lichtheid in haar hoofd moet eerst verdwenen zijn. Het komt wel.

De klapdeur van het restaurant gaat open, maar er komt niemand binnen. Dan ziet ze een dikke pluimstaart die aan het topje parmantig heen en weer zwaait.

'Kijk nou,' zegt ze.

'Wat is er, lieverd?' John pakt haar hand.

'Mevrouw ziet er goed uit.'

Johns blik schiet verschrikt naar de deur. Als hij ziet dat Prada binnenloopt, licht zijn gezicht op.

'Ik heb goed voor haar gezorgd.' Luke komt achter de kat aan en gaat direct bij Jill staan. 'Nu mag ze toch weer hier komen?'

Jill knikt en steekt haar hand uit. Prada zwaait hooghartig met haar staart en besluit dat de hand aantrekkelijk genoeg is om kopjes tegen te geven. Daarna strekt ze zich uit op het kleedje naast de stoel om haar uitgebreide schoonheidsbehandeling te beginnen.

Jill voelt de warmte van de kleine Luke tegen haar benen. En ook al doet haar hele lijf nog zeer, deze toenadering voelt als het beste medicijn. 'Dat heb je goed gedaan, man.'

Luke knikt. Trots blinkt in zijn ogen.

'Is het feest al begonnen?' vraagt hij verlegen.

Verwonderd kijkt ze hem aan.

'Je bent toch jarig?'

John slaakt een kreet. 'Je verjaardag! Natuurlijk, dat ik dat vergeet.'

'Dat is toch zo?' Luke kijkt zijn moeder vragend aan. 'Jij hebt me toch...?'

'Je hebt helemaal gelijk, lieverd.' Ruby verontschuldigt zich. 'Luke en ik wilden een taart voor je maken, maar dat is er nu niet van gekomen.'

'Vind je het gek,' grinnikt Jill. 'Mijn geboortedag ligt hier nogal gevoelig. Bovendien...' Ze kijkt de kring rond en realiseert zich dan dat er niemand meer uit haar jeugd aanwezig is. 'Gek, ik mis Barbara. Zij is de enige die mij als kind kent. We vierden thuis mijn verjaardag altijd pas op de tweeëntwintigste. Als kind begreep ik daar niets van. Het voelde alsof ik geen feest mocht vieren of misschien geen cadeautje verdiende.'

'Dat lag dus anders.' John geeft haar een kneepje in haar hand.

'Dat heb ik inmiddels begrepen. Mijn geboorte is nou niet bepaald een feestje geweest.'

Luke klimt op haar schoot en legt zijn hoofd op haar borst. 'Mijne ook niet,' zegt hij zo zacht dat alleen zij hem kan horen. Ze strijkt over zijn haren en trekt hem wat dichter tegen zich aan.

'Laten we er morgen maar een dubbel feest van maken,' stelt Jill voor.

Luke laat zich direct op de grond glijden en rent naar zijn moeder. 'Ja, doen we dat?

Een ringtone doorbreekt hun gesprek. John haalt zijn mobiel uit zijn broekzak. 'Spreekt u mee. Ja. Wat? *Damn*,' scheldt John hardop. 'En is…? Oké. Ja, die is hier veilig. Goed, ik kom eraan.'

'Wie was dat?' vraagt Jill als ze de serieuze blik van John ziet.

'Het ziekenhuis,' geeft John aan. 'Ze hebben Barbara in haar ziekenhuisbed gevonden. Ze is dood.'

88

Jill staat bij het hekje dat uitzicht biedt op de notenboom, vanaf dag één was dit haar favoriete plek. Sinds Barbara dood is, is alles in haar stil geworden. Ze is alleen en tegelijkertijd ook weer niet.

Een week geleden heeft de notaris bepaald dat zij de enige officiele erfgename was van Abigail. Het idee dat het landgoed van haar is, begint langzaam door te dringen. Veel is er nog niet veranderd. Ruby woont met Luke in het landhuis, Jill is in de knusse cottage gebleven. Omringd door de dromen van haar moeder.

'Hier zit je.' Johns armen vouwen zich om haar heen, een kus landt op haar oor. 'Het is mooi geworden.'

'Mooi kleurtje, hè? Deze rode tint geeft de warmte aan die Abigail altijd gemist heeft,' zegt Jill die in gedachten de luiken van de cottage voor zich ziet. 'Hoe gaat het met de thee? Lukt het?'

John gaat naast haar staan. 'Ik vind het nog leuker dan ik had gedacht. Beter dan elke dag in de kruidenierswinkel staan.'

Ze kijkt glimlachend naar hem op.

'Ik denk dat we hem nooit meer zien,' besluit hij.

Jill weet dat hij het niet heeft over zijn werk in de theeplantage. 'Dat denk ik ook. Elliot heeft genoeg geleden in zijn leven. Ik hoop eigenlijk dat ze hem met rust zullen laten.'

Haar verleden kan ze nu achter zich laten, er liggen geen vragen meer te wachten. 'Het is wel prettig dat mijn vader vrijgepleit is,' zegt ze zacht. 'Maar als hij dit geweten had...'

'Dan had hij vast gezwegen,' vult John automatisch aan. 'Kom, de anderen wachten op ons.'

'Geef me nog een minuutje.'

Een kus op haar wang en een kneepje in haar bil, dan is hij weg.

In de verte glinstert de zee die sterretjes licht naar haar toestuurt. Het voelt alsof haar beslissing bestendigd wordt: ze blijft in Cornwall. Op het grasveld glinsteren spindraden in de zon. De zomer is begonnen.

Ze laat zich van het hekje glijden en begint terug te lopen. De luiken stralen haar warm tegemoet. Het is tijd voor de laatste stap: ze gaat haar vader terugbrengen bij zijn grote liefde.

In de cottage valt haar blik direct op een nieuw schilderij van Abigail, dat ze in het atelier heeft gevonden. Ze heeft het een mooi plekje boven de schoorsteen gegeven. Ernaast hangt hun enige gezamenlijke kunstwerk. Ze heeft het ingelijst, de twee overlappende vellen papier waarop in simpele lijnen twee vrouwen elkaar omhelzen, een baby beschermend tussen hen in. Pas nu ziet ze wat hun gezamenlijke kunstwerk weergeeft: ze heeft al die tijd twee moeders gehad.

Met dank aan

Mijn partner Jan. Samen met jou kan ik alles aan.

Mijn zoon Guido voor het sparren over raadsels.

Het team van De Crime Compagnie. Dank Ilse, Manon, Nikki, Sanne, Coby, Leni en Ellen.

Een goede redactie tilt een verhaal op. Dank Marja Duin.

Mijn ambassadeurs, voor hun mooie ondersteuning. We delen de liefde voor verhalen. Verbinding blijft een fijne kracht.

Wil je ook ambassadeur worden en kans maken op een gratis boek?

Meld je aan via www.marelleboersma.nl

Het kost niets. Het levert je zeker wat op!

– Elke maand wordt onder mijn ambassadeurs een boek verloot
– Jij mag meedoen aan speciale win-acties
– Je wordt als eerste op de hoogte gehouden van alle nieuwtjes
– Het geeft je een kijkje achter de schermen

Alle informatie vind je op www.marelleboersma.nl

Lees daar ook de achtergrondverhalen
over het ontstaan van *Terug naar Cornwall.*

Ook van Marelle:

Ciao Sicilia – Chateau de Provence – Blind date – Enkele reis naar de Algarve – Nobody/Niemand – Ik volg je – Moederziel – Vals Alarm – De Babymakelaar/Het Verborgen kind – Schaduwspelen – Complex – Stil Water – Nephila's Netwerk

Waan je in een andere wereld met de Vertrekthrillers!

Lees ook van Marelle Boersma:

CHATEAU DE PROVENCE

Na een moeilijke periode in hun huwelijk willen Julia en haar man Luuc een nieuwe start maken. Ze kopen een vervallen kasteel in de Provence en treffen in de kelder het lijk van een jonge vrouw aan.

ENKELE REIS NAAR DE ALGARVE

Suus settelt zich samen met haar zus Anouk en dochtertje Sterre in een oude boerderij op het platteland van Zuid-Portugal. Maar dan slaat het noodlot toe: Sterre verdwijnt spoorloos.

CIAO SICILIA

Anne laat haar leven in Nederland achter zich en hoop dat haar man haar nooit zal vinden op het Italiaanse eiland Sicilië…

HEJ DENEMARKEN

Svea Ersson

Als Merels vriend Robin voor zijn werk naar Denemarken vertrekt, besluit zij daar een eigen speelgoedwinkel te beginnen. Helaas verloopt de start maar moeizaam en Robin begint zich steeds vreemder te gedragen…

Genoten van dit boek? Dan vind je vast
de andere boeken van De Crime Compagnie ook leuk!
Onze boeken zijn te herkennen aan
de kleine doodskopjes op de achterkant.

Enkele van onze titels zijn:
Loes den Hollander – *Wacht maar af*
Marijke Verhoeven – *Onder invloed*
Angelique Haak – *Nooit meer alleen*
Martine Kamphuis – *De kliniek*
Ingrid Oonincx – *Verdwenen*
Heleen Smit – *In de knel*
Marianne en Theo Hoogstraaten – *De schaduwkoningin*
Mariska Overman – *Noorderlicht*

Kijk voor meer informatie ook op www.crimecompagnie.nl.